O Retrato de Dorian Gray

Tradução

Oscar Nestarez

O RETRATO DE DORIAN GRAY

OSCAR WILDE

São Paulo, 2024

O retrato de Dorian Gray
The picture of Dorian Gray
Copyright © 2024 by Novo Século Editora Ltda.

Editor: Luiz Vasconcelos

Produção editorial: Mariana Paganini e Marianna Cortez

Tradução: Oscar Nestarez

Revisão: Dandara Morena

Diagramação: Marília Garcia

Capa e projeto gráfico: Ian Laurindo

Texto de acordo com as normas do Novo Acordo Ortográfico da Língua Portuguesa (1990), em vigor desde 1º de janeiro de 2009.

Dados Internacionais de Catalogação na Publicação (CIP)
Angélica Ilacqua CRB-8/7057

Wilde, Oscar, 1854-1900
 O retrato de Dorian Gray / Oscar Wilde ; tradução de Oscar Nestarez. -- Barueri, SP : Novo Século Editora, 2024.
 288 p. : il.

ISBN 978-65-5561-639-2

1. Ficção irlandesa I. Título II. Nestarez, Oscar

24-1480 CDD-Ir820

Índice para catálogo sistemático:

1. Ficção irlandesa

GRUPO NOVO SÉCULO
Alameda Araguaia, 2190 – Bloco A – 11º andar – Conjunto 1111
CEP 06455-000 – Alphaville Industrial, Barueri – SP – Brasil
Tel.: (11) 3699-7107 | E-mail: atendimento@gruponovoseculo.com.br
www.gruponovoseculo.com.br

Prefácio – Oscar Wilde

O artista é o criador de belas coisas. Revelar a arte e ocultar o artista é o propósito da arte. O crítico é aquele que consegue traduzir em outra forma ou em um meio a sua nova impressão sobre belas coisas.

A mais elevada modalidade de crítica, assim como a mais baixa, é uma espécie de autobiografia. Aqueles que encontram significados feios em belas coisas são corruptos sem serem encantadores. Isso é um defeito.

Aqueles que encontram belos significados em belas coisas são os refinados. Para esses, há esperança. Eles são os eleitos para quem belas coisas significam apenas beleza.

Não existe algo como um livro moral ou imoral. Livros são bem escritos ou mal escritos. Isso é tudo.

O desgosto do século XIX pelo realismo é a fúria de Caliban vendo seu próprio rosto em um espelho.

O desgosto do século XIX pelo romantismo é a fúria de Caliban ao não ver seu próprio rosto em um espelho.

A vida moral de um homem é parte do tema do artista, mas a moralidade da arte consiste no uso perfeito de um meio imperfeito. Nenhum artista deseja provar nada. Mesmo coisas que são verdadeiras podem ser provadas.

Nenhum artista tem inclinações éticas. Uma inclinação ética em um artista é um imperdoável maneirismo de estilo.

Nenhum artista é jamais mórbido. O artista pode expressar tudo.

Pensamento e linguagem são, para o artista, instrumentos de uma arte.

Vício e virtude são, para o artista, matéria-prima de uma arte.

Do ponto de vista da forma, o exemplo de todas as artes é a arte do músico. Do ponto de vista do sentimento, o ofício do ator é o exemplo.

Toda arte é, de uma vez, superfície e símbolo.

Aqueles que vão além da superfície o fazem por seu próprio risco.

Aqueles que leem o símbolo o fazem por seu próprio risco.

É o espectador, e não a vida, que a arte realmente reflete.

Diversidade de opiniões sobre um trabalho artístico revela que o trabalho é novo, complexo e vital.

Quando críticos discordam, os artistas estão em acordo consigo mesmos.

Podemos perdoar um homem por fazer algo útil desde que ele não admire isso. A única desculpa para fazer algo inútil é poder admirá-lo intensamente.

Toda arte é completamente inútil.

Oscar Wilde

Capítulo 1

O ateliê estava tomado pelo exuberante aroma de rosas, e, quando a suave brisa do verão agitou as árvores do jardim, pela porta aberta veio a intensa fragrância do lilás, ou o perfume mais delicado do espinheiro de floração rosa.

Do canto do divã de alforjes persas no qual estava deitado, fumando, como era seu costume, incontáveis cigarros, Lord Henry Wotton pôde capturar um relance das flores adocicadas e coloridas como mel de um laburno, cujos galhos trêmulos mal pareciam capazes de suportar o fardo de uma beleza tão incandescente como aquela; e vez ou outra as fantásticas sombras de pássaros voando deslocavam-se através das longas cortinas de seda tussa que esticavam-se em frente à enorme janela, produzindo uma espécie de efeito japonês momentâneo, e fazendo-o pensar naqueles pálidos pintores com rostos de jade de Tóquio, que, pelo intermédio de uma arte que é necessariamente imóvel, tentam transmitir a sensação de ligeireza e movimento. O murmúrio insistente das abelhas abrindo caminho através da extensa relva não cortada, ou circulando com insistência monótona ao redor dos chifres empoeirados e dourados das madressilvas espalhadas, parecia tornar a imobilidade mais opressiva. O rugido abafado de Londres era como a nota de bordão de um órgão distante.

No centro do aposento, preso a um cavalete erguido, estava o retrato completo de um jovem de extraordinária beleza, e, em frente a ele, a pouca distância, sentava-se o próprio artista, Basil Hallward, cujo súbito desaparecimento alguns anos antes causara, na época, muita agitação, dando origem a uma série de conjecturas estranhas.

Enquanto o pintor olhava para a graciosa e agradável forma que ele tão habilmente espelhara com sua arte, um sorriso de prazer atravessou-lhe o rosto e pareceu demorar-se por ali. Mas ele teve um súbito sobressalto e, após fechar os olhos, colocou os dedos sobre as pálpebras, como se procurasse aprisionar em seu cérebro algum sonho curioso durante o qual temia que pudesse acordar.

— É seu melhor trabalho, Basil, a melhor coisa que você já fez — disse Lord Henry, languidamente. — Você deve enviá-lo no próximo ano para o Grosvernor. A Academia é grande e vulgar demais. Nas vezes em que estive lá, ou havia tanta gente que eu não consegui ver as obras, o que é terrível, ou havia tantas obras que não fui capaz de ver as pessoas, o que é pior. O Grosvernor é realmente o único lugar.

— Não acho que o mandarei para qualquer lugar — respondeu, atirando a cabeça para trás daquela curiosa maneira que fazia com que amigos rissem dele em Oxford. — Não, não vou enviá-lo para lugar algum.

Lord Henry ergueu suas sobrancelhas e olhou-o com espanto através das finas e azuladas espirais de fumaça retorcendo-se em caprichosas volutas de seu cigarro adensado e manchado de ópio.

— Não enviar a lugar algum? Meu caro amigo, por quê? Você tem algum motivo? Que figuras estranhas são vocês, pintores! Vocês fazem de tudo no mundo para conquistar uma reputação. Assim que a têm, vocês parecem querer jogá-la fora. Isso é tolice, porque só existe uma coisa no mundo pior do que falarem de nós, e é não falarem de nós.

Um retrato como esse o colocaria muito acima de todos os jovens na Inglaterra, e faria com que os velhos sentissem inveja, se velhos jamais forem capazes de qualquer emoção.

— Eu sei que você vai rir de mim — respondeu —, mas eu realmente não posso expô-lo. Coloquei demais de mim nele.

Lord Henry esticou-se no divã e gargalhou.

— Sim, eu sabia que você riria; mas é muito verdade, mesmo assim.

— Demais de você no retrato! Palavra, Basil, que eu não sabia que você era tão vaidoso; e realmente não posso ver qualquer semelhança entre você, com seu rosto enrugado e másculo e seu cabelo negro como carvão, e este jovem Adônis, que parece ter sido criado a partir de marfim e de folhas de roseiras. Ora, meu caro Basil, ele é um Narciso, e você... bem, é claro que você tem uma expressão intelectual e tudo o mais. Mas a beleza, a verdadeira beleza, termina onde começa a expressão intelectual. O intelecto é, em si mesmo, uma forma de exagero, e destrói a harmonia de qualquer rosto. No momento em que um homem se senta para pensar, ele se torna todo nariz, ou todo testa, ou algo hórrido. Veja os homens bem-sucedidos em qualquer uma das profissões doutas. Quão perfeitamente hediondos eles são! Exceto, claro, na Igreja. Mas na Igreja eles não pensam. Um bispo continua dizendo, aos oitenta anos, o que lhe ensinaram a dizer quando ele era um rapaz de dezoito, e, como uma consequência natural disso, ele sempre parece absolutamente encantador. Seu misterioso e jovem amigo, cujo nome você jamais me disse, mas cujo retrato realmente me fascina, nunca pensa. Sinto-me bem seguro disso. Ele é uma bela e insensata criatura que deveria estar sempre por aqui no inverno quando não temos flores para olhar, e sempre aqui no verão quando precisamos de algo para refrescar nossa inteligência. Não se iluda, Basil: você não é em nada igual a ele.

— Você não me entende, Harry — respondeu o artista. — Claro que não me pareço com ele. Sei disso perfeitamente bem. Na verdade, eu lamentaria se parecesse com ele. Você dá de ombros? Estou lhe dizendo a verdade. Há uma fatalidade a respeito de toda distinção intelectual e física, o tipo de fatalidade que parece seguir, ao longo da história, os passos vacilantes de reis. É melhor não sermos diferentes de nossos convivas. Os feios e os estúpidos desfrutam do melhor deste mundo. Eles podem se sentar confortavelmente e bocejar durante o espetáculo. Se não sabem nada a respeito da vitória, ao menos são poupados do conhecimento da derrota. Eles vivem como todos nós deveríamos viver: imperturbáveis, indiferentes e sem inquietações. Eles nunca lançam suas ruínas sobre os outros, e jamais as recebem de mãos diferentes. Sua posição e sua riqueza, Harry; meu cérebro, tal como é — minha arte, não importa quanto ela valha; a bela aparência de Dorian Gray — todos nós sofreremos pelo que os deuses nos deram, sofreremos terrivelmente.

— Dorian Gray? É esse o seu nome? — perguntou Lord Henry, atravessando o ateliê na direção de Basil Hallward.

— Sim, esse é seu nome. Eu não pretendia dizê-lo a você.

— Mas por que não?

— Oh, não consigo explicar. Quando gosto imensamente de uma pessoa, nunca digo seu nome para ninguém. É como se eu renunciasse a uma parte dela. Eu passei a amar o segredo. Parece ser a única coisa capaz de fazer com que a vida moderna seja misteriosa ou maravilhosa para nós. A coisa mais trivial torna-se encantadora se nós a escondemos. Quando saio da cidade, nunca digo a meus próximos para onde vou. Se o fizesse, perderia todo o meu prazer. É um costume tolo, arrisco dizer, mas de alguma forma ele parece trazer uma boa porção de romance para a vida de um homem. Suponho que você me ache terrivelmente idiota por isso, sim?

— De modo algum — respondeu Lord Henry —, de modo algum, meu caro Basil. Você parece se esquecer de que sou casado, e o único atrativo do casamento é que ele faz com que uma vida de decepções seja absolutamente necessária para ambas as partes. Eu nunca sei onde está minha esposa, e minha esposa nunca sabe o que estou fazendo.

Quando nos encontramos — nós nos encontramos ocasionalmente, quando jantamos fora juntos, ou quando vamos ao *Duke's* —, nós contamos um ao outro as histórias mais absurdas com as expressões mais sérias. Minha esposa é muito boa nisso — muito melhor, na verdade, do que eu mesmo. Ela nunca se confunde sobre as datas, e eu sempre o faço. Mas quando ela me desmascara, não cria caso algum. Às vezes eu desejo que ela o fizesse; mas apenas ri de mim.

— Eu odeio a forma como você fala de sua vida de casado, Harry — disse Basil Hallward, avançando na direção da porta que levava ao jardim. — Acredito que você realmente seja um marido muito bom, mas que se sinta completamente envergonhado de suas próprias virtudes. Você é um companheiro extraordinário. Nunca professa moralismo, e nunca faz nada errado. Seu cinismo é simplesmente uma pose.

— Ser natural é simplesmente uma pose, e a pose mais irritante que conheço — exclamou Lord Henry, rindo; e os dois rapazes saíram juntos para o jardim e abrigaram-se em um longo banco de bambus que ficava à sombra de um grande arbusto de louros. A luz do sol deslizou sobre as folhas polidas. Na relva, as margaridas estavam trêmulas.

Após uma pausa, Lord Henry sacou seu relógio.

— Temo que precise ir, Basil — ele murmurou —, e, antes de partir, eu insisto que você responda à pergunta que lhe fiz há pouco.

— Qual pergunta? — disse o pintor, mantendo os olhos fixos no chão.

— Você sabe muito bem.

— Não sei, Harry.

— Bem, vou lhe dizer qual é. Quero que você me explique porque não vai expor o retrato de Dorian Gray. Quero o motivo verdadeiro.

— Eu lhe disse o motivo verdadeiro.

— Não, você não o fez. Você disse que era porque havia muito de si na obra. Agora, isso é pueril.

— Harry — disse Basil Hallward, encarando-o fixamente —, todo retrato pintado com sentimento é um retrato do artista, e não do modelo. O modelo é meramente o acidental, o pretexto. Não é ele que é revelado pelo pintor; é, antes, o pintor que, na tela colorida, revela a si mesmo. O motivo pelo qual não vou expor essa pintura é que temo ter mostrado, nela, o segredo de minha própria alma.

Lord Henry riu.

— E qual é o segredo? — perguntou.

— Vou lhe dizer — falou Hallward; mas uma expressão de perplexidade tomou-lhe o rosto.

— Sou todo expectativa, Basil — continuou seu amigo, olhando-o de relance.

— Oh, realmente há muito pouco a contar, Harry — respondeu o pintor —, e temo que você dificilmente vá compreender. Talvez dificilmente acredite.

Lord Henry sorriu e, inclinando-se, arrancou uma margarida de pétalas róseas da relva e a examinou.

— Estou muito certo de que vou compreender — ele respondeu, olhando fixamente para o pequeno disco dourado de penas brancas —, e sobre acreditar ou não, consigo acreditar em qualquer coisa, desde que seja devidamente inacreditável.

O vento sacudiu algumas flores das árvores, e os pesados lilases, com seus conjuntos de estrelas, moveram-se para lá e para cá no ar lânguido. Um gafanhoto começou a chilrear na parede, e, como um filamento azul, uma libélula longa e fina flutuou por ali com suas asas de gaze marrom. Lord Henry se sentiu como se pudesse ouvir o coração de Basil Hallward batendo, e perguntou-se o que viria a seguir.

— A história é simplesmente esta — disse o pintor após algum tempo. — Dois meses atrás, fui a uma reunião na residência de Lady Brandon. Você sabe que nós, pobres artistas, devemos nos apresentar na sociedade de tempos em tempos, apenas para lembrar ao público que não somos selvagens. Com um terno escuro e uma gravata branca, como você me disse certa vez, qualquer um, mesmo um corretor da bolsa de valores, pode conquistar uma reputação por ser civilizado.

Bem, depois de permanecer no salão por cerca de dez minutos, conversando com viúvas em vestidos espalhafatosos e com acadêmicos entediantes, eu me tornei subitamente consciente de que alguém estava me olhando. Virei-me e vi Dorian Gray pela primeira vez. Quando nossos olhos se encontraram, senti que estava ficando pálido. Uma curiosa sensação de terror me atingiu. Eu sabia que havia ficado frente a frente com alguém cuja mera personalidade era tão fascinante que, se eu o permitisse, ela absorveria toda a minha essência, toda a minha alma, a minha própria arte. Eu não queria nenhuma influência externa em minha vida. Você mesmo sabe bem, Harry, o quão independente eu sou, por natureza. Sempre fui senhor de mim mesmo; ao menos tinha sido, até que conheci Dorian Gray. Então... mas não sei como explicá-lo a você. Algo pareceu me dizer que eu estava na iminência de uma terrível crise em minha vida. Eu tive a estranha sensação de que o destino havia me reservado extraordinárias alegrias e extraordinárias tristezas. Fiquei temeroso e me virei para deixar o salão. Não foi a consciência que me fez fazê-lo; foi uma espécie de covardia. Eu não me vanglorio por tentar escapar.

— Consciência e covardia são exatamente a mesma coisa, Basil. Consciência é o nome comercial da firma. Isso é tudo.

— Eu não acredito nisso, Harry, e não acho que você também acredite. Entretanto, qualquer que fosse meu motivo — e pode ter sido o orgulho, já que eu costumava ser muito orgulhoso —, eu certamente me empenhei em direção à porta. Chegando lá, é claro, topei com Lady Brandon. 'Você vai escapar assim tão cedo, Mr. Hallward?' ela exclamou. Você conhece a voz curiosamente estridente dela?

— Sim; ela é uma pavoa em tudo, exceto na beleza — disse Lord Henry, despedaçando a margarida com seus dedos longos e nervosos.

— Eu não consegui me livrar de Lady Brandon. Ela me levou para a realeza, e para pessoas condecoradas com estrelas e jarreteiras, e senhoras com tiaras gigantescas e narizes de papagaio. Ela se referiu a mim como seu mais querido amigo. Eu a vira apenas uma vez antes, mas ela estava convencida a me tratar como uma celebridade. Creio que alguma pintura minha havia feito grande sucesso naquela época, ao menos foi comentada nos tabloides, o que é o padrão de imortalidade para o século XIX. De repente, vi-me frente a frente com o jovem cuja personalidade havia mexido comigo de forma tão estranha. Estávamos bem próximos, quase nos tocando. Nossos olhos se encontraram de novo. Foi temerário de minha parte, mas pedi a Lady Brandon que me apresentasse a ele. Talvez não tenha sido tão temerário, afinal. Foi simplesmente inevitável. Nós teríamos conversado um com o outro sem qualquer apresentação. Estou certo disso. Dorian me disse, mais tarde. Ele também sentiu que estávamos destinados a conhecer um ao outro.

— E como Lady Brandon descreveu este maravilhoso rapaz? — perguntou-lhe o amigo. — Eu sei que ela costuma realizar um breve *précis* de todos os seus convidados. Lembro-me de ela me levar até um velho cavalheiro truculento e de rosto avermelhado, coberto por ordens e faixas, e de ela sibilar em meu ouvido, num trágico sussurro que deve ter sido perfeitamente audível para todos no salão, os mais espantosos detalhes. Eu simplesmente fugi. Gosto de descobrir as pessoas sozinho. Mas Lady Brandon trata seus convidados exatamente como um leiloeiro trata seus bens. Ou ela os explica totalmente de uma vez só, ou diz a nós tudo a respeito deles, com a exceção daquilo que queremos saber.

— Pobre Lady Brandon! Você está sendo duro com ela, Harry! — disse Hallward com alguma apatia.

— Meu caro amigo, ela tentou fundar um *salon*, e só foi bem-sucedida em abrir um restaurante. Como eu poderia admirá-la? Mas me diga, o que ela falou sobre o senhor Dorian Gray?

— Oh, algo como 'menino encantador, a pobre e querida mãe e eu, absolutamente inseparáveis. Me esqueci mesmo do que ele faz... acho que... ele não faz nada. Oh, sim, ele toca piano ou seria o violino, senhor Gray?' Nenhum de nós pôde evitar uma risada, e nos tornamos amigos imediatamente.

— O riso não é, de modo algum, um mau começo para uma amizade, e é de longe a melhor forma de terminar uma — disse o jovem senhor, arrancando outra margarida. Hallward sacudiu a cabeça. — Você não entende o que é amizade, Harry —, ele murmurou —, ou o que é inimizade, a propósito disso. Você gosta de todo mundo; isso é o mesmo que dizer que você é indiferente a todo mundo.

— Quão terrivelmente injusto de sua parte! — exclamou Lord Henry, inclinando seu chapéu para trás e olhando para as pequenas nuvens que, como madeixas embaraçadas de seda branca cintilante, estavam flutuando pelo vazio turquesa do céu de verão. — Sim; terrivelmente injusto de sua parte. Eu faço grandes distinções entre as pessoas. Escolho meus amigos pela boa aparência, meus conhecidos pelo bom caráter, e meus inimigos pelo bom intelecto. Um homem jamais pode ser pouco cuidadoso na escolha de seus inimigos. Não tenho um que seja um tolo. São todos homens de algum poder intelectual, e consequentemente todos me apreciam. Será que isso é muito vaidoso de minha parte? Eu acho que é um tanto vaidoso.

— Devo pensar que sim, Harry. Mas de acordo com sua categoria, devo ser meramente um conhecido.

— Meu caro velho Basil, você é muito mais do que um conhecido.

— E muito menos do que um amigo. Uma espécie de irmão, suponho?

— Oh, irmão! Não ligo para irmãos. Meu irmão mais velho simplesmente não morre, e meus irmãos mais novos parecem nunca fazer nada diferente.

— Harry! — exclamou Hallward, franzindo a testa.

— Meu caro amigo, não falo sério. Mas não posso evitar detestar minhas relações familiares. Suponho que isso venha do fato de que nenhum de nós consegue suportar outras pessoas com os mesmos defeitos que temos. Eu simpatizo bastante com a fúria da democracia Inglesa contra o que ela chama de vícios das ordens superiores. As massas sentem que embriaguez, estupidez e imoralidade deveriam ser suas propriedades exclusivas, e que, se algum de nós faz de si um imbecil, está invadindo suas prerrogativas. Quando o pobre Southward foi à corte para obter o divórcio, a indignação deles foi bastante magnífica. E, ainda assim, não suponho que dez por cento do proletariado viva corretamente.

— Não concordo com uma única palavra que você disse, e, mais ainda, Harry, estou certo de que você tampouco concorda.

Lord Henry coçou a barba pontuda e castanha e bateu de leve na ponta de sua bota de couro lustroso com uma bengala ornada de ébano.

— Quão inglês você é, Basil! Esta é a segunda vez que você fez essa observação. Se alguém comunica uma ideia para um verdadeiro inglês — sempre algo imprudente a se fazer —, ele sequer sonha em considerar a ideia certa ou errada. A única coisa que ele avalia ter importância é se aquela pessoa acredita nela mesma. Agora, o valor de uma ideia não tem nada a ver com a sinceridade do homem que a exprime. Na verdade, as probabilidades são de que quanto mais insincero for o homem, mais puramente intelectual será a ideia, já que neste caso ela não será contaminada por suas vontades, seus desejos ou seus preconceitos. No entanto, não proponho discutir política, sociologia ou metafísica com você. Eu gosto de pessoas mais do que de princípios, e eu gosto mais de pessoas sem princípios do que de qualquer outra coisa no mundo. Fale-me mais do senhor Dorian Gray. Com qual frequência você o vê?

— Todos os dias. Eu não poderia ser feliz se não o visse todos os dias. Ele me é absolutamente necessário.

— Que extraordinário! Eu achava que você não ligava para nada além de sua arte.

— Para mim ele é toda a minha arte agora — disse o pintor, gravemente. — Às vezes eu acho, Harry, que existem somente duas épocas de qualquer importância para a história do mundo. A primeira é o surgimento de um novo meio para a arte, e a segunda é o surgimento de uma nova personalidade também para a arte. O que a invenção da pintura a óleo foi para os Venezianos, o rosto de Antínoo foi para a escultura grega tardia, e o rosto de Dorian Gray um dia será para mim. Não se trata de meramente eu pintá-lo, de desenhá-lo, de esboçá-lo. Naturalmente, fiz tudo isso. Mas ele é muito mais para mim do que um modelo, ou um padrão. Não vou afirmar para você que estou insatisfeito com o que fiz com ele, ou que sua beleza é tal que a arte não possa expressá-la. Não há nada que a arte não possa expressar, e eu sei que o trabalho que tenho realizado desde que conheci Dorian Gray é bom, é o melhor trabalho de minha vida. Mas, de alguma maneira curiosa — será que você me entende? —, sua personalidade sugeriu a mim uma forma de arte inteiramente nova, um modo de estilo inteiramente novo. Eu vejo as coisas diferentemente, penso nelas diferentemente. Agora posso recriar a vida de uma maneira que me era oculta até então. 'Um sonho de forma em dias de reflexão' — quem foi que disse isso, mesmo? Esqueço-me; mas é isso que Dorian Gray tem sido de mim. A mera presença desse rapaz — pois não me parece que ele seja mais do que um rapaz, embora realmente tenha mais do que vinte anos —, sua mera presença visível — ah! Será que você pode conceber o que tudo isso significa? Inconscientemente, ele define para mim as linhas de uma nova escola, uma escola que reúne toda a paixão do espírito romântico, toda a perfeição do espírito que é Grego. A harmonia de alma e corpo — quanto isso é! Nós, em nossa loucura, separamos os dois, e inventamos um realismo que é vulgar, e uma idealidade que é vazia. Harry! Se você ao menos soubesse o que Dorian Gray é para mim! Você se lembra daquela minha paisagem, pela qual Agnew ofereceu um valor enorme, mas que eu não pude aceitar? É uma das melhores coisas que jamais fiz. E por que é assim? Porque, enquanto eu a pintava, Dorian Gray estava sentado ao meu lado. Alguma influência sutil passou dele para mim, e pela primeira vez em minha vida eu contemplei, naquela floresta plana, o maravilhamento pelo qual sempre havia procurado e jamais havia encontrado.

— Basil, isso é extraordinário! Preciso ver Dorian Gray.

Hallward ergueu-se do assento e andou de lá para cá no jardim. Após algum tempo, ele retornou.

— Harry — ele disse —, Dorian Gray é para mim simplesmente um motivo na arte. Você pode não ver nada nele. Eu vejo tudo. Ele está ainda mais presente no meu trabalho quando não há imagem alguma dele. Ele é uma sugestão, como eu disse, de uma nova maneira. Eu o encontro nas curvas de certas linhas, nos encantos e nas sutilezas de certas cores. Isso é tudo.

— Então por que você não vai expor seu retrato? — perguntou Lord Henry.

— Porque, sem o pretender, coloquei na obra alguma expressão de toda essa curiosa idolatria artística, a qual, é claro, eu jamais me dei ao trabalho de comunicar a ele. Ele não sabe nada sobre isso. Jamais saberá. Mas o mundo pode intuí-lo, e eu não vou desnudar minha alma diante de seus olhos bisbilhoteiros e superficiais. Meu coração nunca haverá de ser colocado diante de seus microscópios. Há demais de mim mesmo naquilo, Harry — demais de mim mesmo!

— Nem poetas são tão escrupulosos quanto você. Eles sabem quão útil é a paixão para uma publicação. Hoje em dia, um coração partido vai receber muitas edições.

— Eu os odeio por causa disso — exclamou Hallward. — Um artista deve criar belas coisas, mas não deve colocar nada de sua própria vida nelas. Nós vivemos em uma época em que os homens tratam arte como se fosse uma forma de autobiografia. Nós perdemos a percepção abstrata da beleza. Algum dia mostrarei ao mundo o que é isso; e por essa razão o mundo nunca haverá de ver meu retrato de Dorian Gray.

— Acho que você está errado, Basil, mas não vou discutir. São apenas os intelectualmente perdidos que sempre discutem. Diga-me, Dorian Gray gosta muito de você?

O pintor refletiu por alguns momentos.

— Ele gosta de mim — respondeu após uma pausa —, sei que ele gosta de mim. Claro que eu o bajulo terrivelmente. Experimento um estranho prazer em dizer, a ele, coisas das quais sei que vou me arrepender por ter dito. Via de regra, ele me é encantador, e nós nos sentamos no ateliê e conversamos sobre milhares de coisas. Vez ou outra, no entanto, ele se mostra horrivelmente descuidado, e parece sentir verdadeiro deleite em me causar dor. Então eu sinto, Harry, que entreguei toda a minha alma para alguém que a trata como se fosse uma flor a ser colocada no casaco, uma espécie de decoração para adular sua vaidade, um ornamento para um dia de verão.

— Dias de verão, Basil, são apropriados para se estenderem — murmurou Lord Henry. — Talvez você vá se cansar antes do que ele. É algo triste de se pensar, mas não há dúvida de que o gênio dura mais do que a beleza. Isso considera o fato de que todos nós sofremos tanto para nos educarmos ao máximo. Na luta selvagem pela existência, queremos ter algo que a suporte, e então vamos encher nossas mentes com entulhos e fatos, na tola esperança de preservarmos nosso lugar. O homem inteiramente bem informado — eis o ideal moderno. E a mente do homem inteiramente bem informado é algo medonho. É como uma loja de bugigangas, cheia de monstros e pó, com tudo valendo mais do que seu preço justo. Mesmo assim, acho que você vai se cansar antes. Certo dia você vai olhar para seu amigo, e ele vai lhe parecer um pouco mal desenhado, ou você não irá gostar do tom da cor dele, ou algo assim. Você vai repreendê-lo amargamente em seu próprio coração, e pensar com seriedade que ele se comportou mal para consigo. Na próxima vez em que ele lhe chamar, você estará perfeitamente frio e indiferente. Será uma grande pena, porque isso vai lhe alterar. O que você me contou é um romance e tanto, podemos chamá-lo de um romance de arte, e o pior de termos um romance de qualquer tipo é que ele nos deixa tão pouco românticos.

— Harry, não fale assim. Enquanto eu viver, a personalidade de Dorian Gray vai me dominar. Você não pode sentir o que eu sinto. Você muda com muita frequência.

— Ah, meu caro Basil, esse é o motivo exato pelo qual posso senti-lo. Aqueles que são fiéis conhecem apenas o lado trivial do amor: são os infiéis que conhecem as tragédias do amor.

E Lord Henry acendeu um fósforo retirado de um delicado estojo de prata e começou a fumar um cigarro com um ar satisfeito e autoconsciente, como se tivesse resumido o mundo em uma frase. Houve um farfalhar de pardais que chilreavam nas folhas de tom verde laqueado da hera, e as sombras azuladas das nuvens perseguiam-se pela relva, como andorinhas. Quão agradável estava o jardim! E quão deliciosas eram as emoções de outras pessoas! — muito mais deliciosas do que suas ideias, parecia a ele. A nossa alma, e as paixões de nossos amigos — eis as coisas fascinantes da vida. Silenciosamente deleitado, ele imaginou o entediante almoço que havia perdido por ter ficado com Basil Hallward por tanto tempo. Se tivesse ido à residência de sua tia, com certeza teria encontrado Lord Goodbody por lá, e toda a conversa teria sido sobre a alimentação dos pobres e a necessidade de abrigos-modelo. Cada classe teria pregado sobre a importância dessas virtudes, para cujo exercício não havia necessidade em suas próprias vidas. Os ricos teriam falado sobre o valor da parcimônia, e os ociosos teriam se tornado eloquentes a respeito da dignidade do labor. Era encantador ter escapado de tudo isso! Enquanto pensava na tia, uma ideia pareceu atingi-lo. Ele se virou para Hallward e disse: — Meu caro amigo, acabei de me lembrar.

— Lembrou-se de quê, Harry?

— De onde ouvi o nome de Dorian Gray.

— Onde foi? — perguntou Hallward, com um leve franzir.

— Não fique tão irritado, Basil. Foi na residência de minha tia, Lady Agatha. Ela me disse que havia descoberto um maravilhoso rapaz que iria ajudá-la no East End, e que seu nome era Dorian Gray. Devo declarar que ela nunca me disse que ele era belo. Mulheres não têm apreciação por belas aparências; pelo menos boas mulheres, não. Ela disse que ele era muito sincero e que sua natureza era boa.

No mesmo momento, imaginei uma criatura de óculos e cabelos lisos, horrivelmente sardenta e cambaleando sobre pés enormes. Quisera eu saber que era seu amigo.

— Fico feliz que você não soubesse, Harry.
— Por quê?
— Não quero que você o conheça.
— Você não quer que eu o conheça?
— Não.
— O senhor Dorian Gray está no ateliê, senhor — disse o mordomo, vindo ao jardim.
— Você deve me apresentar agora — exclamou Lord Henry, rindo.

O pintor virou-se para o criado, que permaneceu piscando à luz do sol.

— Peça ao senhor Gray para esperar, Parker: devo entrar em poucos minutos. — O homem se inclinou e se afastou.

Então, ele olhou para Lord Henry.

— Dorian Gray é meu mais querido amigo — disse. — Ele tem uma essência simples e bela. Sua tia estava muito certa no que disse a respeito dele. Não o arruíne. Não tente influenciá-lo. Sua influência seria ruim. O mundo é vasto, e há muitas pessoas maravilhosas nele. Não tire de mim a única pessoa que confere à minha arte qualquer encanto que ela possua: minha vida como artista depende dele. Preste atenção, Harry, confio em você. — Ele falou bem devagar, e as palavras pareciam sair retorcidas de sua boca, quase contra sua vontade.

— Que absurdos você diz! — falou Lord Henry, sorrindo, e, pegando Hallward pelo braço, quase o levou para dentro.

Capítulo 2

Ao entrar, eles viram Dorian Gray. Estava sentado ao piano, de costas para os dois, folheando um volume de "Cenas da floresta", de Schumann.

— Você precisa me emprestar isto, Basil — ele exclamou. — Quero aprendê-las. São perfeitamente encantadoras.

— Isso depende totalmente de como você posar hoje, Dorian.

— Oh, estou cansado de posar, e não quero um retrato meu de corpo inteiro — respondeu o rapaz, balançando-se no tamborete de uma forma voluntariosa e petulante. Quando avistou Lord Henry, um vago rubor coloriu suas bochechas por um instante, e ele se empertigou. — Peço perdão, Basil, mas não sabia que você tinha companhia.

— Este é Lord Henry Wotton, Dorian, um velho amigo meu de Oxford. Eu havia acabado de contar a ele sobre o modelo maravilhoso que você era, e agora você arruinou tudo.

— Você não arruinou meu prazer em conhecê-lo, senhor Gray — disse Lord Henry, avançando e estendendo-lhe a mão. — Minha tia fala com frequência de você. Você é um de seus favoritos e, temo, uma de suas vítimas também.

— Atualmente, estou em apuros com Lady Agatha — respondeu Dorian com um divertido ar de penitência. — Prometi ir a um clube em Whitechapel na última terça, e me esqueci completamente disso. Devíamos ter tocado um dueto juntos. Três duetos, acredito. Não sei o que ela dirá para mim. Estou com muito medo de encontrá-la.

— Oh, eu vou apaziguar a minha tia. Ela o admira demais. E não acho que realmente importe você não estar lá. O público provavelmente pensou que fosse um dueto. Quando tia Agatha se senta ao piano, ela faz barulho o suficiente para duas pessoas.

— Isso é terrível para ela, e não muito gentil para comigo — respondeu Dorian, rindo.

Lord Henry olhou-o. Sim, ele com certeza era incrivelmente belo, com seus lábios escarlates de curvas delicadas, seus francos olhos azuis, seus cabelos de caracóis dourados. Havia algo em seu rosto que de imediato despertava confiança. Ali estava toda a candura da juventude, assim como toda a pureza apaixonada dessa fase da vida. Ele fazia crer que se preservara intocado pelo mundo. Não surpreendia que Basil Hallward o venerasse.

— O senhor é encantador demais para se dedicar à filantropia, senhor Gray, encantador em demasia. — E Lord Henry se atirou no divã e abriu seu estojo de cigarros.

O pintor estivera ocupado misturando cores e aprontando os pincéis. Ele parecia preocupado, e, quando ouviu a última afirmação de Lord Henry, Hallward o olhou de relance, hesitou por um momento e então disse:

— Harry, quero terminar esse retrato hoje. Você acha que seria terrivelmente rude de minha parte se eu pedisse que você fosse embora?

Lord Henry sorriu e olhou para Dorian Gray.

— Devo ir, senhor Gray? — perguntou.

— Oh, por favor, não, Lord Henry. Noto que Basil está em um de seus temperamentos ruins, e não posso aturá-lo quando fica assim. Além disso, quero que o senhor me diga porque não devo me dedicar à filantropia.

— Não sei se posso lhe dizer isso, senhor Gray. É um assunto tão entediante que teríamos que falar sobre ele com seriedade. Mas eu certamente não vou fugir, agora que o senhor me pediu para ficar. Na verdade você não se importa, certo, Basil? Você me disse várias vezes que gostava de que seus modelos tivessem alguém com quem conversar.

Hallward mordeu o lábio.

— Se Dorian assim deseja, claro que você deve ficar. Os caprichos de Dorian são leis para todos, menos para ele próprio.

Lord Henry pegou seu chapéu e suas luvas.

— Você é muito insistente, Basil, mas preciso mesmo ir. Prometi que encontraria um homem no Orleans. Até logo, senhor Gray. Venha me visitar em Curzon Street, em alguma tarde. Estou quase sempre em casa às cinco horas. Escreva-me quando vier. Eu lamentaria não voltar a encontrá-lo.

— Basil — exclamou Dorian Gray —, se Lord Henry Wotton se vai, também vou. Você nunca abre a boca enquanto está pintando, e é horrivelmente enfadonho permanecer em uma plataforma e tentar parecer agradável. Peça a ele que fique. Eu insisto.

— Fique, Harry, para agradar Dorian, e para agradar a mim — disse Hallward, fixando o quadro atentamente. — É bem verdade, eu nunca falo quando estou trabalhando, e nunca ouço, também, e isso deve ser terrivelmente tedioso para os meus infelizes modelos. Imploro para que fique.

— Mas e meu homem no Orleans?

O pintor riu.

— Não acho que vá haver qualquer dificuldade em relação a isso. Sente-se novamente, Harry. E agora, Dorian, suba na plataforma, e não se mexa muito ou dê atenção ao que Lord Henry diz. Ele exerce uma má influência sobre todos os seus amigos, e eu sou a única exceção.

Dorian Gray posicionou-se no estrado com o ar de um jovem mártir grego, e fez um ligeiro *moue* de descontentamento para Lord Henry, com quem havia simpatizado bastante. Ele era tão diferente de Basil. Havia um delicioso contraste entre os dois. E ele tinha uma voz tão bonita. Após alguns instantes, Dorian lhe disse:

— Você exerce mesmo uma má influência, Lord Henry? Tão má quanto Basil afirma?

— Não existe isso de boa influência, senhor Gray. Toda influência é imoral: imoral do ponto de vista científico.

— Por quê?

— Porque influenciar alguém é dar-lhe a própria alma. A pessoa não pensa seus pensamentos naturais, e não arde com suas paixões naturais. Suas virtudes não são reais. Seus pecados, se existem coisas como pecados, são emprestados. Ela se torna o eco da música de outra pessoa, uma atriz interpretando um papel que não é seu. O objetivo da vida é o autodesenvolvimento. Entendermos a nossa essência com perfeição — eis o motivo pelo qual cada um de nós está aqui. As pessoas têm medo de si mesmas, hoje em dia. Elas se esqueceram da mais elevada obrigação entre todas, que é aquela que devemos a nós mesmos. Claro, elas são caridosas. Alimentam os famintos e vestem os pedintes. Mas suas próprias almas morrem de fome, e estão nuas. A coragem abandonou nossa raça. Talvez nós nunca a tivemos. O terror da sociedade, que é a base da moral, o temor a Deus, que é o segredo da religião — essas são as duas coisas que nos comandam. E ainda assim...

— Vire a cabeça um pouco mais para a direita, Dorian, como um bom garoto — pediu o pintor, imerso em seu trabalho e consciente de que o rosto do rapaz assumira um ar que ele nunca vira antes.

— E ainda assim — continuou Lord Henry, em sua voz suave, musical, e com aquele gracioso ondular da mão que lhe era tão característico, e que ele ostentava desde os dias de estudante em Eton —, acredito que, se um homem vivesse sua vida com plenitude, de maneira completa, se desse forma a todos os sentimentos, expressão a todos os pensamentos, realidade a todos os sonhos, acredito que o mundo receberia um ímpeto de alegria tão novo que nós nos esqueceríamos de todas as doenças do medievalismo, e retornaríamos ao ideal Helênico — talvez até a algo mais refinado, mais rico que o ideal Helênico. Mas o mais corajoso entre nós tem medo de si mesmo. A mutilação do selvagem sobrevive tragicamente graças à autonegação que destrói nossas vidas. Somos punidos por nossas renúncias. Cada impulso que nos esforçamos para estrangular se reproduz em nossas mentes e nos envenena. O corpo peca uma vez, e dá conta do pecado, porque ação é uma forma de purificação. Nada permanece a não ser uma reminiscência de um prazer, ou a luxúria de um arrependimento. A única forma de nos livrarmos de uma tentação é cedendo a ela. Resistamos, e nossa alma adoece com o anseio pelas coisas que proibiu a si mesma, com o desejo que suas leis monstruosas tornaram monstruoso e ilegal. Tem sido afirmado que os grandes eventos do mundo acontecem no cérebro. É no cérebro, e apenas no cérebro, que os grandes pecados do mundo também ocorrem. O senhor, senhor Gray, com sua juventude rosa-enrubescida e com sua meninice branca e rosada, o senhor teve paixões que lhe deram medo, pensamentos que lhe encheram de terror, devaneios e sonhos cuja mera lembrança pode macular as maçãs de seu rosto com vergonha...

— Pare! — assustou-se Dorian Gray. — Pare! O senhor me desorienta. Não sei o que dizer. Existe alguma resposta para o senhor, mas não consigo encontrá-la. Não fale. Deixe-me pensar. Ou, ainda, deixe-me tentar não pensar.

Por cerca de dez minutos ele permaneceu lá, imóvel, com lábios entreabertos e olhos estranhamente faiscantes. Ele tinha uma vaga consciência de que estava sob o efeito de influências totalmente novas. No entanto, elas lhe pareciam vir de si mesmo. As poucas palavras que o amigo de Basil lhe dissera — palavras ditas ao acaso, sem dúvida, nas quais havia um paradoxo intencional — haviam tocado alguma corda secreta que jamais fora tangida antes, mas que ele agora sentia vibrando e latejando em curiosas pulsações.

A música o excitava dessa forma. A música o perturbara muitas vezes. Mas a música não era articulada. Não era um novo mundo, e sim outro caos que criava em nós. Palavras! Meras palavras! Quão terríveis elas eram! Quão claras, vívidas e cruéis! Não era possível fugir delas. E no entanto, que sutil magia havia nelas! Pareciam capazes de dar plasticidade a coisas sem forma, e de ter uma música própria tão doce quanto aquela da viola ou do alaúde. Meras palavras! Haveria algo tão real quanto palavras?

Sim; houve coisas em sua meninice que Dorian não havia entendido. Entendia-as agora. De repente, a vida adquiriu as cores do fogo. Parecia-lhe que estivera andando sobre as brasas. Por que ele não se dera conta?

Com seu sorriso sutil, Lord Henry o observava. Sabia o exato momento psicológico em que não devia dizer nada. Sentiu-se intensamente interessado. Estava maravilhado com a súbita impressão que suas palavras haviam produzido, e, lembrando-se de um livro que lera quando tinha 16 anos, um livro que lhe revelara muito do que antes não sabia, perguntou-se se Dorian Gray estaria passando por uma experiência similar. Ele havia simplesmente disparado uma flecha no ar. Teria acertado o alvo? Quão fascinante era o rapaz!

Hallward seguia pintando com aquele gesto maravilhoso e audaz, que tinha o verdadeiro refinamento e a perfeita delicadeza que, na arte, de qualquer maneira, só vêm da força. Ele não tinha consciência do silêncio.

— Basil, estou cansado de ficar de pé — exclamou Dorian Gray de repente. — Preciso sair e me sentar no jardim. O ar aqui está sufocante.

— Meu caro amigo, sinto muito. Quando estou pintando, não consigo pensar em mais nada. Mas você nunca posou melhor. Esteve perfeitamente imóvel. E capturei o efeito que queria. — Os lábios, entreabertos; e o olhar, cintilantes. — Não sei o que Harry andou lhe dizendo, mas ele certamente fez com que você assumisse a mais incrível expressão. Suponho que ele estivesse lhe elogiando. Você não deve acreditar em uma palavra que ele diz.

— Ele certamente não estava me elogiando. Talvez essa seja a razão pela qual não acredito em nada do que me disse.

— O senhor sabe que acredita em tudo — disse Lord Henry, olhando para ele com olhos sonhadores, lânguidos. — Irei ao jardim com o senhor. Está horrivelmente quente aqui no ateliê. Basil, ofereça-nos algo gelado para beber, algo com morangos.

— Claro, Harry. Apenas toque a campainha, e, quando Parker vier, vou dizer a ele o que você quer. Preciso trabalhar neste fundo, então me juntarei a vocês mais tarde. Não segure Dorian por muito tempo. Eu jamais estive em melhor forma para pintar do que hoje. Está será a minha obra-prima. Já é minha obra-prima assim como está.

Lord Henry saiu para o jardim e encontrou Dorian Gray com rosto enterrado nas grandes flores frias do lilás, bebendo-lhes febrilmente o perfume como se fosse vinho. Ele se aproximou e colocou a mão em seu ombro. — O senhor está muito certo ao fazer isso — murmurou. — Nada pode curar a alma a não ser os sentidos, assim como nada pode curar os sentidos a não ser a alma.

O rapaz se sobressaltou e recuou. Estava com a cabeça descoberta, e as folhas haviam desarrumado seus cachos rebeldes e emaranhado os fios dourados. Havia temor em seus olhos, como o das pessoas que são subitamente acordadas. Suas narinas delicadamente talhadas vibraram, e algum nervo oculto fez sacudir o escarlate de seus lábios, deixando-os trêmulos.

— Sim — prosseguiu Lord Henry —, esse é um dos grandes segredos da vida: uma criatura magnífica. Sabe mais do que pensa que sabe, assim como menos do que deseja saber.

Dorian Gray franziu o cenho e voltou a cabeça para outro lado. Ele não conseguia deixar de apreciar o jovem alto e encantador que estava de pé à sua frente. O rosto romântico, de cor de oliva, e a expressão cansada o interessavam. Havia algo naquela voz grave e lânguida que era absolutamente fascinante. Mesmo as mãos frias, brancas como flores, tinham um curioso encanto. Elas se moviam enquanto ele falava, como música, e pareciam ter uma linguagem própria. Mas ele o temeu, e sentiu vergonha por ter medo. Por que fora dado a um estranho revelá-lo a si mesmo? Ele conhecia Basil Hallward por meses, mas a amizade entre ambos nunca o havia alterado. De súbito, surgira alguém que parecia revelar-lhe o mistério da vida. E, no entanto, o que havia para se temer? Ele não era um menino ou uma menina de colégio. Era absurdo sentir-se assustado.

— Vamos nos sentar à sombra — disse Lord Henry. — Parker trouxe as bebidas, e, se o senhor ficar por mais tempo nessa luz, vai se arruinar, e Basil jamais irá pintá-lo novamente. O senhor realmente não pode se permitir se queimar pelo sol. Seria inconveniente.

— O que isso pode importar? — exclamou Dorian Gray, rindo, enquanto se sentava no banco numa extremidade do jardim.

— Devia importar totalmente a você, senhor Gray.

— Por quê?

— Porque o senhor tem a mais maravilhosa juventude, e juventude é a única coisa que vale a pena possuir.

— Não sinto isso, Lord Henry.

— Não, você não precisa sentir isso agora. Algum dia, quando você for velho e enrugado, quando os pensamentos tiverem lhe ressecado a testa com suas linhas, e quando a paixão tiver lhe marcado os lábios com seu fogo hediondo, você vai senti-lo, você vai senti-lo terrivelmente. Agora, para onde quer que você vá, você vai encantar o mundo. Será sempre assim?... Você tem um rosto espetacularmente belo, senhor Gray. Não me olhe assim. Você tem. E a beleza é uma forma de gênio — é mais elevada, na verdade, do que o gênio, uma vez que não precisa de explicação. É um dos grandes fatos do mundo, como a luz do sol, ou a primavera, ou o reflexo em águas escuras daquela concha prateada que chamamos de lua. Não pode ser questionada. Ela tem o direito divino da soberania, e torna príncipes aqueles que a possuem. Você sorri? Ah! Não vai sorrir quando a perder... As pessoas afirmam, às vezes, que a beleza é apenas superficial. Pode ser, mas pelo menos não é tão superficial quanto os pensamentos. Para mim, a beleza é a maravilha das maravilhas. São apenas as pessoas rasas que não julgam pelas aparências. O verdadeiro mistério do mundo é o que se vê, não o que não se vê... Sim, senhor Gray, os deuses foram bons para o senhor. Mas o que os deuses dão, eles rapidamente pegam de volta. O senhor tem apenas alguns anos para viver de verdade, com perfeição e plenitude. Quando sua juventude se for, sua beleza irá com ela, e então o senhor vai descobrir subitamente que não lhe restam mais triunfos, ou terá que se contentar com aqueles triunfos vis que a memória do seu passado vai tornar mais amargos do que qualquer derrota. Cada mês que transcorre o levará mais perto de algo terrível. O tempo sente inveja do senhor, e guerreia contra seus lírios e suas rosas. O senhor vai se tornar pálido e encovado, de olhar mortiço. O senhor sofrerá horrivelmente... Ah! Perceba a sua juventude enquanto a tem. Não esbanje o ouro de seus dias dando ouvidos às pessoas entediantes, tentando reparar os fracassados desesperançados, ou entregando sua vida aos ignorantes, os triviais e os vulgares. Essas são as aspirações doentias, os ideais falsos de nossa época. Viva! Viva a vida maravilhosa que há no senhor! Não deixe que nada passe despercebido. Esteja sempre em busca de novas sensações. Não tenha medo de nada... Um novo Hedonismo — é o que o nosso século deseja. O senhor pode ser o símbolo visível disso. Com sua personalidade, não há nada que não possa fazer. O mundo lhe pertence por uma temporada... No momento em que o conheci, notei que o senhor não tem consciência daquilo que verdadeiramente é, daquilo que verdadeiramente poderia ser. Havia tantas coisas no senhor que me fascinaram que senti que devia lhe dizer algo a respeito de si mesmo. Pensei no quão trágico seria se o senhor se desperdiçasse. Porque é tão curto o tempo que sua juventude vai durar — tão curto. As flores comuns das colunas murcham, mas desabrocham novamente. O laburno está tão amarelo junho do ano que vem quanto está agora. Dentro de um mês, haverá estrelas púrpuras no clêmatis, e ano após ano a noite esverdeada de suas folhas vai retê-las. Mas nós nunca recuperamos nossa juventude. O pulsar de felicidade que bate em nós aos vinte anos se torna vagaroso. Nossos membros falham, nossos sentidos apodrecem. Nós nos degeneramos, tornando-nos fantoches horrendos, assombrados pela memória das paixões de que tanto sentíamos medo, e das tentações requintadas a que não tivemos coragem de nos entregar. Juventude! Juventude! Não há absolutamente nada no mundo a não ser a juventude!

Dorian Gray ouvia, de olhos arregalados e pensativo. O ramo de lilases caiu de suas mãos no cascalho. Uma abelha peluda veio e zumbiu ao redor dele por um instante. Depois, ela começou a circular por todo o globo oval de flores estreladas. Ele a observou com aquele estranho interesse por coisas triviais que tentamos empreender quando coisas de muita importância nos amedrontam, ou quando somos agitados por alguma emoção nova para a qual não conseguimos encontrar uma expressão, ou quando algum pensamento que nos aterroriza estabelece um súbito cerco ao cérebro e nos impele a ceder. Após algum tempo, a abelha foi embora. Ele a viu se arrastando para dentro do trompete manchado de uma *Tyrian convolvulus*. A flor pareceu estremecer, e então balançou delicadamente para frente e para trás.

De súbito, o pintor apareceu na porta do ateliê e fez sinais em *staccato* para que eles entrassem. Eles se voltaram um para o outro e sorriram.

— Estou esperando — ele exclamou. — Queiram entrar. A luz está perfeita, e vocês podem trazer suas bebidas.

Eles se ergueram e caminharam juntos pela aleia. Duas borboletas verdes e brancas esvoaçaram ao lado deles, e na pereira do canto do jardim um tordo começou a cantar.

— O senhor está feliz por ter me conhecido, senhor Gray — disse Lord Henry, olhando para ele.

— Sim, estou feliz agora. Será que sempre me sentirei feliz?

— Sempre! Eis uma palavra terrível. Ouvi-la faz com que eu estremeça. As mulheres gostam tanto de usá-la. Elas estragam qualquer romance tentando fazê-lo durar para sempre. É uma palavra sem sentido, também. A única diferença entre um capricho e uma paixão para a vida inteira é que o capricho dura um pouco mais.

Ao entrarem no ateliê, Dorian Gray colocou a mão no braço de Lord Henry. — Neste caso, permita que nossa amizade seja um capricho — murmurou, corando ante sua própria ousadia, e então voltou à plataforma e reassumiu sua pose.

Lord Henry se atirou sobre uma poltrona de vime e o observou. O atrito e o traçado na tela compunham o único ruído que rompia a quietude, exceto quando, vez ou outra, Hallward recuava para olhar seu trabalho de alguma distância. Em meio aos feixes inclinados que fluíam pela porta aberta, a poeira dançava e era dourada. O intenso perfume das rosas parecia pairar sobre tudo.

Depois de cerca de quinze minutos, Hallward parou de pintar, olhou por um longo tempo para Dorian Gray e depois por um longo tempo para a pintura, mordendo a ponta de um de seus pincéis enormes e franzindo o cenho.

— Está pronto — ele exclamou enfim, e, inclinando-se, escreveu seu nome com letras longas bem avermelhadas no canto esquerdo da tela.

Lord Henry aproximou-se e examinou a pintura. Era certamente uma obra de arte maravilhosa, e de uma semelhança maravilhosa, também.

— Meu caro amigo, eu o parabenizo da forma mais calorosa — ele disse. — É o retrato mais refinado dos tempos modernos. Senhor Gray, venha e dê uma olhada em si mesmo.

O rapaz se levantou com um sobressalto, como se despertasse de um sonho.

— Está realmente pronto? — ele murmurou, descendo da plataforma.

— Realmente pronto — afirmou o pintor. — E você posou esplendidamente hoje. Agradeço-lhe imensamente.

— Isso é totalmente devido a mim — interrompeu Lord Henry. — Não é, senhor Gray?

Dorian não respondeu, mas passou indiferente diante de seu retrato e virou-se para ele. Ao vê-lo, recuou, e suas bochechas coraram de prazer por um instante. Seus olhos assumiram uma expressão de alegria, como se ele tivesse se reconhecido pela primeira vez. O rapaz permaneceu ali imóvel e maravilhado, vagamente consciente de que Hallward lhe falava, mas sem captar o sentido de suas palavras. A percepção de sua própria beleza o atingiu como uma revelação. Ele nunca sentira isso antes. Os elogios de Basil Hallward pareciam-lhe somente o exagero encantador da amizade. Ele os ouvira, rira deles e os esquecera. Não influenciaram sua natureza. Então, viera Lord Henry Wotton com aquele estranho panegírico sobre a juventude, aquele terrível aviso sobre sua brevidade. Aquilo mexera com Dorian, e agora, enquanto olhava fixamente para a sombra de sua própria beleza, a completa realidade da descrição cintilou diante dele. Sim, chegaria o dia em que seu rosto ficaria enrugado e encovado, seus olhos, apagados e sem cor, a graciosidade de sua figura, alquebrada e deformada. O escarlate em seus lábios iria fenecer e o dourado de seus cabelos, desaparecer. A vida que devia compor sua alma iria estragar seu corpo. Ele se tornaria medonho, hediondo e grosseiro.

Enquanto pensava nisso, uma pontada aguda de dor o atingiu como uma faca e fez estremecer cada delicada fibra de sua essência. Seus olhos se aprofundaram em um tom de ametista, e sobre eles formou-se uma névoa de lágrimas. Ele sentiu como se uma mão feita de gelo tivesse se colocado sobre seu coração.

— Você não gosta? — exclamou Hallward enfim, um pouco fustigado pelo silêncio do rapaz, sem entender o que isso significava.

— É claro que ele gosta — disse Lord Henry. — Quem não gostaria? É uma das maiores obras da arte moderna. Eu lhe daria qualquer coisa que você pedir por ela. Preciso tê-la.

— Não é minha propriedade, Harry.

— De quem é?

— De Dorian, é claro — respondeu o pintor.

— Ele é um rapaz muito sortudo.

— Quão triste é! — murmurou Dorian Gray com os olhos ainda fixos em seu próprio retrato. — Quão triste é! Eu hei de ficar velho, e horrível, e medonho. Mas essa pintura vai permanecer sempre jovem. Nunca será mais velha do que este dia particular de junho... Se ao menos fosse o inverso! Se eu pudesse permanecer sempre jovem, e o retrato envelhecesse! Em troca disso... Em troca disso... Eu daria tudo! Sim, em todo o mundo não há nada que eu não daria! Eu daria minha alma em troca disso!

— Você não gostaria nada de um arranjo assim, Basil — exclamou Lord Henry, rindo. — Seria bem duro com a sua obra.

— Eu me oporia com muita veemência, Harry — disse Hallward.

Dorian Gray virou-se e olhou para ele.

— Acredito que você se oponha, Basil. Você gosta de sua arte mais do que de seus amigos. Para você, não sou nada além de uma figura de bronze verde. Nem isso, arrisco dizer.

O pintor encarou-o espantado. Era tão improvável que Dorian falasse daquela forma. O que havia acontecido? Ele parecia um tanto irritado. Seu rosto estava corado, e suas bochechas ardiam.

— Sim — ele prosseguiu —, para você, sou menos do que seu Hermes de marfim ou seu Fauno de prata. Você sempre vai gostar deles. Por quanto tempo você vai gostar de mim? Até que eu tenha a minha primeira ruga, suponho. Eu sei, agora, que quando alguém perde uma bela aparência, não importa o que essa pessoa seja, ela perde tudo. Sua pintura me ensinou isso. Lord Henry está perfeitamente certo. A juventude é a única coisa que vale a pena ter. Quando eu perceber que estou envelhecendo, vou me matar.

Hallward empalideceu e pegou-lhe a mão.

— Dorian! Dorian! — exclamou. — Não fale dessa forma. Eu jamais tive um amigo como você, e jamais terei. Você não sente ciúme de coisas materiais, está?... Você que é mais refinado do que qualquer uma delas!

— Sinto ciúme de tudo cuja beleza não morre. Sinto ciúme do meu retrato que você pintou. Por que ele deveria preservar algo que preciso perder? Cada instante que passa tira algo de mim e dá algo a ele. Oh, se ao menos fosse o contrário! Se o retrato pudesse mudar, e se eu pudesse ser sempre o que sou agora! Por que você o pintou? Ele vai zombar de mim, algum dia... zombar terrivelmente de mim! — As lágrimas cálidas se acumularam em seus olhos; ele afastou a mão do pintor e, lançando-se no divã, enterrou o rosto entre as almofadas, como se rezasse.

— Isto é culpa sua, Harry — disse o pintor, amargamente.

Lord Henry encolheu os ombros. — É o Dorian Gray real, apenas isso.

— Não é.

— Se não é, o que eu tenho a ver com isso?

— Você devia ter ido embora quando lhe pedi — ele murmurou.

— Eu fiquei quando você me pediu — foi a resposta de Lord Henry.

— Harry, não posso discutir com meus dois melhores amigos de uma vez só, mas, entre ambos, vocês me fizeram odiar a mais refinada obra de arte que jamais produzi, e vou destruí-la. O que é, além de tela e cor? Não deixarei que invada nossas três vidas e as arruíne.

Dorian Gray ergueu sua cabeça dourada da almofada, e, com uma expressão pálida e olhos manchados pelas lágrimas, observou-o enquanto ele caminhava até a mesa de pintura de pinho que estava abaixo das altas janelas com cortinas. O que ele estava fazendo ali? Seus dedos remexiam os amontoados de tubos de estanho e pincéis secos, procurando por algo. Sim, pela longa faca de paleta, com sua fina lâmina de aço flexível. Ele a encontrara, enfim. Ia rasgar a tela.

Com um soluço sufocado, o rapaz saltou do divã e, correndo até Hallward, arrancou-lhe a faca da mão e a arremessou para os fundos do ateliê.

— Não, Basil, não! — gritou. — Isso seria assassinato!

— Estou feliz que você enfim aprecie meu trabalho, Dorian — disse o pintor friamente após se recuperar da surpresa. — Pensei que jamais o faria.

— Apreciá-lo? Estou apaixonado por ele, Basil. É parte de mim. Sinto isso.

— Bem, assim que você estiver seco, será envernizado e emoldurado, e enviado para a sua casa. Então, poderá fazer consigo mesmo o que quiser. — E ele caminhou pelo cômodo e tocou a campainha para o chá. — Você certamente quer chá, não, Dorian? E você também, Harry? Ou recusa tais simples prazeres?

— Adoro simples prazeres — disse Lord Henry. — São o último refúgio dos complexos. Mas não gosto de cenas, a não ser nos palcos. Que amigos absurdos vocês são, os dois! Pergunto-me quem estabeleceu que o homem seja um animal racional. Foi a definição mais prematura que jamais existiu. O homem é muitas coisas, mas não racional. Fico feliz que não seja, afinal. Apesar de desejar que os senhores não brigassem pelo quadro. Muito melhor seria se você deixasse que eu fique com ele, Basil. Esse rapaz tolo não o quer de verdade, e eu realmente o quero.

— Se você deixar que qualquer pessoa além de mim o tenha, Basil, eu jamais vou perdoá-lo! — gritou Dorian Gray. — E não permitirei que me chamem de rapaz tolo.

— Você sabe que o quadro é seu, Dorian. Eu lhe dei antes que ele sequer existisse.

— E o senhor sabe que tem sido um pouco tolo, senhor Gray, e que realmente não se opõe a ser lembrado de que é extremamente jovem.

— Eu devia ter me oposto muito veementemente nesta manhã, Lord Henry.

— Ah! Esta manhã! Você tem vivido desde então.

Uma batida soou na porta, e o mordomo entrou com uma bandeja de chá carregada e a colocou em uma pequena mesa japonesa. Houve um chocalhar de xícaras e pires, e o sibilar de uma chaleira canelada da Geórgia. Dois pratos de porcelana em forma de globo foram trazidos por um pajem. Dorian Gray se aproximou e se serviu do chá. Os dois homens deambularam languidamente até a mesa e avaliaram o que estava abaixo das coberturas.

— Vamos ao teatro esta noite — disse Lord Henry. — Certamente haverá algo em cartaz, em algum lugar. Prometi jantar na residência de

White, mas se trata apenas de um velho amigo, então posso enviar a ele um telegrama para dizer que estou doente, ou que fui impedido de comparecer por conta de um compromisso subsequente. Acho que essa seria uma desculpa bastante boa: ela teria toda a surpresa da candura.

— É tão entediante vestir roupas formais — murmurou Hallward. — E, quando as vestimos, elas tão horrendas.

— Sim — respondeu Lord Henry, sonhador —, os trajes do século XIX são detestáveis. São tão sombrios, tão deprimentes. O pecado é o único elemento colorido que restou na vida moderna.

— Você realmente não deve dizer essas coisas diante de Dorian, Harry.

— Diante de qual Dorian? Daquele que está nos servindo de chá, ou daquele do retrato?

— Diante de ambos.

— Eu gostaria de ir ao teatro com o senhor, Lord Henry — disse o rapaz.

— Então o senhor deve vir; e você, Basil, também virá?

— Realmente não posso. Não devo. Tenho muito trabalho a fazer.

— Bem, então o senhor e eu iremos sozinhos, senhor Gray.

— Eu adoraria isso.

O pintor mordeu o lábio e caminhou, com a xícara nas mãos, até a pintura. — Eu ficarei com o verdadeiro Dorian — disse, tristemente.

— Este é o verdadeiro Dorian? — exclamou o original do retrato, aproximando-se do pintor. — Então realmente sou assim?

— Sim; você é exatamente assim.

— Que maravilhoso, Basil!

— Ao menos você é assim na aparência. Mas ela nunca vai se alterar — suspirou Hallward. — Isso é não é pouco.

— Como as pessoas exageram a fidelidade! — exclamou Lord Henry. — Ora, mesmo no amor se trata puramente de uma questão para a fisiologia. Não tem nada a ver com a nossa própria vontade. Jovens querem ser fiéis, e não o são; velhos querem ser infiéis, e não o podem: isso é tudo o que se pode dizer.

— Não vá ao teatro hoje à noite, Dorian — disse Hallward. — Fique e jante comigo.

— Não posso, Basil.

— Por quê?

— Porque prometi a Lord Henry Wotton que iria com ele.

— Você não o agradará mais se mantiver suas promessas. Ele sempre quebra aquelas que faz. Suplico para que não vá.

Dorian Gray riu e sacudiu a cabeça.

— Eu lhe rogo.

O rapaz hesitou, e então olhou para Lord Henry, que os observava da mesa de chá com um sorriso de divertimento.

— Devo ir, Basil — ele respondeu.

— Muito bem — disse Hallward, e foi até a mesa para deixar na bandeja sua xícara. — Está bastante tarde e, como vocês precisam se arrumar, é melhor que não percam tempo. Até logo, Harry. Até logo, Dorian. Venha me ver em breve. Venha amanhã.

— Certamente.

— Você não vai se esquecer?

— Não, é claro que não — exclamou Dorian.

— E... Harry!

— Sim, Basil?

— Lembre-se do que lhe pedi, quando estávamos no jardim nesta manhã.

— Eu me esqueci.

— Confio em você.

— Quisera eu poder confiar em mim mesmo — disse Lord Henry, rindo. — Venha, senhor Gray, minha charrete está lá fora, e posso deixá-lo em sua casa. Até logo, Basil. Foi uma tarde das mais interessantes.

Após a porta se fechar atrás deles, o pintor se lançou no sofá e uma expressão de dor atingiu-lhe o rosto.

Capítulo 3

Ao meio-dia e meia do dia seguinte, Lord Henry Wotton passeou pela Curzon Street até o Albany para encontrar seu tio, Lord Fermor, um velho solteirão cordial, embora de modos um pouco vulgares, a quem o mundo exterior chamava de egoísta porque não tirava dele nenhum benefício em particular, mas que era considerado generoso pela Sociedade, na medida em que alimentava as pessoas que o entretinham. Seu pai fora nosso embaixador em Madri quando Isabella era jovem e Prim, desconhecido, mas se retirara do serviço diplomático durante um momento caprichoso de aborrecimento quando não lhe foi oferecida a Embaixada de Paris, um posto do qual ele se considerava totalmente merecedor devido à sua origem, à sua indolência, ao bom inglês de seus despachos, e à sua desordenada paixão pelo prazer. O filho, que fora secretário de seu pai, renunciara junto com o chefe, algo um pouco tolo, conforme foi pensado na época, e, passados alguns meses, após assumir seu título, ele se dedicara ao estudo aprofundado da grande arte aristocrática de não fazer absolutamente nada. Tinha duas grandes casas, mas preferia viver em quartos, pois isso dava menos trabalho, e fazia as refeições em seu clube. Ele dedicava certa atenção à gestão de suas carvoarias nos condados de Midland, desculpando-se por essa mácula de industriosidade no chão com o argumento de que a única vantagem de possuir carvão era que isso permitia a um cavalheiro a decência de dispor da queima de lenha na própria lareira. Na política era um Tory, exceto quando os Tories estavam no governo, período em que ele os insultava severamente por serem um bando de radicais. Era um herói para seu criado, que o intimidava, e um terror para a maioria de seus conhecidos, a quem ele, por sua vez, intimidava. Apenas a Inglaterra poderia tê-lo produzido, e ele sempre dizia que o país avançava para o abismo. Seus princípios estavam ultrapassados, mas havia muito a ser dito a respeito de seus preconceitos.

Quando Lord Henry entrou no salão, encontrou o tio sentado com um casaco grosseiro de caça, fumando um charuto e resmungando diante do *Times*. "Bem, Harry", disse o velho cavalheiro, "o que o traz aqui tão cedo? Pensei que vocês, dândis, jamais se levantassem antes das duas, e que jamais pudessem ser vistos antes das cinco."

— Pura afeição familiar, eu lhe garanto, tio George. Quero algo de você.

— Dinheiro, suponho — falou Lord Fermor, fazendo uma careta irônica. — Bem, sente-se e me diga. Os jovens, hoje em dia, imaginam que dinheiro seja tudo.

— Sim — murmurou Lord Henry, arrumando a casa do botão de seu casaco —; e quando envelhecem, eles passam a ter certeza. Mas não quero dinheiro. Somente as pessoas que pagam suas próprias contas o querem, tio George, e eu nunca pago as minhas. O crédito é o capital de um filho mais jovem, e pode-se viver muito bem com ele. Além disso, sempre negocio com comerciantes de Dartmoor, e em consequência eles nunca me incomodam. O que eu quero é informação: não informação útil, claro; informação inútil.

— Bem, posso lhe dizer tudo o que estiver em um almanaque inglês, Harry, ainda que esses camaradas escrevam muitas bobagens hoje em dia. Quando eu estava no Corpo Diplomático, as coisas eram muito melhores. Mas ouvi dizer que agora os admitem por meio de um exame. O que se pode esperar? Exames, meu senhor, são um puro embuste do começo ao fim. Se um homem é um cavalheiro, ele sabe o suficiente, e se ele não é um cavalheiro, o que quer que saiba não lhe servirá.

— O senhor Dorian Gray não pertence aos almanaques, tio George — disse languidamente Lord Henry.

— Senhor Dorian Gray? Quem é ele? — perguntou Lord Fermor, unindo as sobrancelhas espessas.

— É isso que vim descobrir, tio George. Ou ainda, sei o que ele é. Trata-se do último neto de Lord Kelso. A mãe era uma Devereux, Lady Margaret Devereux. Quero que me fale sobre a mãe dele. Como ela era? Com quem se casou? Você conheceu praticamente todo mundo em sua época, então pode tê-la conhecido. Estou muito interessado no senhor Gray no momento. Acabei de conhecê-lo.

— O neto de Kelso! — ecoou o velho cavalheiro. — O neto de Kelso!... É claro... Eu conheci a mãe dele intimamente. Creio que estive no batizado dela. Era uma garota extraordinariamente bonita, Margaret Devereux, e ela enfureceu todos os homens ao fugir com um jovem que não tinha um centavo — um mero ninguém, meu senhor, um subalterno em um regimento de infantaria, ou algo dessa espécie. Certamente. Lembro-me de tudo como se tivesse acontecido ontem. O pobre sujeito foi morto em um duelo em Spa alguns meses depois do casamento. Houve uma história feia a respeito disso. Disseram que Kelso arranjou algum patife aventureiro, algum bruto belga, para insultar seu genro em público — pagou-o, meu senhor, para fazê-lo, pagou-o —, e ele perfurou o homem como se fosse um pombo. A coisa foi encoberta, mas, por Deus, Kelso passou a comer sozinho no clube depois de algum tempo. Ele trouxe a filha de volta, disseram-me, e ela nunca mais lhe dirigiu a palavra novamente. Oh, sim, foi algo mau. A garota morreu, também, morreu em um ano. Então ela deixou um filho, é isso? Eu tinha me esquecido. Que tipo de rapaz é? Se for como a mãe, deve ser bonito.

— Ele é muito bonito — assentiu Lord Henry.

— Espero que caia em mãos decentes — continuou o velho homem. — Ele deve ter uma fortuna o esperando, caso Kelso tenha feito a coisa certa. A mãe tinha dinheiro, também. Toda a propriedade de Selby ficou para ela, por meio de seu avô. Ele odiava Kelso, achava-o malévolo. Ele o era, também. Foi a Madri, certa vez, quando eu estava lá. Por Deus, senti vergonha dele. A Rainha costumava me perguntar sobre o nobre inglês que estava sempre discutindo com os cocheiros de aluguel a respeito das tarifas. Rendeu uma história e tanto. Não tive coragem de me apresentar à Corte por um mês. Espero que ele tenha tratado o neto melhor do que tratava os cocheiros.

— Eu não sei — respondeu Lord Henry. — Suponho que o garoto vá se dar bem. Ele ainda não é maior de idade. É proprietário de Selby, bem sei. Ele me disse. E... Sua mãe era muito bonita?

— Margaret Devereux era uma das mais belas criaturas que já vi, Harry. O que diabos fez com que se comportasse como o fez, jamais poderei entender. Ela poderia ter se casado com quem quisesse. Carlington estava doido por ela. Mas a garota era romântica. Todas as mulheres daquela família o eram. Os homens eram uns pobres coitados, mas, por Deus!, as mulheres eram extraordinárias. Carlington foi de joelhos até ela. Ele próprio me disse. Ela riu dele, e na época não havia uma única mulher em Londres que não o quisesse. E a propósito, Harry, falando sobre casamentos idiotas, que bobagem é essa que seu pai me contou sobre Dartmoor querer se casar com uma americana? As garotas inglesas não são boas o bastante para ele?

— Agora está na moda casar-se com americanas, tio George.

— Vou apoiar as mulheres inglesas contra o mundo, Harry — disse Lord Fermor, golpeando a mesa com o punho.

— Os apostadores estão com as americanas.

— Elas não duram, foi o que me disseram — murmurou o tio.

— Um longo relacionamento as esgota, mas elas são decisivas em corridas com obstáculos. São rápidas demais. Não acho que Dartmoor tenha alguma chance.

— Quem é a gente dela? — Resmungou o velho cavalheiro. — Ela tem alguém?

Lord Henry sacudiu a cabeça. — Garotas americanas escondem os parentes com tanta inteligência quanto mulheres inglesas escondem seu passado — ele disse, levantando-se para ir embora.

— São comerciantes de porcos, suponho?

— Espero que sim, tio George, pelo bem de Dartmoor. Disseram-me que negociar porcos é a profissão mais lucrativa da América, depois da política.

— Ela é bonita?

— Porta-se como se fosse. A maioria das americanas o faz. É o segredo do encanto delas.

— Por que essas mulheres americanas não ficam em seus próprios países? Sempre nos dizem que lá é o paraíso para as mulheres.

— E é. Eis a razão pela qual, assim como Eva, elas são tão excessivamente ansiosas para sair de lá — afirmou Lord Henry. — Adeus, tio George. Vou me atrasar para o almoço, se ficar por mais tempo. Obrigado por me dar a informação que eu queria. Sempre quero saber tudo sobre os meus novos amigos, e nada sobre os velhos.

— Onde você vai almoçar, Harry?

— Na tia Agatha. Convidei a mim e ao senhor Gray. Ele é o mais novo *protegé* dela.

— Hum! Diga à sua tia Agatha, Harry, para que não me incomode mais com pedidos de caridade. Estou cansado deles. Ora, a boa mulher acha que não tenho nada mais a fazer além de preencher cheques para os modismos tolos dela.

— Tudo bem, tio George, direi a ela, mas não surtirá efeito algum. Os filantropos perdem todo o senso de humanidade. É sua característica distintiva.

O velho cavalheiro rosnou em sinal de aprovação e tocou a campainha para chamar seu criado. Lord Henry passou pela arcada baixa rumo à Burlington Street e orientou seus passos na direção da Berkeley Square.

Então aquela era a história da ascendência de Dorian Gray. Por mais que lhe tenha sido relatada de forma grosseira, ainda assim ela o animou pela sugestão de um romance estranho, quase moderno. Uma bela mulher arriscando tudo por uma louca paixão. Algumas poucas semanas selvagens de alegria interrompidas por um crime hediondo e traiçoeiro. Meses de muda agonia, e então uma criança nascida na dor. A mãe arrebatada pela morte, o menino relegado à solidão e à tirania de um homem velho e sem amor. Sim, era um pano de fundo interessante. Reafirmava o rapaz, tornava-o ainda mais perfeito. Por trás de cada coisa primorosa que existia, havia algo trágico. Mundos inteiros precisavam entrar em árdua operação para que a mais ínfima das flores pudesse nascer... E quão encantador ele fora na noite anterior, enquanto, com olhos espantados e lábios afastados em um prazer amedrontado, sentara-se à sua frente no clube, as cúpulas vermelhas das velas conferindo um rosa mais requintado à surpresa que despertava-lhe no rosto. Conversar com ele era como tocar um extraordinário violino. Ele respondia a cada toque e trinado do arco... Havia algo terrivelmente fascinante no exercício da influência. Nenhuma outra atividade era parecida. Projetar nossa alma de uma forma graciosa, e deixar que ela se retarde lá por um momento; escutar nossas próprias impressões intelectuais ecoando de volta com a música adicional da paixão e da juventude; transmitir nosso temperamento para outro como se fosse um fluido sutil ou um perfume estranho: havia uma felicidade verdadeira nisso — talvez a mais plena felicidade que nos restava em uma época tão limitada e vulgar como a nossa, uma época grosseiramente carnal em seus prazeres, e grosseiramente ordinária em suas finalidades... Era um tipo maravilhoso também, esse rapaz, que, por um curioso acaso, ele conhecera no ateliê de Basil, ou poderia ser transformado em um tipo maravilhoso, a despeito de tudo. Eram dele a graciosidade e a pureza branca da meninice, e a beleza tal como as antigas esculturas gregas de mármore preservam para nós. Não havia nada que não se pudesse realizar com ele. Poderia ser transformado em um Titã ou em um brinquedo. Que lamentável era que tal beleza estivesse destinada a desaparecer!... E Basil? De um ponto de vista psicológico, quão interessante ele era! A nova forma na arte, o modo revigorado de ver a vida, sugerido tão estranhamente pela presença meramente visível de alguém que não tinha consciência de tudo isso; o silencioso espírito que habitava bosques obscurecidos, e que caminhava sem ser visto pelos espaços abertos, subitamente se exibindo, como um Dríade e sem medo, porque em sua alma, que buscou por ela, foi despertada aquela maravilhosa visão para a qual somente coisas maravilhosas são reveladas; as meras formas e os padrões de coisas que se tornavam, por assim dizer, refinadas, e que ganhavam uma espécie de valor simbólico, como se fossem elas mesmas padrões de alguma outra forma, ainda mais perfeita, cuja sombra elas tornassem real: quão estranho era tudo isso! Ele se lembrava de algo parecido na história. Não fora Platão, aquele artista do pensamento, que realizara a análise pela primeira vez? Não fora Buonarotti que o esculpira nos mármores coloridos de uma sequência de sonetos? Mas, em nosso próprio século, era estranho... Sim, ele tentaria ser para Dorian Gray aquilo que, sem o saber, o rapaz era para o pintor que elaborou o maravilhoso retrato. Ele procuraria dominá-lo — já havia, na verdade, conseguido-o pela metade. Ele faria com que aquele espírito magnífico fosse seu. Havia algo fascinante neste filho do amor e da morte.

Subitamente ele parou e olhou de relance para as casas. Descobriu que havia passado pela residência de sua tia fazia algum tempo, e, sorrindo para si mesmo, voltou-se. Quando entrou no hall um tanto sombrio, o mordomo o avisou de que eles haviam ido almoçar. Ele entregou o chapéu e a bengala a um dos pajens e passou à sala de jantar.

— Atrasado como de costume, Harry — exclamou a tia, balançando a cabeça em sua direção.

Ele inventou uma desculpa qualquer e, tendo ocupado a cadeira próxima a ela, olhou ao redor para descobrir quem estava presente. Da extremidade da mesa, Dorian fez uma tímida mesura em sua direção, um rubor de prazer fluindo-lhe pelas bochechas. Diante do rapaz estava a Duquesa de Harley, uma senhora de boa e admirável índole e de bom temperamento, muito querida por todos que a conheciam, e dona daquelas amplas proporções arquitetônicas que, nas mulheres que não são duquesas, são descritas pelos historiadores contemporâneos como corpulentas. Próximo a ela se sentava, à direita, Sir Thomas Burdon, um membro Radical do Parlamento, que seguia seu líder na vida em público e, em privado, seguia os melhores cozinheiros, jantando com os Tories e pensando com os Liberais, de acordo com uma sábia e bem conhecida regra. O lugar à esquerda da duquesa estava ocupado pelo senhor Erskine de Treadley, um velho cavalheiro de consideráveis encanto e cultura, que no entanto decaíra nos maus hábitos do silêncio, tendo dito, como explicou certa vez a Lady Agatha, tudo o que tinha para dizer antes de completar trinta anos. Sua própria vizinha era a sra. Vandeleur, uma das amigas mais antigas de sua tia, uma perfeita santa entre as mulheres, mas tão terrivelmente deselegante que lembrava um hinário mal ajambrado. Felizmente, para Lord Henry, ela tinha do outro lado Lord Faudel, um tipo de meia-idade medíocre mas muito inteligente, tão careca quanto uma declaração ministerial no Parlamento, com quem ela estava conversando naquela maneira intensamente séria que é o único erro imperdoável, como ele mesmo notou certa vez, que todas as boas pessoas cometem, e do qual nenhuma delas jamais escapa.

— Estamos falando sobre o pobre Dartmoor, Lord Henry — exclamou a duquesa, acenando simpaticamente a ele do outro lado da mesa. — Você acha que ele realmente vai se casar com essa fascinante jovem?

— Acredito que ela se convenceu a pedi-lo em casamento, Duquesa.

— Que horror! — exclamou Lady Agatha. — De verdade, alguém deveria intervir.

— Contaram-me, fontes muito bem informadas, que o pai dela tem uma loja de produtos secos — disse Sir Thomas Burdon, parecendo arrogante.

— Meu tio já havia sugerido o comércio de porcos, Sir Thomas.

— Produtos secos! O que são produtos secos americanos? — perguntou a duquesa, erguendo as mãos grandes, surpresa, para acentuar o verbo.

— Romances americanos — respondeu Lord Henry, servindo-se de um pouco de codorna.

A duquesa pareceu intrigada.

— Não ligue para ele, minha querida — sussurrou Lady Agatha. — Ele nunca leva a sério nada do que diz.

— Quando a América foi descoberta — disse o membro Radical, e começou a proferir fatos enfadonhos. Como todas as pessoas que tentam esgotar um assunto, ele esgotou os ouvintes. A duquesa suspirou e exerceu a prerrogativa da interrupção. — Eu desejaria que jamais tivesse sido descoberta! — exclamou. — Realmente, nossas garotas não têm chance alguma hoje em dia. É muito injusto.

— Talvez, depois de tudo, a América não tenha sido jamais descoberta — disse o senhor Erskine —; eu mesmo diria que foi meramente detectada.

— Oh! Mas eu vi alguns exemplares de seus habitantes — respondeu a duquesa, vagamente. — Devo confessar que a maioria deles é extremamente bonita. E também se vestem bem. Adquirem todas as roupas em Paris. Eu gostaria de poder me permitir isso.

— Dizem que, quando americanos bons morrem, vão a Paris — riu Sir Thomas, que tinha um grande guarda-roupas de vestes descartadas por humoristas.

— É verdade! E para onde vão os americanos maus, quando morrem? — indagou a duquesa.

— Para a América — murmurou Lord Henry.

Sir Thomas franziu o cenho. — Receio que seu sobrinho tenha preconceito contra aquele grande país — afirmou à Lady Agatha. — Viajei por todo ele em carros oferecidos pelos diretores, que, em tais assuntos, são extremamente cordiais. Posso lhes assegurar que é instrutivo visitá-lo.

— Mas será que realmente precisamos ir a Chicago para que sejamos instruídos? — perguntou o senhor Erskine queixosamente. — Não me sinto disposto para a jornada.

Sir Thomas acenou com a mão. — O senhor Erskine de Treadley tem o mundo em suas estantes. Nós, homens práticos, gostamos de ver as coisas, não de ler a respeito delas. Os americanos são pessoas extremamente interessantes. São absolutamente razoáveis. Acho que essa é a característica que os distingue. Sim, senhor Erksine, um povo absolutamente razoável. Asseguro-lhe que não há nada de absurdo com os americanos.

— Que horror! — exclamou Lord Henry. — Posso aguentar a força bruta, mas a razão bruta é insuportável. Há algo de injusto em seu uso. É como um golpe baixo desferido no intelecto.

— Não o entendo — disse Sir Thomas, tornando-se um bastante rubicundo.

— Eu, sim, Lord Henry — murmurou o senhor Erskine, com um sorriso.

—Paradoxos caem bem, à sua maneira...— replicou o baronete.

— Isso foi um paradoxo? — perguntou o senhor Erskine. — Acho que não. Talvez tenha sido. Bem, o caminho dos paradoxos é o caminho da verdade. Para testar a realidade, devemos vê-la na corda bamba. Quando as verdades se tornam acrobatas, podemos julgá-las.

— Meu Deus! — disse Lady Agatha. — Como vocês homens discutem! Tenho certeza de que nunca consigo descobrir sobre o que estão falando. Oh! Harry, estou bastante irritada com você. Por que tenta persuadir nosso simpático senhor Dorian Gray a desistir do East End? Garanto-lhe que ele seria de valor incalculável. Eles amariam a interpretação dele.

— Quero que ele toque para mim — exclamou Lord Henry, sorrindo, e, olhando para o outro lado da mesa mesa, captou um relance cintilante como resposta.

— Mas as pessoas são tão infelizes em Whitechapel — continuou Lady Agatha.

— Posso simpatizar com tudo, menos o sofrimento — disse Lord Henry, encolhendo os ombros. — Não consigo simpatizar com isso. É feio demais, horrível demais, angustiante demais. Há algo terrivelmente mórbido na simpatia moderna com a dor. Devemos simpatizar somente com a cor, a beleza, a alegria de viver. Quanto menos falarmos sobre as feridas da vida, melhor.

— Ainda assim, o East End é um problema muito importante — observou Sir Thomas balançando a cabeça com gravidade.

— Sem dúvida — respondeu o jovem lorde. — É o problema da escravidão, e nós tentamos resolvê-lo entretendo os escravos.

O político olhou para ele atentamente.

— Que mudança você propõe, então? — perguntou.

Lord Henry riu.

— Não desejo mudar nada na Inglaterra a não ser o clima — respondeu. — Estou muito satisfeito com a contemplação filosófica. Mas, uma vez que o século XIX tenha falido por excesso de compaixão, eu sugeriria que nós apelássemos à ciência para nos endireitar. A vantagem dos sentimentos é que eles nos extraviam, e a vantagem da ciência é que ela não é sentimental.

— Mas nós temos responsabilidades tão sérias — arriscou a senhora Vandeleur, timidamente.

— Terrivelmente sérias — ecoou Lady Agatha.

Lord Henry lançou um olhar para o senhor Erskine. — A humanidade se leva a sério demais. Este é o pecado original do mundo. Se o homem das cavernas soubesse como rir, a história teria sido diferente.

— Você é mesmo muito reconfortante — arrulhou a duquesa. — Eu sempre me sinto bastante culpada quando venho ver sua querida tia, porque não tenho interesse algum no East End. No futuro, conseguirei olhar para ela sem ruborizar.

— Um rubor é algo muito conveniente, duquesa — observou Lord Henry.

— Só quando se é jovem — ela respondeu. — Uma velha mulher como eu ruborizar é um sinal muito ruim. Ah! Lord Henry, queria que você me dissesse como eu poderia me tornar jovem de novo.

Ele pensou por um momento.

— Por acaso a senhora consegue se lembrar de algum grande erro que tenha cometido em seus dias de juventude, Duquesa? — perguntou, olhando-a através da mesa.

— De vários, receio — ela lamentou.

— Então cometa-os novamente — ele disse com seriedade. — Para recuperarmos a juventude, precisamos somente repetir nossos desvarios.

— Uma teoria deliciosa! — ela exclamou. — Preciso colocá-la em prática.

— Uma teoria perigosa! — proferiram os lábios cerrados de Sir Thomas. Lady Agatha balançou a cabeça, mas não conseguiu negar que se divertia. O senhor Erskine escutava.

— Sim — ele continuou —, esse é um dos grandes segredos da vida. Hoje em dia a maioria das pessoas morre de alguma espécie de senso comum rasteiro, descobrindo tarde demais que a única coisa de que jamais nos arrependemos são os nossos erros.

Uma risada percorreu a mesa.

Ele brincou com a ideia e se sentiu obstinado; lançou-a no ar e a transformou; deixou-a escapar e a capturou de volta; tornou-a iridescente com a fantasia e deu-lhe asas do paradoxo. O elogio do desvario, à medida que ele prosseguiu, elevou-se à filosofia, e a filosofia em si mesma tornou-se jovem, e apegou-se à louca música do prazer, trajando-se, como se poderia imaginar, a túnica manchada de vinho e a coroa de louros, dançando como uma Bacante em meio às colinas da vida, e zombando do vagaroso Sileno por sua sobriedade. Fatos correram diante dela como assustadas entidades da floresta. Seus pés brancos pisaram a imensa imprensa à qual está sentado o sábio Omar, até que o suco de uva fervilhante ergueu-se em torno de seus membros nus em ondas de bolhas púrpuras, ou rastejou em espuma vermelha por sobre as laterais pretas, gotejantes e inclinadas da tina. Era um improviso extraordinário. Ele sentiu que os olhos de Dorian Gray o fixavam, e a consciência de que em meio à plateia havia alguém cujo temperamento ele desejava fascinar pareceu apurar-lhe a inteligência e colorir-lhe a imaginação. Ele era brilhante, fantástico, irresponsável. Atraía seus ouvintes para fora de si, e eles seguiam sua flauta, rindo. Dorian Gray jamais desviou os olhos dele, e parecia estar sob um feitiço, os sorrisos se perseguindo uns aos outros em seus lábios e o maravilhamento tornando-se mais profundo em seus olhos, que se assombravam.

Por fim, trajada com as vestimentas da época, a realidade adentrou o salão na forma de um criado para dizer à duquesa que a carruagem estava à espera. Ela apertou as mãos em falso desespero.

— Que desagradável! — exclamou. — Preciso ir. Devo buscar meu marido no clube para levá-lo a algum compromisso absurdo no Willis's Rooms, que ele vai presidir. Se me atrasar, ele certamente ficará furioso, e eu não poderia enfrentar uma cena com este gorro. Ele é frágil demais. Uma palavra mais dura o arruinaria. Não, tenho que ir, querida Agatha. Adeus, Lord Henry, o senhor é deveras encantador e terrivelmente desmoralizante. Tenho certeza de que não sei o que dizer a respeito de suas opiniões. O senhor precisa vir jantar conosco em alguma noite dessas. Terça? O senhor tem compromisso na terça?

— Pela senhora eu dispensaria qualquer pessoa, Duquesa — disse Lord Henry com uma mesura.

— Ah! Isso é muito gentil e muito errado de sua parte — ela exclamou —; então queira vir. — E saiu da sala apressada, seguida por Lady Agatha e as outras damas.

Quando Lord Henry havia retornado a seu assento, o senhor Erskine aproximou-se e, ocupando uma cadeira perto dele, colocou a mão sobre seu braço.

— Seu discurso vale por muitos livros — ele disse. — Por que não escreve um?

— Gosto demais de ler livros para me importar em escrevê-los, senhor Erskine. Eu certamente gostaria de escrever um romance, um romance que fosse tão belo quanto um tapete persa, e igualmente irreal. Mas não existe público literário na Inglaterra para o que quer que seja com a exceção de jornais, manuais e enciclopédias. De todos os povos do mundo, os ingleses são os que possuem a pior sensibilidade para a beleza da literatura.

— Receio que esteja certo — respondeu o senhor Erskine. — Eu mesmo costumava ter ambições literárias, mas desisti delas há muito tempo. E agora, meu caro jovem amigo, se me permite chamá-lo assim, posso lhe perguntar se realmente falava sério em tudo o que nos disse durante o almoço?

— Realmente me esqueci do que disse — sorriu Lord Henry. — Foi muito ruim?

— Sim, muito ruim. Na verdade, eu o considero extremamente perigoso, e se qualquer coisa acontecer à nossa boa duquesa, todos o consideraremos como o principal responsável. Mas eu gostaria de conversar com o senhor sobre a vida. A geração em que nasci era entediante. Algum dia, quando estiver cansado de Londres, venha até Treadley e exponha para mim a sua filosofia do prazer diante de um admirável Borgonha que tenho a sorte de possuir.

— Ficarei encantado. Uma visita a Treadley seria um grande privilégio. Há um anfitrião perfeito, e uma biblioteca perfeita.

— O senhor a completará — respondeu o velho cavalheiro com uma mesura cortês. — E agora devo me despedir de sua excelente tia. Preciso ir ao Athenaeum. É a hora em que dormimos por lá.

— Todos vocês, senhor Erskine?

— Quarenta de nós, em quarenta poltronas. Estamos ensaiando para uma Academia Inglesa de Letras.

Lord Henry riu e se levantou. — Vou ao parque — exclamou.

Ao passar pela porta, Dorian Gray tocou-o no braço. — Deixe-me ir com o senhor — murmurou.

— Mas eu achava que o senhor havia prometido a Basil Hallward que iria vê-lo — respondeu Lord Henry.

— Prefiro ir com o senhor; sim, sinto que devo ir com o senhor. Permita-me. E o senhor vai prometer conversar comigo o tempo todo? Ninguém fala tão magnificamente quanto o senhor.

—Ah! Já falei o bastante por hoje — disse Lord Henry, sorrindo. — Tudo o que quero agora é contemplar a vida. O senhor pode vir e contemplá-la comigo, se quiser.

Capítulo 4

Certa tarde, um mês depois, Dorian Gray estava reclinado em uma luxuosa poltrona na pequena biblioteca da casa de Lord Henry em Mayfair. Tratava-se, à sua maneira, de um cômodo bastante encantador, com seu revestimento de painéis de carvalho com manchas verde-oliva, seus frisos cor de creme e o teto de gesso em relevo, e o carpete de feltro do tom de pó de tijolo com tapetes persas de seda com extensas franjas. Em uma mesinha de mogno havia uma estatueta feita por Clodion, e ao lado dela estava um exemplar de *Les Cent Nouvelles*, encadernado para Margaret de Valois por Clovis Eve e salpicado com margaridas selecionadas pela Rainha para sua cópia. Alguns grandes jarros de porcelana azul e tulipas-papagaio estavam dispostos na prateleira, e através das pequenas janelas revestidas com chumbo fluía a luz de tom adamascado de um dia de verão em Londres.

Lord Henry ainda não tinha chegado. Ele estava sempre atrasado por princípio, princípio esse de que a pontualidade era a ladra do tempo. Assim, o rapaz parecia estar bastante aborrecido, enquanto seus dedos indiferentes folheavam as páginas de uma edição com elaboradas ilustrações de Manon Lescaut que ele encontrara em uma das estantes. O tique-taque formal e monótono do relógio Luís XIV o irritava. Por uma ou duas vezes ele considerou ir embora.

Enfim, ouviu um passo do lado de fora, e a porta se abriu. — Como você está atrasado, Harry! — murmurou.

— Receio que não seja Harry, senhor Gray — respondeu uma voz estridente.

Ele lançou um olhar ao redor e se levantou. — Peço desculpas. Pensei que...

— O senhor pensou que fosse meu marido. É apenas sua esposa. O senhor permita que me apresente. Conheço-o muito bem por suas fotografias. Creio que meu marido tenha dezessete delas.

— Dezessete, Lady Henry?

— Bem, dezoito, então. E eu o vi com ele naquela noite na ópera. — Ela ria nervosamente enquanto falava, e o observava com aqueles vagos olhos de não-me-esqueças. Era uma mulher curiosa, cujos trajes sempre pareciam como se tivessem sido criados num rompante de fúria e vestidos durante uma tempestade. Em geral, estava apaixonada por alguém, e, como a paixão nunca era correspondida, ela preservara todas as ilusões. Tentava parecer pitoresca, mas somente conseguia ser desajeitada. Seu nome era Victoria, e ela tinha uma mania obsessiva de frequentar a igreja.

— Imagino que foi no Lohengrin, Lady Henry?

— Sim; foi no querido Lohengrin. Gosto da música de Wagner mais do que de qualquer outro. É tão alta que podemos conversar o tempo inteiro sem que as outras pessoas ouçam o que dizemos. É uma grande vantagem, não acha, senhor Gray?

A mesma risada em *staccato* explodiu de seus finos lábios, e seus dedos começaram a brincar com um longo abridor de envelopes de casco de tartaruga.

Dorian sorriu e balançou a cabeça. — Receio não pensar da mesma forma, Lady Henry. Nunca falo durante a música — pelo menos, durante boa música. Se ouvimos música ruim, é nosso dever afogá-la em conversas.

— Ah! Essa é uma das opiniões de Harry, não é, senhor Gray? Eu sempre as ouço através dos amigos dele. É a única forma que consigo saber deles. Mas o senhor não deve pensar que não gosto de boa música. Eu a adoro, mas a temo. Ela me torna romântica demais. Eu simplesmente idolatrei pianistas — por vezes, dois ao mesmo tempo, como Harry me diz. Não sei o que há neles. Talvez o fato de serem estrangeiros. Eles todos são, não são? Mesmo os que são nascidos na Inglaterra se tornam estrangeiros após algum tempo, não? É tão inteligente da parte deles, e tão elogioso à arte. Isso a torna bastante cosmopolita, não é? O senhor nunca esteve em uma de minhas festas, esteve, senhor Gray? O senhor precisa vir. Não posso ter orquídeas, mas não economizo nos estrangeiros. Eles fazem com que nossos salões fiquem tão pitorescos. Mas aqui está Harry! Harry, vim procurar por você, para lhe perguntar algo — esqueci-me do que era —, e encontrei o senhor Gray aqui. Tivemos uma conversa tão agradável sobre música. Nós temos exatamente as mesmas ideias. Não; acho que nossas ideias são bem diferentes. Mas ele foi muito agradável. Estou tão feliz por tê-lo encontrado.

— Estou encantado, meu amor, muito encantado — afirmou Lord Henry, erguendo suas sobrancelhas escuras, em forma de lua crescente, e olhando para os dois com um sorriso divertido. — Lamento muito pelo atraso, Dorian. Fui procurar por um artigo de brocado antigo em Wardour Street e tive que barganhar horas por ele. Hoje em dia as pessoas conhecem o preço de tudo, e o valor de nada.

— Receio que precise ir — exclamou Lady Henry, interrompendo um silêncio constrangedor com aquela súbita e tola risada. — Prometi passear com a duquesa. Adeus, senhor Gray. Adeus, Harry. Você vai jantar fora, suponho? Eu também vou. Talvez eu o veja na casa de Lady Thornbury.

— É possível, minha querida — disse Lord Henry, fechando a porta atrás dela, que, parecendo um pássaro do paraíso que passou a noite toda na chuva, esvoaçou da biblioteca, deixando um leve aroma de *frangipanni*. A seguir, ele acendeu um cigarro e se atirou no sofá.

— Nunca se case com uma mulher de cabelos cor de palha, Dorian — ele disse, depois de algumas tragadas.

— Por que, Harry?

— Porque elas são tão sentimentais.

— Mas eu gosto de pessoas sentimentais.

— Nunca se case, Dorian. Os homens se casam porque se sentem cansados; as mulheres, porque são curiosas: ambos se decepcionam.

— Não acho provável que me case, Harry. Estou apaixonado demais. Esse é um de seus aforismos. Estou colocando-o em prática, como faço com tudo o que você diz.

— Por quem você está apaixonado? — perguntou Lord Henry após uma pausa.

— Por uma atriz — disse Dorian Gray, corando.

Lord Henry encolheu os ombros.

— Esse é um *début* bastante comum.

— Você não diria isso se a visse, Harry.

— Quem é ela?

— Seu nome é Sibyl Vane.

— Nunca ouvi falar.

— Ninguém ouviu. Mas um dia ouvirão, de qualquer forma. Ela é genial.

— Meu querido garoto, nenhuma mulher é genial. Mulheres são um sexo decorativo. Nunca têm nada a dizer, mas podem dizê-lo de modo encantador. Mulheres representam o triunfo da matéria sobre a mente, assim como homens representam o triunfo da mente sobre a moral.

— Harry, como você pode dizer isso?

— Meu caro Dorian, é a pura verdade. Estou analisando as mulheres neste momento, de modo que bem o sei. A questão não é tão abstrusa como pensei que fosse. Percebo que, ultimamente, existem apenas dois tipos de mulher, as convencionais e as coloridas. As convencionais são muito úteis. Se você quiser adquirir uma reputação por respeitabilidade, você precisa apenas levá-las para jantar. As outras mulheres são muito encantadoras. Mas cometem um equívoco. Elas se pintam para tentar parecer jovens. As nossas avós se pintavam para tentar falar com brilho. *Rouge* e *esprit* costumavam caminhar juntos. Agora, isso tudo acabou. Enquanto uma mulher puder parecer dez anos mais jovens do que sua própria filha, ela estará perfeitamente satisfeita. Já em relação à conversa, há apenas cinco mulheres em Londres com as quais vale falar, e duas delas não podem ser admitidas em uma sociedade decente. Entretanto, fale-me sobre a sua mulher genial. Há quanto tempo a conhece?

— Ah! Harry, seus pontos de vista me aterrorizam.

— Não ligue para eles. Há quanto tempo a conhece?

— Cerca de três semanas.

— E onde a encontrou?

— Vou lhe dizer, Harry, mas você não deve demonstrar antipatia. Afinal, isso tudo não teria acontecido se eu não lhe tivesse encontrado. Você me encheu com um desejo selvagem de conhecer tudo sobre a vida. Por dias, após tê-lo conhecido, algo pareceu latejar em minhas veias. Enquanto eu descansava no parque, ou passeava por Piccadilly, costumava olhar para todas as pessoas que passavam por mim e me perguntava, com uma curiosidade ensandecida, que tipo de vida levavam. Algumas me fascinavam. Outras enchiam-me de terror. Havia um requintado veneno no ar. Eu sentia uma paixão pelas sensações... Bem, certa noite, perto das sete horas, decidi-me sair em busca de alguma aventura. Senti que este nosso monstro acinzentado que é Londres, com suas miríades de pessoas, seus pecadores sórdidos e seus esplêndidos pecados, como você certa vez os definiu, devia ter algo reservado para mim. Eu imaginava mil coisas. A mera noção de perigo me dava uma sensação de deleite. Lembrei-me do que você me havia dito naquela maravilhosa noite em que jantamos juntos pela primeira vez, sobre a busca pela beleza ser o verdadeiro segredo da vida. Não sei o que esperava, mas saí e vaguei para o leste, logo perdendo-me em um labirinto de ruas sujas e praças escurecidas, sem relva. Por volta das oito e meia, passei por um pequenino e absurdo teatro, com grandes e brilhantes jatos de gás e cartazes espalhafatosos. Um judeu hediondo, trajando o mais espantoso colete que contemplei em minha vida, estava na entrada, fumando um charuto abjeto. Ele tinha anéis engordurados, e um diamante enorme resplandecia em meio a uma camisa puída. 'Quer um camarote, milorde?', ele disse quando me viu, e tirou o chapéu com um ar de grandiosa servilidade. Havia algo nele, Harry, que me divertiu. Era um tipo de monstro. Você vai rir de mim, eu sei, mas eu realmente entrei e paguei um guinéu inteiro pelo camarote. Até hoje não consigo entender porque fiz isso; e no entanto, se eu não o tivesse feito — meu querido Harry, se eu não o tivesse feito —, eu teria perdido o maior romance de minha vida. Vejo que você está rindo. É horrível de sua parte!

— Não estou rindo, Dorian; ao menos, não estou rindo de você. Mas você não deve dizer o maior romance da sua vida. Deve dizer o primeiro romance de sua vida. Você sempre será amado, e sempre estará apaixonado pelo amor. Uma *grande passion* é o privilégio de pessoas que não têm nada para fazer. Eis a única utilidade para as classes ociosas de um país. Não tenha medo. Há coisas extraordinárias reservadas para você. Isto é apenas o começo.

— Você acha que a minha essência é tão superficial assim? — exclamou Dorian Gray, irritado.

—Não; acho que sua essência é muito profunda.

— O que você quer dizer?

— Meu querido garoto, as pessoas que amam apenas uma vez em suas vidas são realmente as superficiais. O que chamam de lealdade e de fidelidade, eu chamo ou de letargia do hábito ou de falta de imaginação. A fidelidade é, para a vida emocional, o que a consistência é para a vida do intelecto: somente uma confissão do fracasso. Fidelidade! Devo examiná-la, algum dia. Ela contém a paixão pela propriedade. Existem muitas coisas que descartaríamos se não tivéssemos medo de que outros pudessem pegá-las. Mas não quero interrompê-lo. Continue com sua história.

— Bem, vi-me sentado em um pequeno e horrível camarote privado, encarado por um cenário vulgar pintado em uma cortina. Olhei por trás da cortina e examinei a casa. Era uma coisa de mau gosto, cheia de Cupidos e cornucópias, como um bolo de casamento de terceira categoria. A galeria e o fosso estavam razoavelmente cheios, mas as duas fileiras de poltronas desbotadas estavam bem vazias, e sequer havia uma pessoa no que eu suponho que chamassem de balcão. Mulheres circulavam com laranjas e cerveja de gengibre, e o consumo de nozes era terrível.

— Deve ter sido como nos gloriosos dias do Drama Inglês.

— Sim, imagino eu, e muito deprimente. Quando comecei a me perguntar o que diabos deveria fazer, dei uma olhada no programa. Qual peça você acha que era, Harry?

— Eu imaginaria 'O Garoto Idiota', ou 'Tolo, mas Inocente'. Nossos pais costumavam gostar desse tipo de peça, acredito. Quanto mais eu vivo, Dorian, mais profundamente sinto que o que quer que fosse bom o bastante para nossos pais, não é bom o bastante para nós. Na arte, como na política, *les grand-pères ont toujours tort*.[1]

— Essa peça era boa o bastante para nós, Harry. Era Romeu e Julieta. Devo admitir que me senti bem incomodado com a ideia de ver Shakespeare representado em um buraco tão miserável quanto aquele. Ainda assim, me senti interessado, de alguma forma. Em todo caso, resolvi esperar pelo primeiro ato. Havia uma orquestra horrorosa, conduzida por um jovem hebreu sentado a um piano desafinado, que quase me obrigou a ir embora, mas enfim a cortina se ergueu e a peça começou. Romeu era um cavalheiro idoso e robusto, com sobrancelhas

---

1 "Os avós estão sempre errados.

escurecidas, uma voz trágica e rouca, e uma figura que parecia um barril de cerveja. Mercúcio era quase tão ruim quanto. Era interpretado por um comediante de baixo nível, que inseria suas próprias piadas no texto e se dava muito bem com o fosso. Eram ambos tão grotescos quanto o cenário, que por sua vez parecia ter saído de um paiol do campo. Mas Julieta! Harry, imagine uma garota sequer chegada aos dezessete anos, com um rosto pequeno, como uma flor, uma pequena cabeça grega com caracóis entrançados de cabelos castanho escuros, olhos que eram poços violáceos de paixão, lábios como as pétalas de uma rosa. Era a coisa mais encantadora que eu havia visto em minha vida. Você me disse uma vez que o *pathos* não lhe emocionava, mas que a beleza, a simples beleza, podia encher seus olhos de lágrimas. Eu lhe digo, Harry, que mal conseguia ver essa garota devido à névoa de lágrimas com que me deparei. E sua voz — nunca ouvi uma voz assim. Era muito baixa a princípio, com notas profundas e macias que pareciam cair uma a uma nos ouvidos. Então se tornou um pouco mais alta, e soou como uma flauta ou um oboé distante. Na cena do jardim, ela tinha todo o êxtase trêmulo que ouvimos pouco antes da aurora, quando cantam os rouxinóis. Houve momentos, um pouco adiante, em que a voz continha a paixão selvagem dos violinos. Você sabe como uma voz pode atiçar alguém. Sua voz e a voz de Sibyl Vane são duas coisas de que nunca vou me esquecer. Quando fecho meus olhos, eu as ouço, e cada uma delas diz algo diferente. Não sei qual seguir. Por que eu não deveria amá-la? Harry, eu a amo. Ela é tudo na vida para mim. Noite após noite, vou vê-la atuar. Em uma noite ela é Rosalinda, e na noite seguinte é Imogênia. Eu a vi morrer na escuridão de um túmulo italiano, sorvendo o veneno dos lábios de seu amante. Eu a observei perambulando pela floresta de Arden, disfarçada de um bonito garoto de calças estreitas, gibão e um delicado gorro. Ela foi louca, e apresentou-se diante de um rei culpado, e deu a ele arruda e ervas amargas para experimentar. Ela foi inocente, e as mãos negras do ciúme esmagaram-lhe a frágil garganta. Eu a vi com todas as idades e com todos os trajes. Mulheres ordinárias nunca apelam à nossa imaginação.

Elas se limitam ao seu século. Nenhum glamour jamais as transfigura. Conhecemo-lhes as mentes tão facilmente quanto conhecemos seus gorros. Sempre podemos encontrá-las. Não há, nelas, mistério algum. Elas cavalgam no parque pelas manhãs e tagarelam nos chás da tarde. Têm seus sorrisos estereotipados e suas condutas elegantes. São bastante óbvias. Mas uma atriz! Quão diferente uma atriz é! Harry! Por que não me disse que a única coisa digna de nosso amor é uma atriz?

— Por que já amei muitas delas, Dorian.

— Oh, sim, pessoas horríveis com cabelos tingidos e rostos pintados.

— Não menospreze cabelos tingidos e rostos pintados. Às vezes, há neles um charme extraordinário — disse Lord Henry.

— Agora desejaria não ter te contado sobre Sibyl Vane.

— Você não conseguiria não me contar, Dorian. Em toda a sua vida, você vai me contar tudo o que fizer.

— Sim, Harry, acredito que isso seja verdade. Não consigo evitar lhe contar as coisas. Você exerce uma estranha influência sobre mim. Se um dia cometesse um crime, eu o confessaria a você. Você me entenderia.

— Pessoas como você — os obstinados raios de sol da vida — não cometem crimes, Dorian. Mas fico muito grato pelo elogio, em todo caso. E agora me diga — alcance-me os fósforos, como um bom garoto; obrigado —, quais são suas relações atuais com Sibyl Vane?

Dorian Gray se ergueu num salto, com bochechas em brasa e olhos em fogo. — Harry! Sibyl Vane é sagrada!

— Apenas as coisas sagradas merecem ser tocadas, Dorian — afirmou Lord, com um estranho toque de *pathos* na voz. — Mas por que você se incomoda? Suponho que ela vá lhe pertencer algum dia. Quando estamos apaixonados, sempre começamos a enganar o nosso eu, e sempre acabamos por enganar os outros. Isso é o que o mundo chama de romance. Em todo caso, imagino eu, você a conhece?

— É claro que a conheço. Na primeira noite em que fui ao teatro, o velho judeu horrível veio até o camarote após o término da performance e se ofereceu para me levar aos bastidores para me apresentar a ela. Eu fiquei furioso com ele, e lhe disse que Julieta estava morta havia centenas de anos e que seu corpo estava em um túmulo de mármore em Verona. Pelo olhar vago e atônito do homem, acho que ele pensou que eu tivesse tomado champanhe demais, ou algo assim.

— Não estou surpreso.

— Então, ele me perguntou se eu escrevia para algum jornal. Respondi que sequer os lia. Ele me pareceu terrivelmente desapontado com isso, e me confidenciou que todos os críticos dramáticos estavam em uma conspiração contra ele, e que todos estavam à venda.

— Eu não ficaria surpreso se ele estivesse certo nisso. Mas, por outro lado, a julgar pela aparência deles, a maioria não deve de forma alguma custar caro.

— Bem, ele parecia achar que estavam além de suas possibilidades — riu Dorian. — Naquele momento, entretanto, as luzes do teatro estavam se apagando, e eu precisava ir. O homem queria que eu experimentasse alguns charutos que ele recomendava fortemente. Recusei. Na noite seguinte, é claro, apareci no lugar novamente. Quando me viu, ele fez uma grande mesura em minha direção e me assegurou de que eu era um magnânimo patrono da arte. Era um bruto dos mais ofensivos, embora tivesse uma paixão extraordinária por Shakespeare. Ele me contou certa vez, com um ar orgulhoso, que suas cinco falências eram totalmente devidas ao "Bardo", como insistia em chamá-lo. Parecia pensar nisso como uma distinção.

— Foi uma distinção, meu caro Dorian — uma grande distinção. A maioria das pessoas vai à falência porque investiu muito pesadamente no que a vida tem de prosaico. Arruinar-se por poesia é uma honra. Mas quando você conversou pela primeira vez com a senhorita Sibyl Vane?

— Na terceira noite. Ela havia interpretado Rosalinda. Não consegui evitar ir aos bastidores. Eu havia lançado algumas flores para ela, e ela havia olhado para mim — pelo menos imaginei que sim. O judeu velho era persistente. Ele parecia determinado a me levar para os bastidores, então eu consenti. Era curioso eu não querer conhecê-la, não era?

— Não, eu não acho.

— Meu querido Harry, por quê?

— Vou lhe dizer em algum outro momento. Agora, quero saber sobre a garota.

— Sibyl? Oh, ela foi tão tímida e tão gentil. Há algo de criança, nela. Seus olhos se arregalaram com um espanto maravilhado quando disse a ela o que achei da performance, e ela me pareceu não ter consciência de seu poder. Acho que nós dois estávamos bastante nervosos. O velho judeu permaneceu rindo na porta do camarim empoeirado, fazendo discursos elaborados sobre nós dois, enquanto ficamos olhando um para o outro como crianças. Ele insistia em me chamar de 'Milorde', de maneira que precisei assegurar a Sibyl que eu não era nada disso. Ela me disse, muito naturalmente, 'Você parece mais com um príncipe. Vou chamá-lo de príncipe encantado.'

— Acredite no que digo, Dorian, a senhorita Sibyl sabe como fazer elogios.

— Você não a compreende, Harry. Ela me viu apenas como um personagem em uma peça. Não sabe nada da vida. Vive com a mãe, uma mulher cansada e apagada que interpretou Lady Capuleto em uma espécie de túnica magenta na primeira noite, e que pareceu já ter visto dias melhores.

— Conheço essa aparência. Ela me deprime — murmurou Lord Henry, examinando seus anéis.

— O judeu queria me contar a história dela, mas eu disse que não me interessava.

— Você estava muito certo. Existe sempre algo de infinitamente mesquinho nas tragédias de outras pessoas.

— Sibyl é a única coisa que me importa. O que me interessa de onde ela vem? De sua pequena cabeça a seus pequenos pés, ela é absoluta e totalmente divina. Em todas as noites de minha vida vou vê-la atuar, e em cada noite ela está ainda mais maravilhosa.

— Suponho que esta seja a razão pela qual você nunca mais jantou comigo. Achei mesmo que você estivesse vivendo algum estranho romance. Você está; mas ele não é bem o que eu esperava.

— Meu querido Harry, nós almoçamos ou bebemos todos os dias, e fui com você à ópera muitas vezes — disse Dorian, abrindo seus olhos azuis com espanto.

— Você sempre chega terrivelmente tarde.

— Bem, não consigo deixar de ver Sibyl atuando — ele exclamou —, mesmo que seja apenas por um único ato. Sinto fome de sua presença; e quando penso na maravilhosa alma que se esconde naquele pequeno corpo de mármore, sou tomado por admiração.

— Você pode jantar comigo esta noite, Dorian, não pode?

Ele balançou a cabeça. — Esta noite ela será Imogênia — respondeu —, e amanhã será Julieta.

— Quando ela é Sibyl Vane?

— Nunca.

— Eu lhe parabenizo.

— Como você é terrível! Ela é todas as grandes heroínas do mundo em uma. Ela é mais do que um indivíduo. Você ri, mas eu lhe afirmo que ela tem força de espírito. Eu a amo e preciso fazer com que me ame. Você, que conhece todos os segredos da vida, diga-me como encantar Sibyl Vane de modo a que me ame! Quero que Romeu fique com ciúme. Quero que os amantes mortos do mundo ouçam nossas risadas e fiquem tristes. Quero que um sopro de nossa paixão agite a poeira deles e a transforme em consciência, que desperte suas cinzas e as converta em dor. Meu Deus, Harry, como a venero! — Ele estava andando para cima e para baixo da sala enquanto falava. Manchas vermelhas febris ardiam em suas bochechas. Estava terrivelmente excitado.

Lord Henry o observava com uma sutil sensação de prazer. Como estava diferente, agora, do garoto tímido e assustado que ele conhecera no ateliê de Basil Hallward! Sua natureza havia se desenvolvido como uma flor, desabrochara-se em botões de chama escarlate. De um esconderijo secreto, sua alma havia rastejado para fora, e o desejo viera encontrá-la no caminho.

— E o que você pretende fazer? — perguntou Lord Henry enfim.

— Quero que você e Basil venham comigo em alguma noite para vê-la no palco. Não tenho o menor receio do resultado. Com certeza vocês vão reconhecer a grandiosidade dela. Depois, precisamos tirá-la das mãos do judeu. Ela está ligada a ele por três anos — ao menos por dois anos e oito meses — a partir do presente. Terei que pagar algo a ele, é claro. Quando tudo estiver acertado, vou levá-la a algum teatro do West End e apresentá-la de forma apropriada. Ela enlouquecerá o mundo da mesma forma que me enlouqueceu.

— Isso seria impossível, meu querido rapaz.

— Sim, ela vai. Ela não tem apenas arte, um consumado instinto artístico, mas tem personalidade, também; e você me disse várias vezes que são as personalidades, e não os princípios, que movem as épocas.

— Bem, em qual noite iremos?

— Deixe-me ver. Hoje é terça. Vamos combinar amanhã. Ela interpreta Julieta amanhã.

— Está bem. No Bristol às oito horas; e vou levar Basil.

— Não às oito, Harry, por favor. Seis e meia. Precisamos estar lá antes que a cortina se erga. Você precisa vê-la no primeiro ato, quando encontra Romeu.

— Seis e meia! Que horário! Será como comer carne na hora do chá, ou ler um romance inglês. Precisa ser às sete. Nenhum cavalheiro janta antes das sete. Você verá Basil até lá? Ou devo escrever a ele?

— Caro Basil! Não o vejo faz uma semana. É terrível de minha parte, já que ele me enviou meu quadro na mais magnífica moldura, especialmente criada por ele, e, apesar de eu sentir alguma inveja do retrato por ser um mês inteiro mais jovem do que eu, devo admitir que me causa deleite. Talvez seja melhor você escrever a ele. Não quero encontrá-lo sozinho. Ele diz coisas que me incomodam. Dá bons conselhos.

Lord Henry sorriu. — As pessoas gostam muito de oferecer aquilo de que elas mesmas mais precisam. É o que chamo de profundidade da generosidade.

— Oh, Basil é o melhor dos sujeitos, mas ele me parece ser apenas um pouco Filisteu. Descobri isso, Harry, quando o conheci.

— Basil, meu querido rapaz, coloca tudo o que é encantador em seu trabalho. A consequência disso é que, dele, não sobra nada para a vida além de seus preconceitos, seus princípios e seu senso comum. Os únicos artistas que conheci que são pessoalmente agradáveis são os maus artistas. Os bons só existem naquilo que fazem, e em consequência são perfeitamente desinteressantes naquilo que são. Um grande poeta, um poeta grande de verdade, é a criatura menos poética de todas. Mas poetas inferiores são absolutamente fascinantes. Quanto piores forem suas rimas, mais pitorescos parecem. O simples fato de ter publicado um livro de sonetos de segunda faz com que um homem seja irresistível. Ele vive a poesia que não é capaz de escrever. Os outros escrevem a poesia que não ousam realizar.

— Será realmente assim, Harry? — perguntou Dorian Gray, colocando em seu lenço de mão um pouco do perfume de uma garrafa grande com tampa dourada que estava sobre a mesa. — Deve ser, se você o diz. E agora preciso ir. Imogênia está me esperando. Não se esqueça de amanhã. Adeus.

Enquanto Dorian deixava a sala, as pálpebras pesadas de Lord Henry se baixaram, e ele começou a pensar. É certo que poucas pessoas o interessaram tanto quanto Dorian Gray, e no entanto a louca adoração do rapaz por outra pessoa não causou nele a mais leve pontada de irritação ou ciúme. Isso o agradou. Tornava o rapaz um caso mais interessante. Ele sempre fora fascinado pelos métodos das ciências naturais, mas os objetos comuns dessas ciências lhe pareciam triviais e sem importância. E então ele havia começado a dissecar a si próprio, até que terminou por dissecar os outros. A vida humana — parecia-lhe a única coisa que valia a pena investigar. Comparada a ela, nada mais tinha valor. Era verdade que, enquanto observávamos a vida em seu curioso cadinho de dor e prazer, não podíamos usar, sobre o rosto, uma máscara de vidro, nem evitar que os vapores sulfurosos nos perturbassem o cérebro e tornassem a nossa imaginação turva com desejos monstruosos e sonhos disformes. Havia venenos tão sutis que, para conhecer suas propriedades, teríamos que nos nausear com eles. Havia doenças tão estranhas que teríamos que passar por elas se quiséssemos entender suas naturezas. E, no entanto, que grande recompensa recebemos! Quão maravilhoso o mundo se tornava para nós! Constatar a curiosa e dura lógica da paixão, e a colorida vida do intelecto — observar onde se encontravam, e onde se separavam, em qual ponto estavam em uníssono, e em qual ponto estavam em discordância — havia um deleite nisso! Que importava o custo? Não havia um preço alto demais por qualquer sensação que fosse.

Ele estava consciente — e o pensamento conferiu um brilho de prazer a seus olhos castanhos de ágata — de que fora por meio de certas palavras suas, palavras musicais ditas em um tom musical, que a alma de Dorian Gray havia se voltado para essa garota branca e se inclinado em devoção diante dela. Em uma grande medida, o rapaz era sua própria criação. Ele o fizera precoce. Isso era alguma coisa. Pessoas comuns esperavam até que a vida lhes desvendasse seus segredos, mas para os poucos, os eleitos, os mistérios da vida eram revelados antes que o véu fosse retirado. Algumas vezes, esse era o efeito da arte, e sobretudo da arte literária, que se ocupa diretamente das paixões e do intelecto. Mas, de quando em vez, alguma personalidade complexa assumia tal lugar e se apropriava do emprego da arte; ela era, com efeito, uma verdadeira obra de arte, tendo a própria vida criado suas elaboradas obras-primas, da mesma forma que a poesia o faz, ou a escultura, ou a pintura.

Sim, o rapaz era precoce. Ele estava fazendo a colheita quando ainda era primavera. A pulsação e a paixão da juventude estavam nele, mas ele estava se tornando consciente de si. Era delicioso observá-lo. Com seu belo rosto, e sua bela alma, ele era algo a ser contemplado.

Não se tratava de como tudo acabaria, ou de como tudo estaria destinado a acabar. Ele era como uma daquelas figuras graciosas em um concurso ou uma peça, cujas alegrias parecem estar distantes de nós, mas cujas tristezas despertam nosso sentido para o belo, e cujas feridas são como rosas vermelhas.

Alma e corpo, corpo e alma — quão misteriosos eram! Havia animalidade na alma, e o corpo tinha seus momentos de espiritualidade. Os sentidos podiam se refinar, e o intelecto podia se degradar. Quem poderia dizer onde o impulso carnal cessava, ou onde o impulso psicológico começava? Quão superficiais eram as definições arbitrárias dos psicólogos! E no entanto, quão difícil era decidir entre as proposições das várias escolas! Era a alma uma sombra instalada na casa do pecado? Ou ficava o corpo realmente na alma, como Giordano Bruno pensava? A separação entre o espírito e a matéria era um mistério, e a união do espírito com a matéria também era um mistério.

Ele começou a se questionar se conseguiríamos, algum dia, fazer da psicologia uma ciência de tal forma absoluta que cada pequeno manancial da vida fosse a nós revelado. Da forma como estava, nós sempre nos compreendíamos de maneira equivocada, e raramente entendíamos os outros. A experiência não tinha valor ético. Era apenas o nome que os homens davam a seus erros. Via de regra, os moralistas entendiam a experiência como uma espécie de alerta, atribuíram a ela uma certa eficiência ética na formação do caráter, exaltaram-na como algo que nos ensinava o que deveríamos seguir e nos mostrava o que deveríamos evitar. Mas não havia poder motivador na experiência. Era uma causa ativa tão diminuta quanto a própria consciência. Tudo o que ela realmente demonstrava era que nosso futuro seria o mesmo que nosso passado, e que o pecado que tínhamos cometido uma vez, com e repugnância, repetiríamos muitas vezes, e com alegria.

Estava claro para ele que o método experimental era o único pelo qual poderíamos atingir qualquer análise científica das paixões; e certamente Dorian Gray era um objeto perfeito para isso, e parecia prometer resultados ricos e frutíferos. Seu amor louco e súbito por Sibyl Vane era um fenômeno psicológico nada desinteressante. Não havia dúvidas de que a curiosidade tinha muito a ver com isso, a curiosidade e o desejo por novas experiências, mas não se tratava de uma paixão simples, e sim de uma paixão muito complexa. O que nela havia do instinto puramente sensual da juventude havia sido transformado pelos trabalhos da imaginação, convertido em algo que ao próprio rapaz parecia estar muito distante dos sentidos, e que, por essa mesma razão, era muito mais perigoso. Eram as paixões sobre cujas origens nos enganamos as que mais brutalmente nos tiranizavam. Nossas motivações mais fracas eram aquelas de cuja natureza temos consciência. Frequentemente acontecia que, quando pensávamos que estávamos realizando experimentos com os outros, na verdade estávamos experimentando em nós mesmo.

Enquanto Lord Henry estava sentado, sonhando com essas coisas, uma batida soou na porta, e seu valete entrou para lembrá-lo de que era hora de se vestir para o jantar. Ele se levantou e olhou para a rua. O pôr do sol havia revestido com um dourado escarlate as janelas superiores das casas à frente. As vidraças cintilavam como placas de metal aquecido. Acima, o céu era como uma rosa que desvanecia. Ele pensou na jovem, ardente e colorida vida de seu amigo, e se perguntou como tudo terminaria.

Quando chegou à sua casa, por volta da meia-noite e meia, ele viu um telegrama na mesa do hall. Abriu-o e descobriu que era de Dorian Gray. Ele o informava de que estava noivo e iria se casar com Sibyl Vane.

Capítulo 5

— Mãe, mãe, estou tão feliz! — murmurou a garota, enterrando seu rosto no colo da mulher de aparência cansada e consumida que, com as costas viradas para a luz incidente e intrusiva, estava sentada na única poltrona que havia na escura sala de estar. — Estou tão feliz! — ela repetiu. — E você precisa ficar feliz também!

A senhora Vane estremeceu e colocou as mãos magras e branqueadas de bismuto na cabeça da filha. — Feliz! — ela ecoou. — Só me sinto feliz, Sibyl, quando lhe vejo no palco. Você não deve pensar em nada além da sua atuação. O senhor Isaacs tem sido muito bom para nós, e devemos dinheiro a ele.

A garota ergueu um rosto amuado. — Dinheiro, mamãe? — exclamou. — O que importa o dinheiro? O amor é mais importante do que o dinheiro.

— O senhor Isaacs nos adiantou cinquenta libras para pagarmos nossas dívidas e para que arranjemos roupas apropriadas para James.

Você não pode se esquecer disso, Sibyl. Cinquenta libras é uma soma muito grande. O senhor Isaacs tem sido bastante atencioso.

— Ele não é um cavalheiro, mamãe, e eu odeio a forma como fala comigo — disse a garota, levantando-se e indo até a janela.

— Não sei como nos daríamos sem ele — respondeu a mulher mais velha de modo queixoso.

Sibyl Vane lançou a cabeça para trás e riu. — Nós não o queremos mais, mamãe. O Príncipe Encantado comanda a nossa vida, agora. — Então ela fez uma pausa. Uma rosa vibrou em seu sangue e obscureceu suas bochechas. A respiração ofegante partiu as pétalas de seus lábios. Eles estremeceram. Uma espécie de vento-sul da paixão soprou sobre ela e agitou as delicadas dobras de seu vestido. — Eu o amo — disse simplesmente.

— Criança tola! Criança tola! — Foi a frase papagueada em resposta. O ondular de dedos tortuosos com joias falsas conferiu um tom grotesco às palavras.

A garota riu novamente. Em sua voz havia a alegria de um pássaro engaiolado. Seus olhos captaram a melodia e a ecoaram com radiância, e então se fecharam por um momento, como se para esconder seu segredo. Quando se abriram, a névoa de um sonho os atravessou.

A sabedoria de lábios finos lhe falou da poltrona gasta, sugeriu prudência, citou daquele livro sobre covardia cujo autor macaqueia o senso comum. Ela não ouviu. Estava livre dentro de sua prisão da paixão. Seu príncipe, o Príncipe Encantado, estava com ela. Ela convocara a memória a reconstituí-lo. Enviara a alma em busca dele, e ela o trouxera de volta. Seu beijo ardia novamente na boca dela. Suas pálpebras estavam cálidas pela respiração dele.

Então, a sabedoria alterou seu método e falou de investigação e descoberta. Este jovem poderia ser rico. Caso o fosse, o casamento devia ser considerado. Contra as conchas de seus ouvidos arrebataram as ondas da astúcia mundana. As flechas da artimanha a atravessaram. Ela viu os lábios finos se movendo, e sorriu.

De repente, sentiu necessidade de falar. O silêncio prolixo a perturbava. — Mãe, mãe — exclamou —, por que ele me ama tanto? Eu sei porque o amo. Amo-o porque ele é como o próprio amor deve ser. Mas o que ele vê em mim? Não sou digna dele. E no entanto — ora, não posso dizer o motivo —, apesar de me sentir tão abaixo dele, não me sinto humilhada. Sinto-me orgulhosa, terrivelmente orgulhosa. Mãe, você amava meu pai como eu amo o Príncipe Encantado?

A senhora empalideceu sob a grosseira camada de pó que manchava suas bochechas, e os lábios secos se contraíram em um espasmo de dor. Sibyl correu até ela, atirou os braços ao redor de seu pescoço e a beijou. — Desculpe-me, mamãe. Sei que lhe dói falar sobre nosso pai. Mas só dói porque você o amou tanto. Não fique tão triste. Estou tão feliz hoje quanto você estava vinte anos atrás. Ah! Deixe-me ser feliz para sempre!

— Minha criança, você é nova demais para pensar em se apaixonar. Além disso, o que você sabe a respeito desse jovem? Você nem sabe o nome dele. Tudo isso é muito inconveniente, e realmente, bem no momento em que James está partindo para a Austrália, e justo quando eu tenho tanto com que me preocupar, preciso dizer que você deveria mostrar mais consideração. Entretanto, como disse antes, se ele é rico...

— Ah! Mãe, mãe, deixe-me ser feliz!

A senhora Vane lançou um olhar para ela, e, com um desses falsos gestos teatrais que tão frequentemente se tornam uma espécie de segunda natureza para um ator, apertou-a em seus braços. Neste momento, a porta se abriu e um rapaz com cabelos castanhos desarralinhados entrou na sala. Era atarracado, e tinha mãos e pés grandes, de movimentos um tanto desajeitados. Não era tão delicadamente desenvolvido quanto a irmã. Dificilmente adivinharíamos a relação próxima que existia entre eles. A senhora Vane fixou os olhos no rapaz e seu sorriso se intensificou. Ela atribuiu mentalmente ao filho a dignidade de uma plateia. Sentiu-se segura de que o *tableau* era interessante.

— Acho que você deve reservar alguns de seus beijos para mim, Sibyl — disse o rapaz com um resmungo bem-humorado.

— Ah! Mas você não gosta de ser beijado, Jim — ela exclamou. — Você é um terrível urso velho. — Então correu pela sala e o abraçou.

James Vane olhou com ternura para o rosto da irmã. — Quero que você venha dar uma volta comigo, Sibyl. Imagino que não verei essa horrível Londres novamente. Tenho certeza de que não quero.

— Meu filho, não diga coisas tão terríveis — murmurou a senhora Vane, pegando uma peça de figurino extravagante e, com um suspiro, começando a remendá-lo. Ela ficou um pouco desapontada por ele não ter se juntado ao grupo. Isso teria intensificado o caráter pitoresco da situação.

— Por que não, mamãe? Eu falo sério.

— Você me machuca, meu filho. Acredito que você vai voltar da Austrália rico. Não acho que exista qualquer tipo de sociedade nas Colônias — nada que eu chamaria de sociedade —, então, quando você tiver feito sua fortuna, deverá voltar e se estabelecer em Londres.

— Sociedade! — resmungou o rapaz. — Não quero saber de nada disso. Pretendo ganhar algum dinheiro para tirar você e Sibyl dos palcos. Eu os odeio.

— Oh, Jim! — disse Sibyl, rindo — Que indelicadeza da sua parte! Mas você realmente vai dar uma volta comigo? Isso será ótimo! Eu receava que você fosse se despedir de alguns de seus amigos — de Tom Hardy, que lhe deu aquele cachimbo medonho, ou Ned Langton, que caçoa de você por fumá-lo. É muito gentil de sua parte dedicar a mim a sua última tarde. Aonde iremos? Vamos até o parque.

— Sou muito maltrapilho — ele respondeu, franzindo o cenho. — Somente janotas vão ao parque.

— Bobagem, Jim — ela sussurrou, acariciando a manga do casaco dele.

Ele hesitou por um instante. — Muito bem — disse enfim —, mas não demore muito ao se vestir. — Ela saiu dançando pela porta. Era possível ouvi-la cantar enquanto subia as escadas. Seus pequenos pés tamborilavam no andar de cima.

Ele andou para cima e para baixo na sala por duas ou três vezes. Então, virou-se para a figura imóvel na poltrona. — Mamãe, as minhas coisas estão prontas? — perguntou.

— Estão prontas — ela respondeu, mantendo os olhos no trabalho que fazia. Havia alguns meses, vinha se sentindo desconfortável quando ficava sozinha com o filho rude e severo que tinha. Sua natureza secreta e superficial se perturbava quando os olhos dos dois se encontravam. Ela costumava se perguntar se ele suspeitava de algo. O silêncio, uma vez que ele não falou mais nada, tornou-se intolerável para a mulher. Começou a reclamar. As mulheres se defendem atacando, assim como atacam por meio de repentinas e súbitas rendições.

— Espero que você fique satisfeito, James, com sua vida no mar — ela disse. — Você precisa se lembrar de que a escolha foi sua. Você poderia ter ingressado no escritório de um procurador. Os procuradores constituem uma classe muito respeitável, e, no campo, costumam jantar com as melhores famílias.

—Eu odeio escritórios, e odeio funcionários — ele respondeu. — Mas você está muito certa. Escolhi minha própria vida. Tudo que peço é para que cuide de Sibyl. Não deixe que ela corra qualquer perigo. Mãe, você precisa cuidar dela.

— James, você realmente fala coisas estranhas. É claro que vou cuidar de Sibyl.

— Ouvi dizer que um cavalheiro frequenta o teatro todas as noites e vai até os bastidores para falar com ela. Isso é verdade? Do que se trata?

— Você está falando de coisas que não entende, James. Nesta profissão, estamos acostumadas a receber uma grande quantidade da mais gratificante atenção. Eu mesma costumava receber muitos buquês, em certa época. Isso foi quando a representação era realmente compreendida. Quanto a Sibyl, no momento não sei se a ligação dela é séria ou não. Mas não há dúvidas de que o jovem em questão seja um perfeito cavalheiro. Ele é sempre muito educado comigo. Além disso, parece ser rico, e as flores que ele envia são adoráveis.

— Você não sabe o nome dele, apesar disso — disse o rapaz com severidade.

— Não — respondeu a mãe com uma expressão plácida no rosto. — Ele ainda não revelou o nome verdadeiro. Acho que é bastante romântico da parte dele. Provavelmente é um membro da aristocracia.

James Vane mordeu o lábio. — Cuide de Sibyl, mamãe — ele exclamou —, cuide dela.

— Meu filho, você me magoa muito. Sibyl está sempre sob meus cuidados especiais. É claro que, se esse cavalheiro for rico, não há razão pela qual ela não deva assumir um compromisso com ele. Creio que ele seja alguém da aristocracia. Ele tem a aparência disso, devo dizer. Pode ser o mais brilhante casamento para Sibyl. Eles formariam um casal encantador. A boa aparência dele é realmente muito notável; todos o percebem.

O rapaz murmurou algo a si mesmo e batucou na vidraça da janela com seus dedos rudes. Ele havia se virado para dizer algo quando a porta se abriu e Sibyl passou por ela.

— Como vocês estão sérios — ela exclamou. — Qual é o problema?

— Nada — ele respondeu. — Acho que precisamos ser sérios, às vezes. Adeus, mamãe; eu jantaria às cinco horas. Tudo está nas malas, a não ser minhas camisas, então você não precisa se preocupar.

— Adeus, meu filho — ela respondeu com uma mesura de imponência forçada.

Estava extremamente incomodada com o tom que ele adotara com ela, e havia algo na aparência dele que fazia com que sentisse receosa.

— Beije-me, mamãe — disse a garota. Seus lábios de flor tocaram as bochechas ressecadas e aqueceram sua frigidez.

— Minha criança! Minha criança! — exclamou a senhora Vane, olhando para o teto em busca de uma plateia imaginária.

— Venha, Sibyl — disse o irmão impacientemente. Ele odiava as afetações da mãe.

Os dois saíram para a luz do sol tremeluzente e varrida pelo vento, e caminharam pela melancólica Euston Road. Os passantes olhavam com espanto para o jovem carrancudo e pesado que, com roupas grosseiras, desalinhadas, estava na companhia de uma garota de aparência tão graciosa e refinada. Ele era como um jardineiro qualquer caminhando com uma rosa.

Jim franzia o cenho vez ou outra quando captava o relance inquisidor de algum estranho. Sentia aquele desgosto de ser encarado que acomete os gênios no final da vida e que nunca abandona os lugares comuns. Sibyl, no entanto, não estava consciente do efeito que produzia. Seu amor estremecia nas risadas em seus lábios. Pensava no Príncipe Encantado e, para que pudesse pensar ainda mais, não falou dele, e sim sobre o navio no qual Jim iria navegar, sobre o ouro que ele certamente encontraria, sobre a maravilhosa herdeira cuja vida ele haveria de salvar dos bandoleiros malévolos de camisa vermelha. Porque ele não deveria continuar sendo um marinheiro, ou um comissário, ou o que quer que ele seria. Oh, não! A existência de um marinheiro era terrível. Imagine viver enfiado em um navio repugnante, com as ondas ásperas e corcundas tentando entrar, e um vento negro tombando mastros e destroçando as velas! Ele deixaria a embarcação em Melbourne, daria um educado adeus ao capitão e partiria de uma vez para as terras do ouro. Antes que uma semana transcorresse, ele encontraria uma grande pepita de puro ouro, a maior pepita que já foi descoberta, e a levaria até a costa em uma carroça vigiada por seis policiais montados. Os bandoleiros os atacariam três vezes, e seriam derrotados numa imensa carnificina. Ou não. Ele não iria para as terras do ouro. Eram lugares horríveis, onde homens se intoxicavam e atiravam uns nos outros em salões de bares, e usavam palavras de baixo calão. Ele seria um pacato criador de ovelhas e, em certa noite, quando estivesse cavalgando para casa, veria a bela herdeira sendo levada por um bandido em um cavalo negro, e o perseguiria e a salvaria. Claro, ela se apaixonaria por ele, e ele por ela, e eles se casariam, e voltariam e viveriam em uma imensa mansão em Londres. Sim, havia coisas encantadoras reservadas para ele. Mas ele teria que ser muito bom, e não perder o controle, ou gastar o dinheiro tolamente. Ela era apenas um ano mais velho do que ele, mas conhecia muito mais sobre a vida. Ele deveria, também, escrever a ela em todas as oportunidades, e fazer suas preces todas as noites antes de dormir. Deus era muito bom e iria cuidar dele. Ela rezaria por ele, também, e em alguns anos ele voltaria muito rico e feliz.

O rapaz a ouvia carrancudo e não respondeu. Estava triste por sair de casa.

Mas não era apenas isso que o tornava sombrio e melancólico. Por mais inexperiente que fosse, ele ainda tinha uma forte percepção do perigo da situação de Sibyl. Esse jovem dândi que a amava não poderia fazer bem a ela. Era um cavalheiro, e ele o odiava por isso, odiava-o pela via de um estranho instinto de raça do qual não se dava conta, e que por esse motivo o dominava ainda mais. Tinha consciência, também, da natureza superficial e vaidosa de sua mãe, e nisso viu um risco infinito para Sibyl e para a felicidade dela. As crianças começam por amar seus pais; à medida que crescem, elas os julgam; às vezes, os perdoam.

Sua mãe! Ele tinha algo em mente para perguntar a ela, algo que havia ruminado durante muitos meses de silêncio. Uma frase ao acaso que ele havia ouvido no teatro, uma zombaria sussurrada que havia alcançado suas orelhas numa noite em que esperava na porta do palco, havia desencadeado uma sequência de pensamentos horríveis. Ele se lembrou disso como se recebesse o golpe de um chicote de caça no rosto. Suas sobrancelhas se uniram num vinco em forma de cunha, e com um espasmo de dor ele mordeu o lábio inferior.

— Você não está escutando uma palavra do que digo, Jim — exclamou Sibyl —, e estou fazendo os mais deliciosos planos para o seu futuro. Diga algo.

— O que você quer que eu diga?

— Oh! Que você será um bom menino e não se esquecerá de nós — respondeu, sorrindo para ele.

O rapaz encolheu os ombros. — É mais provável que você me esqueça do que o contrário, Sibyl.

Ela corou. — O que você quer dizer, Jim? — perguntou.

— Ouvi dizer que você tem um novo amigo. Quem é ele? Por que você não falou sobre ele para mim? Ele não quer seu bem.

— Pare, Jim! — ela exclamou. — Você não deve dizer nada contra ele. Eu o amo.

— Ora, você nem sabe o nome dele — respondeu o rapaz. — Quem é? Tenho direito de saber.

— Ele se chama Príncipe Encantado. Você não gosta do nome? Oh!, seu menino tolo!, você nunca deve esquecê-lo. Se apenas o visse, acharia que é a pessoa mais maravilhosa do mundo. Algum dia você vai conhecê-lo — quando voltar da Austrália. Você vai gostar muito dele. Todos gostam, e eu... Eu o amo. Queria que você viesse ao teatro nesta noite. Ele estará lá, e eu vou interpretar Julieta. Oh!, como vou representá-la! Imagine, Jim, estar apaixonada e interpretar Julieta! Com ele sentado lá! Atuar para o deleite dele! Receio que vá assustar a companhia, assustar ou enfeitiçá-la. Amar é superar a própria personalidade. O pobre e desagradável senhor Isaacs estará gritando "genial" para os convivas no bar. Ele tem me considerado como um dogma; hoje, vai me anunciar como uma revelação. Eu sinto isso. E é tudo dele, dele apenas, o Príncipe Encantado, meu maravilhoso amante, meu deus das graças. Mas eu sou pobre perto dele. Pobre? O que isso importa? Quando a pobreza rasteja para dentro da porta, o amor voa através da janela. Os nossos ditados precisam ser reescritos. Foram criados no inverno, e agora é verão; primavera para mim, acho eu, uma verdadeira dança de flores sob céus azuis.

— Ele é um cavalheiro — disse o rapaz, taciturno.

— Um príncipe! — ela exclamou musicalmente. — O que mais você quer?

— Ele quer escravizá-la.

— Eu estremeço com o pensamento de ser livre.

— Quero que você tenha cuidado com ele.

— Vê-lo é venerá-lo; conhecê-lo é confiar nele.

— Sibyl, você está louca por ele.

Ela riu e pegou o braço do irmão. — Meu velho e querido Jim, você fala como se tivesse cem anos. Algum dia você também vai se apaixonar. Então saberá o que é isso. Não fique tão carrancudo. Com certeza você devia estar feliz por pensar que, apesar de ir embora, vai me deixar mais feliz do que nunca. A vida tem sido dura para nós dois, terrivelmente dura e difícil. Mas será diferente agora. Você vai para um novo mundo, e eu descobri um. Aqui tem duas cadeiras; vamos nos sentar e ver as pessoas elegantes passarem.

Eles se sentaram em meio a uma multidão de observadores. Os canteiros de tulipas do outro lado do caminho cintilavam como círculos latejantes de fogo. Uma poeira branca — como se fosse uma nuvem trêmula de raízes de lírios — suspendia-se no ar ofegante. As sombrinhas vivamente coloridas dançavam e mergulhavam como borboletas monstruosas.

Ela fez com que o irmão falasse de si, de suas esperanças, seus planos. Ele falou devagar e com esforço. Eles lançaram palavras um ao outro como jogadores trocam cartas. Sibyl se sentiu oprimida. Não conseguia comunicar sua alegria. Um vago sorriso encurvando aquela boca sombria foi todo o eco que conseguiu obter. Após algum tempo, ela ficou em silêncio. Subitamente, vislumbrou cabelos dourados e lábios sorridentes e, em uma carruagem aberta com duas damas, Dorian Gray passou.

Ela se pôs de pé. — Lá está ele! — exclamou.

— Quem? — disse Jim Vane.

— O Príncipe Encantado — ela respondeu, acompanhando a carruagem.

Ele saltou e a pegou rudemente pelo braço. — Mostre-o para mim. Qual é ele? Aponte-me. Preciso vê-lo! — exclamou; mas, naquele momento, a parelha de quatro cavalos do Duque de Berwick surgiu à frente deles e, quando se afastou e deixou o espaço vazio, a carruagem havia sumido do parque.

— Ele se foi — murmurou Sibyl tristemente. —Queria que você o tivesse visto.

— Queria tê-lo visto, porque, da mesma forma que é certo que exista um Deus nos céus, eu o matarei se ele fizer qualquer mal a você.

Ela o olhou horrorizada. Ele repetiu suas palavras, que cortaram o ar como uma adaga. As pessoas ao redor ficaram boquiabertas. Uma dama próxima de Sibyl riu tensamente.

— Vamos, Jim, vamos — sussurrou. Ele a seguiu obstinadamente enquanto ela passava pela multidão. Sentia-se satisfeito pelo que havia dito.

Quando chegaram à estátua de Aquiles, ela se virou. Havia uma piedade em seus olhos, que virou riso em seus lábios. Ela balançou a cabeça na direção dele. — Você é absurdo, Jim, completamente absurdo; um menino mal humorado, isso é tudo. Como pode dizer coisas tão horríveis? Você não sabe do que está falando. Apenas sente ciúme e está sendo cruel. Ah! Eu queria que você se apaixonasse. O amor enobrece as pessoas, e o que você disse foi perverso.

— Tenho dezesseis anos — ele respondeu —, e sei do que falo. A mamãe não vai lhe ajudar. Ela não sabe como deve cuidar de você. Agora, gostaria de não estar partindo para a Austrália. Tenho muita vontade de cancelar tudo. Eu o faria, se meus contratos não tivessem sido assinados.

—Oh, não seja tão sério, Jim. Você é como um dos heróis daqueles melodramas tolos nos quais a mamãe adorava atuar. Não vou discutir com você. Eu o vi e, oh!, vê-lo é a perfeita felicidade. Não vamos discutir. Sei que você jamais machucaria alguém que amo, não é?

— Não enquanto você o amar, suponho — foi a resposta emburrada.

— Eu vou amá-lo para sempre! — ela exclamou.

— E ele?

— Para sempre, também!

— É melhor que ame.

Ela se afastou dele. Então, riu e colocou a mão em seu braço. Ele era apenas um garoto.

No Marble Arch eles pararam uma diligência que os deixou perto de sua casa miserável em Euston Road. Já passava das cinco, e Sibyl precisava se deitar por algumas horas antes de representar. Jim insistiu que ela deveria fazê-lo. Disse que preferia se despedir da irmã enquanto a mãe não estivesse presente. Ela com certeza faria uma cena, e ele detestava todos os tipos de cenas.

No quarto de Sibyl eles se despediram. Havia ciúme no coração do rapaz, e um ódio assassino e feroz do estranho que, assim parecia a ele, havia se colocado entre os dois. Entretanto, quando os braços dela envolveram-lhe o pescoço e os dedos dela passearam-lhe pelos cabelos, ele amoleceu e a beijou com verdadeira afeição. Havia lágrimas em seus olhos quando ele desceu.

A mãe o esperava embaixo. Quando ele entrou, ela resmungou algo sobre sua falta de pontualidade. Ele não respondeu, mas sentou-se para fazer a magra refeição. Moscas zumbiam ao redor da mesa e circulavam sobre a toalha de mesa manchada. Em meio aos estrondos das diligências e o estardalhaço dos carros de aluguel, podia ouvir a voz murmurante devorando cada minuto que lhe restava.

Após algum tempo, ele empurrou o prato e apoiou a cabeça nas mãos. Sentia que tinha direito de saber. Devia ter sido informado antes, se fosse como suspeitava. Congelada de medo, a mãe o observava. Palavras saíam mecanicamente de seus lábios. Um lenço de renda esfarrapado contraía-se em seus dedos. Quando o relógio bateu as seis horas, ele se levantou e foi até a porta. Então, virou-se e olhou para ela.

Seus olhos se encontraram. Nos dela, ele viu um apelo desesperado por clemência. Isto o enfureceu.

— Mãe, tenho uma pergunta para lhe fazer — ele disse. Os olhos dela vagavam pelo cômodo. Ela não respondeu. — Diga-me a verdade. Tenho direito de saber. Você era casada com meu pai?

Ela soltou um profundo suspiro. Era um suspiro de alívio. O momento terrível, o momento que dia e noite, por semanas e meses, ela temia, viera, enfim, e no entanto ela não sentiu terror algum. Na verdade, em certa medida, ele a desapontava. A objetividade vulgar da pergunta demandava uma resposta objetiva. A situação não fora gradualmente construída. Era crua. Isso lembrou um ensaio ruim.

— Não — ela respondeu, refletindo sobre a simplicidade áspera da vida.

— Meu pai era um canalha, então! — gritou o rapaz, cerrando os punhos.

Ela balançou a cabeça. — Eu sabia que ele não era livre. Nós nos amamos muito. Se ele estivesse vivido, teria cuidado de nós. Não fale assim dele, meu filho. Era seu pai e um cavalheiro. Na verdade, era muito bem relacionado.

Uma praga se desprendeu dos lábios dele. — Não ligo para mim mesmo — exclamou —, mas não deixe que Sibyl... É um cavalheiro, não? Que está apaixonado por ela, ou diz que é? Muito bem relacionado também, suponho.

Por um instante, uma medonha sensação de humilhação tomou a mulher. Sua cabeça tombou. Ela secou os olhos com mãos trêmulas. — Sibyl tem uma mãe — murmurou —; eu não tive nenhuma.

O rapaz se comoveu. Caminhou na direção dela e, inclinando-se, beijou-a. — Desculpe-me se lhe machuquei ao perguntar sobre meu pai — disse —, mas não consegui evitar. Agora, preciso ir. Adeus. Não se esqueça de que agora você terá apenas uma filha da qual cuidar, e, acredite em mim, se esse homem causar algum mal à minha irmã, vou descobrir quem ele é, vou rastreá-lo e matá-lo como a um cão. Eu juro.

O desvario exagerado da ameaça, o gesto apaixonado que a acompanhou e as palavras melodramática e loucas fizeram com que a vida parecesse mais vívida a ela. Ela conhecia aquela atmosfera. Respirou mais livremente, e pela primeira vez em muitos meses realmente admirou o filho. Gostaria de ter continuado a cena no mesmo patamar emocional, mas ele a interrompeu. Baús tinham que ser trazidos para baixo, e cachecóis precisavam ser encontrados. O funcionário do alojamento apressava-se para dentro e para fora da casa. Houve a barganha com o cocheiro do carro de aluguel. O momento se perdeu em detalhes vulgares. Foi com uma renovada sensação de desapontamento que ela acenou o lenço esfarrapado da janela, e seu filho foi embora. Ela se consolou contando a Sibyl sobre o quão desoladora imaginava que sua vida seria, agora que tinha apenas uma criança da qual cuidar. Lembrou-se da frase. Tinha gostado dela. Da ameaça, não disse nada. Foi vívida e dramaticamente expressada. Sentia que os três ririam dela, algum dia.

Capítulo 6

— Imagino que você tenha ouvido as novidades, Basil? — disse Lord Henry naquela noite, enquanto Hallward foi levado a uma pequena sala privativa no Bristol onde o jantar fora preparado para três.

— Não, Harry — respondeu o artista, entregando o chapéu e o casaco para o garçom que se curvava. — O que é? Nada sobre política, espero! Isso não me interessa. Não há uma única pessoa no Parlamento que valha a pena retratar, embora a maioria deles servisse bem para um pouco de branqueamento.

— Dorian Gray está noivo e vai se casar — disse Lord Henry, observando-o enquanto falava.

Hallward empertigou-se e então franziu o cenho. —Dorian noivo e vai se casar! — exclamou. — Impossível!

— É perfeitamente possível.

— Com quem?

— Com alguma atrizinha qualquer.

— Não consigo acreditar. Dorian é sensível demais.

— Dorian é inteligente demais para não fazer algo tolo vez ou outra, meu querido Basil.

— Um casamento não é algo que alguém possa fazer uma vez ou outra, Harry.

— A não ser na América — devolveu Lord Henry languidamente. — Mas eu não disse que ele se casou. Disse que está noivo e que vai se casar. Há uma grande diferença. Eu tenho uma lembrança clara de ser casado, mas não tenho memória alguma de ser noivo. Estou inclinado a pensar que nunca fui noivo.

— Mas pense na origem de Dorian, na posição e na riqueza dele. Seria absurdo que se casasse com alguém tão inferior.

— Se você quer fazer com que ele se case com essa garota, diga-lhe precisamente isso. Assim, com certeza ele o fará. Sempre que um homem faz algo absolutamente estúpido, o faz pelo mais nobre dos motivos.

— Espero que a garota seja boa, Harry. Não quero ver Dorian atado a alguma criatura vil, que possa degradar sua natureza e arruinar seu intelecto.

— Oh, ela é melhor do que boa; é bonita — murmurou Lord Henry, sorvendo um copo de vermute e *bitter* de laranja. — Dorian afirma que ela é bonita, e ele não costuma errar sobre coisas desse tipo. O retrato que você fez dele acelerou sua apreciação da aparência pessoal de outras pessoas. Teve esse excelente efeito, entre outros. Nós vamos vê-la hoje à noite, se aquele rapaz não se esquecer de seu compromisso.

— Você está falando sério?

— Muito sério, Basil. Eu seria muito infeliz se pensasse que pudesse ser mais sério do que no presente momento.

— Mas você aprova isso, Harry? — perguntou o pintor, andando para cima e para baixo e mordendo o lábio. — Não creio que você possa aprovar. É apenas um tolo capricho.

— Eu nunca aprovo ou desaprovo nada. Seria uma atitude absurda a tomar perante a vida. Não somos enviados ao mundo para propagarmos nossos preconceitos morais. Nunca presto qualquer atenção ao que pessoas comuns dizem, e nunca interfiro no que pessoas encantadoras fazem. Se uma personalidade me fascina, a forma de expressão que essa personalidade escolher me será absolutamente prazerosa, seja qual for. Dorian Gray se apaixonou por uma garota bonita que representa Julieta, e a pediu em casamento. Por que não? Se ele se casasse com Messalina, não seria menos interessante. Você sabe que não sou um entusiasta do casamento. A verdadeira desvantagem de casamentos é que eles nos tornam altruístas. E pessoas altruístas não têm colorido. Carecem de individualidade. Ainda assim, existem certos temperamentos que o casamento torna mais complexos. Eles preservam o egoísmo, e o acrescentam a muitos outros egos. São forçados a terem mais de uma vida. Tornam-se bem mais organizados, e ser bem mais organizado é, imaginaria eu, o objetivo da existência de um homem. Além disso, toda experiência tem valor, e não importa o que tenhamos contra o casamento, ele é certamente uma experiência. Espero que Dorian Gray faça dessa garota a sua esposa, que a adore apaixonadamente por seis meses, e que então se sinta subitamente fascinado por outra pessoa. Ele seria um caso de estudo maravilhoso.

— Você não leva a sério nenhuma dessas palavras, Harry; você sabe que não. Se a vida de Dorian Gray fosse arruinada, ninguém se sentiria mais triste do que você. Você é muito melhor do que finge ser.

Lord Henry riu. — A razão pela qual todos gostamos de pensar tão bem dos outros é que todos tememos por nós mesmos. A base do nosso otimismo é o puro terror. Pensamos que somos generosos porque atribuímos aos nossos vizinhos a posse daquelas virtudes que provavelmente seriam um benefício para nós. Exaltamos o banqueiro para podermos sacar mais do que temos em nossa conta, e encontramos boas qualidades no salteador de estrada esperando que ele poupe nossos bolsos. Eu levo tudo o que disse a sério. Tenho o maior desprezo pelo otimismo. Sobre uma vida arruinada, nenhuma vida é arruinada a não ser aquela cujo crescimento é impedido. Se você quiser estragar a natureza de alguém, precisa apenas reformá-la. Com relação ao casamento, é claro que seria tolice, mas entre homens e mulheres existem laços outros e mais interessantes. Eu certamente vou encorajá-los. Eles têm o charme de estarem na moda. Mas aí está o próprio Dorian. Ele vai lhe contar mais do que eu sou capaz.

— Meu caro Harry, meu caro Basil, vocês dois precisam me cumprimentar! — disse o rapaz, livrando-se de sua capa de noite com mangas listradas de cetim e apertando as mãos de cada um de seus amigos. — Nunca estive tão feliz. Claro, é repentino — como são todas as coisas encantadoras. E no entanto me parece ser a única coisa pela qual procurei em toda a minha vida. — Ele estava corado pela excitação e pelo prazer, e parecia extraordinariamente belo.

— Espero que você sempre seja muito feliz, Dorian — disse Hallward —, mas não o perdoo por não ter me comunicado de seu noivado. Você comunicou a Harry.

— E eu não o perdoo por estar atrasado para o jantar — interrompeu Lord Henry, colocando a mão no ombro do rapaz e sorrindo enquanto falava. — Venha, vamos nos sentar e experimentar o novo *chef* daqui, e então você vai nos contar como tudo aconteceu.

— Na verdade não há muito a contar — exclamou Dorian enquanto eles ocupavam seus lugares à mesa pequena e redonda. — O que aconteceu foi simplesmente isto. Depois que lhe deixei ao anoitecer de ontem, Harry, eu me vesti, jantei naquele pequeno restaurante italiano na Rupert Street que você me apresentou e às oito horas fui para o teatro. Sibyl estava fazendo Rosalinda. É claro, o cenário estava horrível, e o Orlando, absurdo. Mas Sibyl! Vocês deveram tê-la visto! Quando ela apareceu com as roupas de menino, estava perfeitamente maravilhosa. Usava um colete de veludo cor de musgo com mangas cor de canela, calças estreitas marrons com suspensórios cruzados, uma delicada boina verde com uma pena de falcão presa a uma joia, e uma capa com capuz forrada de vermelho desbotado. Ela nunca me parecera tão extraordinária. Tinha toda a graça delicada daquela estatueta de Tânagra que você tem em seu ateliê, Basil. Os cabelos espalhados pelo rosto como folhas negras ao redor de uma rosa pálida. Quanto à atuação — bem, vocês a verão esta noite. Ela é simplesmente uma artista nata. Fiquei sentado no camarote sujo completamente fascinado. Esqueci-me de que estava em Londres no século XIX. Estava distante com meu amor em uma floresta que homem algum jamais vira. Depois que a apresentação terminou, fui até os bastidores e falei com ela. Enquanto estávamos sentados juntos, de repente os olhos dela assumiram uma expressão que eu nunca vira antes. Meus lábios se moveram na direção dos lábios dela. Nós nos beijamos. Não consigo descrever a vocês o que senti naquele momento. Pareceu-me que toda a minha vida havia se estreitado em um único ponto perfeito de alegria cor-de-rosa. Ela estremeceu toda e se sacudiu como um narciso branco. Então se pôs de joelhos e beijou minhas mãos. Sinto que não deveria contar tudo isso a vocês, mas não posso evitar. Evidentemente o nosso noivado é um segredo absoluto. Ela sequer contou à própria mãe. Não sei o que meus tutores vão dizer. Lord Radley com certeza ficará furioso. Eu não me importo. Serei maior de idade em menos de um ano, e então poderei fazer o que quiser. Fiz bem, não fiz, Basil, ao extrair meu amor da poesia e encontrar minha esposa nas peças de Shakespeare? Lábios que Shakespeare ensinou a falar sussurraram seu segredo em meus ouvidos. Tive os braços de Rosalinda a me enlaçar, e beijei Julieta na boca.

— Sim, Dorian, imagino que você fez bem — disse Hallward, lentamente.

— Você já a viu hoje? — perguntou Lord Henry.

Dorian Gray balançou a cabeça. — Deixei-a na floresta de Arden; vou encontrá-la em um pomar de Verona.

Lord Henry sorveu sua champanhe com um ar meditativo. — Em qual momento particular você mencionou a palavra casamento, Dorian? E o que ela disse como resposta? Talvez você tenha se esquecido de tudo.

— Meu caro Harry, não tratei disso como uma transação de negócios, e não fiz nenhuma proposta formal. Disse a ela que a amava, e ela me disse que não era digna de ser minha esposa. Não era digna! Ora, para mim o mundo inteiro não é nada se comparado com ela.

— Mulheres são maravilhosamente práticas — murmurou Lord Henry —, muito mais práticas do que nós. Em situações desse tipo, costumamos nos esquecer de dizer qualquer coisa sobre casamento, e elas sempre nos lembram.

Hallward pousou a mão em seu braço. — Não faça isso, Harry. Você aborreceu Dorian. Ele não é como os outros homens. Jamais causaria tristezas a alguém. A natureza dele é delicada demais para isso.

Lord Henry olhou através da mesa. — Dorian nunca se aborrece comigo — respondeu. — Fiz a pergunta pelo melhor motivo possível, na verdade o único motivo que nos permite fazer qualquer pergunta — mera curiosidade. Tenho uma teoria de que são sempre as mulheres que nos pedem em casamento, e não nós a elas. Exceto, é claro, na vida da classe média. Mas a classe média não é moderna.

Dorian Gray riu e lançou a cabeça para trás. — Você é incorrigível, Harry; mas eu não ligo. É impossível ficar bravo com você. Quando você vir Sibyl Vane, vai constatar que o homem que pudesse fazer algum mal a ela seria um monstro, uma fera sem coração. Não consigo entender como alguém possa querer desonrar o que ama. Eu amo Sibyl Vane. Quero colocá-la em um pedestal de ouro e assistir ao mundo idolatrar a mulher que é minha. O que é o casamento? Um voto irrevogável. Você zomba dele por isso. Ah! Não zombe. É um voto irrevogável que quero fazer. A confiança dela me faz fiel, a crença dela me faz bom. Quando estou com ela, arrependo-me de tudo o que você me ensinou. Torno-me diferente daquele que você conheceu. Estou mudado, e o simples toque da mão de Sibyl Vane faz com que me esqueça de você e de todas as suas teorias equivocadas, fascinantes, venenosas e deliciosas.

— E elas são...? — perguntou Lord Henry, servindo-se de um pouco de salada.

— Oh, suas teorias sobre a vida, suas teorias sobre o amor, suas teorias sobre o prazer. Na verdade, todas as suas teorias, Harry.

— O prazer é a única coisa que merece uma teoria — ele respondeu com sua voz vagarosa, melodiosa. — Mas receio que não possa reivindicar a teoria como minha. Ela pertence à Natureza, não a mim. O prazer é o teste da Natureza, seu sinal de aprovação. Quando estamos felizes, sempre somos bons, mas, quando somos bons, nem sempre somos felizes.

— Ah! Mas o que você quer dizer com "bom"? — exclamou Basil Hallward.

— Sim — ecoou Dorian, reclinando-se em sua cadeira e olhando para Lord Henry por sobre os pesados ramalhetes de íris de pétalas arroxeadas que estavam no centro da mesa —, o que você quer dizer com bom, Harry?

— Ser bom é estar em harmonia consigo mesmo — ele respondeu, tocando a haste fina de sua taça com seus dedos pálidos e de pontas refinadas. — A discórdia é sermos forçados a estar em harmonia com os outros. Nossa própria vida; eis o que importa. Já quanto à vida de nossos vizinhos, se quisermos ser pedantes ou puritanos, podemos exibir nossas visões morais a respeito deles, mas eles não são de nosso interesse. Além disso, o individualismo é realmente a finalidade mais elevada. A moralidade moderna consiste em aceitar o padrão de nossa época. Considero que, para qualquer homem de alguma cultura, aceitar o padrão de sua época é uma forma da mais grosseira imoralidade.

— Mas se alguém vive apenas para si mesmo, Harry, essa pessoa não paga um preço terrível por isso? — sugeriu o pintor.

— Sim, hoje em dia pagamos um preço excessivo por tudo. Eu imaginaria que a verdadeira tragédia dos pobres seja não conseguir pagar por nada a não ser a autonegação. Belos pecados, como belas coisas, são o privilégio dos ricos.

— Pagamos de outras formas que não dinheiro.

— Que tipo de formas, Basil?

— Oh! Imagino que com remorso, sofrimento... bem, com a consciência da degradação.

Lord Henry deu de ombros. — Meu caro amigo, a arte medieval é encantadora, mas as emoções medievais estão ultrapassadas. Podemos utilizá-las na ficção, é claro. Mas afinal as únicas coisas que podemos usar na ficção são aquelas que deixamos de usar na realidade. Acredite no que digo, nenhum homem civilizado lamenta um prazer, e nenhum homem não civilizado sabe o que um prazer é.

— Eu sei o que é prazer — exclamou Dorian Gray. — É adorar alguém.

— Isso é certamente melhor do que ser adorado — ele respondeu, brincando com algumas frutas. — Ser adorado é um aborrecimento. Mulheres nos tratam assim como a humanidade trata seus deuses. Elas nos idolatram, e estão sempre nos importunando para que façamos algo por elas.

— Eu devia ter dito que, não importa o que elas peçam, elas nos deram primeiro — murmurou gravemente o rapaz. — Elas criam o amor nas nossas naturezas. Têm o direito de pedi-lo em retribuição.

— Isso é bem verdade, Dorian — exclamou Hallward.

— Nada é sempre verdade — disse Lord Henry.

— Isso é — interrompeu Dorian. — Você precisa admitir, Harry, que as mulheres dão aos homens o verdadeiro ouro de suas vidas.

— Possivelmente — ele suspirou —, mas elas invariavelmente o querem de volta em quantias bem pequenas. Essa é a preocupação. As mulheres, como um francês perspicaz certa vez afirmou, nos inspiram com o desejo de criar obras-primas e sempre nos impedem de realizá-las.

— Harry, você é terrível! Não sei por que gosto tanto de você.

— Você sempre vai gostar de mim, Dorian — ele respondeu. — Querem um pouco de café, amigos? Garçom, traga café e *fine-champagne* e alguns cigarros. Não; esqueça os cigarros — tenho alguns aqui. Basil, não posso lhe permitir que fume charutos. Você precisa fumar um cigarro. Um cigarro é o tipo perfeito de prazer perfeito. É requintado e nos deixa insatisfeitos. O que mais podemos querer? Sim, Dorian, você sempre vai ter apreço por mim. Eu represento, para você, todos os pecados que você jamais teve a coragem de cometer.

— Que absurdos você fala, Harry! — exclamou o rapaz, aproveitando a chama que saía da bocarra de um dragão prateado colocado na mesa pelo garçom. — Vamos para o teatro. Quando Sibyl aparecer no palco, você terá um novo ideal de vida. Ela vai lhe representar algo que você jamais conheceu.

— Eu conheci tudo — disse Lord Henry com uma expressão cansada nos olhos —, mas estou sempre pronto para uma nova emoção. No entanto, receio que para mim, seja como for, não exista tal coisa. Mesmo assim, sua garota extraordinária pode me comover. Amo o trabalho de atuar. É tão mais real do que a vida. Vamos. Dorian, você virá comigo. Lamento, Basil, mas na carruagem só há lugar para dois. Você precisará nos seguir em uma charrete.

Eles se levantaram e vestiram os casacos, bebendo o café de pé. O pintor estava silencioso e preocupado. Uma tristeza pairava sobre ele. Não era capaz de suportar esse casamento, e no entanto isso lhe parecia ser melhor do que muitas outras coisas que pudessem ter acontecido. Depois de alguns minutos, os três desceram. Ele saiu sozinho, como foi combinado, e observou as luzes faiscantes da pequena carruagem à frente. Uma estranha sensação de perda o invadiu. Sentiu que Dorian Gray nunca mais seria para ele tudo o que fora no passado. A vida se interpusera entre ambos... Seus olhos escureceram, e as ruas cheias de gente, cintilantes, tornaram-se borradas. Quando o carro de aluguel chegou ao teatro, pareceu-lhe que havia ficado anos mais velho.

Capítulo 7

Por alguma razão qualquer, a casa estava cheia naquela noite, e o gerente gordo judeu que os recebeu na porta estava radiante, com um sorriso seboso e trêmulo de orelha a orelha. Ele os acompanhou até o camarote com uma espécie de humildade pomposa, gesticulando com suas mãos gordas e cheias de joias e falando o mais alto que podia. Dorian Gray o detestou mais do que nunca. Sentiu-se como se viesse procurar por Miranda e tivesse encontrado Caliban. Lord Henry, por outro lado, gostou dele. Pelo menos assim o declarou, e insistiu em apertar-lhe a mão e assegurar-lhe que estava orgulhoso por conhecer um homem que havia descoberto um verdadeiro talento e que fora à falência por conta de um poeta. Hallward divertia-se ao observar os rostos no fosso. O calor era horrivelmente opressivo, e a imensa luz do sol flamejava como uma monstruosa dália de pétalas de fogo amarelo. Os jovens na galeria haviam tirado seus casacos e coletes e os penduraram nas laterais. Falavam uns com os outros por toda a galeria e dividiam suas laranjas com as garotas espalhafatosas sentadas a seus lados. Algumas mulheres estavam rindo no fosso. Suas vozes eram terrivelmente estridentes e dissonantes. Do bar, vinha o barulho de rolhas estourando.

— Que lugar para se encontrar a divindade de alguém! — disse Lord Henry.

— Sim! — respondeu Dorian Gray. — Foi aqui que a encontrei, e ela é mais divina do que todos os seres vivos. Quando ela atuar, você vai se esquecer de tudo. Essa gente comum e grosseira, com rostos rudes e gestos brutais, torna-se bem diferente quando ela está no palco. Eles se sentam em silêncio e a observam. Choram e riem conforme ela deseja. Ela os torna tão manipuláveis quanto um violino. Ela os espiritualiza, e sentimos que eles têm a mesma carne e o mesmo sangue que nós.

— A mesma carne e o mesmo sangue que nós! Oh, espero que não! — exclamou Lord Henry, que estava analisando os ocupantes da galeria com seus binóculos de ópera.

— Não dê atenção alguma a ele, Dorian — disse o pintor. — Entendo o que você diz, e acredito nessa garota. Qualquer pessoa que você ame deve ser maravilhosa, e qualquer garota que cause o efeito que você descreveu deve ser refinada e nobre. Espiritualizar uma época, eis algo que vale a pena fazer. Se essa garota pode dar uma alma àqueles que viviam sem ela, se pode despertar a sensibilidade para a beleza naqueles cujas vidas eram sórdidas e feias, se ela consegue despi-los de seus egoísmos e emprestar a eles lágrimas por tristezas que não lhes pertencem, ela é digna de sua adoração, digna da adoração do mundo. Esse casamento está correto. Não o achei no início, mas o admito agora. Os deuses fizeram Sibyl Vane para você. Sem ela, você seria incompleto.

— Obrigado, Basil — respondeu Dorian Gray, apertando a mão dele. — Eu sabia que você me entenderia. Harry é tão cínico, ele me apavora. Mas aí está a orquestra. É horrível, mas dura apenas cerca de cinco minutos. Então a cortina se ergue, e vocês verão a garota a quem darei toda a minha vida, a quem tenho dado tudo que há de bom em mim.

Quinze minutos depois, em meio a extraordinários e tumultuosos aplausos, Sibyl Vane surgiu no palco. Sim, ela certamente era adorável de se olhar — uma das mais adoráveis criaturas que já tinha visto, pensou Lord Henry. Havia algo do cervo em sua graciosidade tímida e em seus olhos assustados. Um leve rubor, como a sombra de uma rosa em um espelho de prata, tomou as maçãs de seu rosto quando ela lançou um olhar para a casa cheia e entusiasmada. Ela recuou alguns passos e seus lábios pareceram tremer. Basil Hallward se pôs de pé com um salto e começou a aplaudir. Imóvel, e como alguém que sonha, Dorian permaneceu sentado, fixando-a. Lord Henry espiava pelos binóculos, murmurando: — Encantadora! Encantadora!

A cena era no hall da casa dos Capuleto, e Romeu, em seus trajes de peregrino, havia entrado com Mercúcio e os outros amigos. A banda, à sua maneira, tocou alguns compassos de música, e a dança começou. Em meio à multidão de atores desajeitados e mal vestidos, Sibyl Vane se movimentava como uma criatura de um mundo mais delicado. Seu corpo flutuava enquanto ela dançava, como uma planta flutua dentro da água. As curvas de sua garganta eram as de um lírio branco. Suas mãos pareciam feitas de frio marfim.

E no entanto ela estava curiosamente indiferente. Não demonstrou nenhum sinal de alegria quando seus olhos pousavam em Romeu. As poucas palavras que teve que pronunciar—

Bom peregrino, a mão que acusas tanto
Revela-me um respeito delicado;
Juntas, a mão do fiel e a mão do santo
Palma com palma se terão beijado[2]

—, com o breve diálogo que se seguia, foram pronunciadas de uma forma totalmente artificial. A voz era extraordinária, mas do ponto de

....
2 Todos os trechos de *Romeu e Julieta* foram retirados da tradução de Bárbara Heliodora.

vista tonal era absolutamente falsa. Estava equivocada no cromatismo. Retirava toda a vida do verso. Tornava irreal a paixão.

Dorian Gray ficou pálido enquanto a observava. Estava surpreso e ansioso. Nenhum de seus amigos ousou lhe dizer nada. Para eles, ela pareceu ser totalmente incompetente. Estavam terrivelmente desapontados.

Ainda assim, eles sabiam que o verdadeiro teste para qualquer Julieta é a cena da sacada no segundo ato. Esperaram por isso. Se ela falhasse ali, não teria nada a mostrar.

Ela estava encantadora quando surgiu ao luar. Isto não podia ser contestado. Mas a afetação da atuação era insuportável, e aumentava à medida que ela continuava. Seus gestos se tornaram absurdamente artificiais. Ela enfatizava com excessos tudo o que tinha para dizer. A bela passagem —

O meu rosto usa a máscara da noite
Mas, de outro modo, enrubesceria
Por tudo o que me ouviu dizer aqui.

— foi declamada com a precisão dolorosa de uma estudante que aprendera a recitar com algum professor de elocução de segunda categoria. Quando ela se inclinou sobre a sacada e chegou àqueles maravilhosos versos —

Não jure, pois mesmo me alegrando
O contrato de hoje não me alegra:
Foi por demais ousado e repentino,
Por demais como o raio que se apaga
Antes que alguém diga "brilhou". Boa noite!
Este botão do amor, sendo verão,
Pode florir em um novo encontro.

—, proferiu as palavras como se não carregassem sentido algum. Não era nervosismo. Na verdade, muito longe de estar nervosa, ela parecia absolutamente controlada. Tratava-se apenas de arte ruim. Ela foi um fracasso total.

Até a plateia ordinária e inculta do fosso e da galeria perdeu o interesse na peça. As pessoas ficaram inquietas, começaram a falar alto e a assobiar. O gerente judeu, que estava de pé atrás do balcão, batia os pés de raiva. A única pessoa impassível era a própria garota.

Quando terminou o segundo ato, houve uma tempestade de vaias, e Lord Henry se levantou de sua cadeira e vestiu o casaco. — Ela é muito bonita, Dorian — disse —, mas não sabe representar. Vamos.

— Vou assistir à peça até o final — respondeu o rapaz com uma voz dura e amarga. — Lamento terrivelmente que tenha feito você desperdiçar uma noite, Harry. Peço desculpas aos dois.

— Meu caro Dorian, penso que a senhorita Vane possa estar doente — interrompeu Hallward. — Nós voltaremos em alguma outra noite.

— Quisera eu que ela estivesse doente — ele replicou. — Mas apenas me parece estar insensível e fria. Ela mudou completamente. Na última noite, era uma grande artista. Nesta, é só uma atriz medíocre qualquer.

— Não fale assim de alguém que você ama, Dorian. O amor é mais maravilhoso do que a arte.

— Ambos são apenas formas de imitação — constatou Lord Henry. — Mas vamos embora, Dorian, você não deve ficar aqui por mais tempo. Não é bom para a moral de alguém ver atuações ruins. Além disso, não imagino que você vá querer que sua esposa trabalhe como atriz, então o que importa se ela interpreta Julieta como uma boneca de madeira? Ela é muito encantadora, e, se souber tão pouco da vida quanto sabe de atuar, será uma experiência deliciosa. Só existem dois tipos de pessoas que são de fato fascinantes — gente que sabe absolutamente tudo, e gente que não sabe absolutamente nada. Pelos céus, meu caro garoto, não pareça tão trágico! O segredo de se permanecer jovem é jamais sentir uma emoção inconveniente. Venha para o clube com Basil e comigo. Vamos fumar cigarros e brindar à beleza de Sibyl Vane. Ela é bonita. O que mais você pode querer?

— Vá embora, Harry — exclamou o rapaz —, quero ficar sozinho. Basil, você precisa ir. Ah! Não veem que meu coração está se partindo? — Lágrimas cálidas surgiram em seus olhos. Seus lábios estremeceram e, lançando-se para os fundos do camarote, ele se inclinou contra a parede, escondendo o rosto com as mãos.

— Vamos embora, Basil — disse Lord Henry com uma estranha ternura na voz, e os dois saíram juntos.

Alguns momentos depois, as luzes do palco se acenderam e a cortina se ergueu para o terceiro ato. Dorian Gray voltou para seu assento. Tinha um ar pálido, e orgulhoso, e indiferente. A peça se arrastou, e pareceu interminável. Metade do público foi embora, batendo os pés com botas pesadas e rindo. A coisa toda foi um fiasco. O último ato foi apresentado para bancos quase vazios. A cortina baixou ao som de risos abafados e resmungos.

Assim que a peça terminou, Dorian Gray correu até os bastidores e entrou no camarim. A garota estava lá sozinha, com um ar de triunfo no rosto. Seus olhos estavam iluminados por um fogo extraordinário. Havia nela uma radiância. Seus lábios entreabertos sorriam para algum segredo pertencente apenas a eles.

Quando ele entrou, ela o olhou e uma expressão de infinita felicidade a atingiu. — Quão pessimamente eu atuei nesta noite, Dorian! — exclamou.

— Horrivelmente! — ele respondeu, fitando-a com espanto. — Horrivelmente! Foi medonho. Você está doente? Você não tem ideia de como foi. Não tem ideia do quanto eu sofri.

A garota sorriu. — Dorian — respondeu, detendo-se no nome dele com uma musicalidade vagarosa na voz, como se fosse mais doce que o mel para as pétalas vermelhas de sua boca. — Dorian, você deveria ter compreendido. Mas você compreende agora, não?

— Compreendo o quê? — ele perguntou, irritado.

— Porque fui tão mal nesta noite. Porque sempre irei mal. Porque nunca mais representarei bem novamente.

Ele deu de ombros. — Você está doente, imagino. Quando estiver doente, não deve atuar. Você fica ridícula. Meus amigos se entediaram. Eu me entediei.

Ela parecia não o escutar. Estava transfigurada pela alegria. Um êxtase de felicidade a dominava.

— Dorian, Dorian — exclamou —, antes de o conhecer, representar era a única realidade da minha vida. Era apenas no teatro que eu vivia. Eu achava que tudo fosse verdade. Eu era Rosalinda uma noite, e Pórcia na outra. A alegria de Beatriz era a minha alegria, e as tristezas de Cordélia eram minhas também. Eu acreditava em tudo. As pessoas comuns que atuavam comigo me pareciam divinas. Os cenários pintados eram o meu mundo. Eu não conhecia nada além de sombras, e acreditava que fossem reais. Você veio... oh, meu lindo amor! E libertou minha alma da prisão. Você me ensinou o que é a realidade. Nesta noite, pela primeira vez em minha vida, eu vi através da falsidade, da farsa, da idiotice da representação vazia de que sempre participei. Nesta noite, pela primeira vez, tornei-me consciente de que Romeu era hediondo, e velho, e pintado, de que a lua no pomar era falsa, de que o cenário era vulgar, e de que as palavras que eu precisava falar eram irreais, não eram minhas, não eram as que eu gostaria de dizer. Você me trouxe algo mais elevado, algo de que toda a arte não é nada além de um reflexo. Você me fez entender o que é o amor. Meu amor! Meu amor! Príncipe Encantado! Príncipe da vida! Eu me enjoei das sombras. Você é mais para mim do que toda arte jamais poderá ser. O que tenho eu a ver com bonecos de uma peça? Quando entrei no palco nesta noite, não consegui entender como foi que tudo em mim havia me abandonado. Achei que seria maravilhosa. Descobri que não conseguia fazer nada. De repente, minha alma despertou para o que tudo isso significava. A percepção foi extraordinária para mim. Eu ouvi as pessoas vaiando, e sorri. O que elas podem saber de um amor como o nosso? Leve-me embora, Dorian, leve-me embora com você, para onde nós possamos ficar totalmente sozinhos. Eu odeio os palcos. Posso mimetizar uma paixão que não sinto, mas não posso mimetizar uma que me arde como o fogo. Oh, Dorian, Dorian, você entende agora o que isso significa? Mesmo se eu conseguisse, para mim seria uma profanação representar estando apaixonada. Você me fez ver isso.

Ele se atirou no sofá e virou o rosto.

— Você matou o meu amor — murmurou.

Ela o olhou espantada e riu. Ele não respondeu. Ela foi até ele e, com seus pequenos dedos, acariciou-lhe os cabelos. Ajoelhou-se e pressionou as mãos dele contra os seus lábios. Ele as retirou, e um tremor percorreu-lhe o corpo.

Então, ele se levantou com um sobressalto e foi até a porta.

— Sim — exclamou —, você matou meu amor. Você costumava instigar minha imaginação. Agora você não instiga nem minha curiosidade. Você simplesmente não causa efeito algum. Eu a amava porque você era maravilhosa, porque você tinha talento e intelecto, porque você realizava o sonho de grandes poetas e dava forma e substância para as sombras da arte. Você jogou tudo isso fora. Você é superficial e estúpida. Meu Deus! Quão louco eu fui por amá-la! Que idiota eu fui! Agora você não é mais nada para mim. Nunca mais vou vê-la. Nunca mais vou pensar em você. Nunca vou mencionar seu nome. Você não sabe o que foi para mim, um dia. Ora, um dia... Oh, não suporto pensar nisso! Queria nunca ter colocado meus olhos em você! Você arruinou o romance da minha vida. Quão pouco você conhece do amor, se afirma que ele estraga sua arte. Sem sua arte, você não é nada. Eu a teria tornado famosa, esplêndida, magnífica. O mundo a teria idolatrado, e você teria carregado meu nome. O que você é, agora? Uma atriz de terceira categoria com um bonito rosto.

A garota ficou branca e estremeceu. Ela apertou as mãos e a voz parecia presa na garganta.

— Você fala sério, Dorian? — murmurou. — Você está encenando.

— Encenando! Deixo isso para você. Você o faz tão bem — ele respondeu amargamente.

Ela se levantou da posição de joelhos e, com uma comovente expressão de dor no rosto, atravessou o quarto até ele. Colocou a mão sobre o braço dele olhou-o nos olhos. Ele a repeliu. — Não me toque! — exclamou.

Ela soltou um gemido baixo, atirou-se aos pés dele e permaneceu ali como uma flor pisoteada.

— Dorian, Dorian, não me abandone! — sussurrou. — Lamento muito por não ter atuado bem. Estava pensando em você todo o tempo. Mas vou tentar — sim, vou tentar. Atravessou-me tão subitamente, o meu amor por você. Acho que jamais o descobriria se você não tivesse me beijado — se nós não tivéssemos beijado um ao outro. Beije-me de novo, meu amor. Não vá embora. Eu não conseguiria suportar. Oh! Não me deixe. Meu irmão... Não, deixe para lá. Ele não falava sério. Ele estava brincando... Mas você, oh!, você não é capaz de me perdoar por esta noite? Vou trabalhar duro e tentar me aprimorar. Não seja cruel comigo, porque eu o amo mais do que tudo neste mundo. Afinal, foi apenas uma vez que não o desagradei. Mas você tem muita razão, Dorian. Eu devia ter me mostrado uma artista melhor. Foi idiotice de minha parte, e no entanto não consegui evitar. Oh, não me abandone, não me abandone. — Um ataque de soluços apaixonados a sufocou. Ela se recolheu no chão como se estivesse ferida, e Dorian Gray, com seus belos olhos, observava-a de cima, os lábios bem desenhados curvando-se com um extraordinário desdém. Há sempre algo de ridículo nas emoções das pessoas que deixamos de amar. Sibyl Vane parecia-lhe absurdamente melodramática. As lágrimas e os soluços dela o irritaram.

— Vou embora — ele disse enfim com sua voz calma e clara. — Não quero ser indelicado, mas não posso vê-la novamente. Você me desapontou.

Ela chorou silenciosamente e não respondeu, mas rastejou para mais perto dele. Suas pequenas mãos se estenderam cegamente e pareceram procurá-lo. Ele virou-se e deixou o camarote. Em poucos instantes, estava fora do teatro.

Não soube direito para onde foi. Ele se lembrava de ter vagado por ruas pouco iluminadas, de passar por arcadas lúgubres e escuras e por casas de aspecto malévolo. Mulheres com vozes grosseiras e risadas ásperas o perseguiram. Bêbados tropeçavam, xingando e tagarelando uns com os outros como macacos monstruosos. Ele viu crianças grotescas apinhadas em soleiras, e ouviu gritos e imprecações em pátios sinistros. Quando a aurora estava raiando, ele se viu perto do Covent Garden. A escuridão se ergueu e, manchado por fogos pálidos, o céu tornou-se côncavo como uma pérola perfeita. Carroças enormes com lírios balançantes ressoavam devagar pelas ruas limpas e vazias. O ar estava impregnado pelo perfume das flores, e a beleza delas parecia lhe trazer um analgésico para a dor. Ele seguiu para o mercado e observou os homens descarregando suas carroças. Um carroceiro de avental branco ofereceu-lhe algumas cerejas. Ele o agradeceu, perguntou-se por que o homem havia recusado receber dinheiro por elas, e começou a comê-las indiferentemente. Elas haviam sido colhidas à meia-noite, e a frieza do luar as penetrara. Uma longa fila de meninos carregando caixas de tulipas listradas e de rosas vermelhas e amarelas desfilou à sua frente, abrindo caminho através das enormes pilhas verde-jade de vegetais. Sob o pórtico, com seus pilares cinzas alvejados pelo sol, uma tropa indolente de meninas sujas de cabeças descobertas esperava pelo final do pregão. Outros se apinhavam ao redor das portas do café na piazza. Os pesados cavalos que puxavam as carroças escorregavam e batiam os cascos nas pedras irregulares, balançando seus sinos e arreios. Alguns dos condutores estavam dormindo em uma pilha de sacos. De pescoços irisados e patas róseas, os pombos perambulavam bicando sementes.

Após algum tempo, ele chamou um carro de aluguel e se dirigiu para casa. Por alguns momentos, permaneceu na porta, olhando ao redor para a praça silenciosa, com suas janelas de painéis claros fechadas e suas venezianas a contemplarem-no. O céu agora era pura opalina, e contra ele os telhados das casas cintilavam como prata. De alguma chaminé à frente uma fina guirlanda de fumaça estava se erguendo. Enrolou-se, como uma fita violeta, no ar nacarado.

Na imensa e dourada lamparina veneziana, espólio da gôndola de algum doge, que pendia no teto do grande hall de entrada com painel de carvalho, ainda ardiam as luzes de três fachos tremeluzentes: pareciam finas pétalas azuis de chamas, rodeadas por fogo pálido. Ele as desligou e, após lançar seu chapéu e sua capa na mesa, atravessou a biblioteca na direção da porta de seu dormitório, um grande cômodo octogonal no piso térreo que, em seu recém-desperto apreço pelo luxo, ele próprio havia acabado de decorar, pendurando algumas curiosas tapeçarias renascentistas que foram descobertas em um sótão inutilizado em Selby Royal. Quando girava a maçaneta da porta, seus olhos pousaram no retrato que Basil Hallward havia pintado. Ele recuou como se tivesse sido surpreendido. Então, seguiu para o dormitório, parecendo um tanto intrigado. Depois de retirar o pequeno buquê que estava abotoado ao casaco, pareceu hesitar. Finalmente voltou, dirigiu-se ao quadro e o examinou. À luz detida, ofuscada que se esforçava por atravessar as venezianas de seda cor de creme, o rosto lhe pareceu um pouco modificado. A expressão parecia diferente. Alguém poderia ter dito que havia um toque de crueldade na boca. Era certamente estranho.

Ele deu a volta e, caminhando até a janela, ergueu a veneziana. A aurora resplandecente inundou a sala e varreu as sombras fantásticas para recantos obscuros, onde permaneceram trêmulas. Mas a estranha expressão que ele havia constatado no rosto do retrato parecia continuar lá, ainda mais intensa. A luz oscilante e ardente do sol mostrou-lhe as linhas de crueldade ao redor da boca, tão claramente como se ele estivesse se olhando no espelho após ter feito algo terrível.

Estremeceu e, pegando na mesa um espelho oval emoldurado com cupidos de marfim, um dos muitos presentes que Lord Henry lhe dera, olhou rapidamente para suas profundezas polidas. Nenhuma linha como aquela deformava seus lábios vermelhos. O que isso significava?

Ele esfregou os olhos e se aproximou do retrato para examiná-lo novamente. Não havia sinal algum de qualquer alteração quando olhou para a pintura real, e, no entanto, não teve dúvida de que toda a expressão havia se alterado. Não era apenas uma fantasia sua. A coisa era terrivelmente evidente.

Lançou-se em uma cadeira e começou a pensar. De súbito brilhou em sua mente o que ele dissera no ateliê de Basil Hallward, no dia em que o retrato fora concluído. Sim, ele se lembrava perfeitamente. Havia proferido um desejo enlouquecido de que permanecesse jovem, e de que o retrato envelhecesse; de que sua própria beleza permanecesse imaculada, e de que o rosto na tela carregasse o fardo de suas paixões e de seus pecados; de que a imagem pintada pudesse ser vincada pelas linhas do sofrimento e do pensamento, e de que ele pudesse conservar todo o viço delicado e a graciosidade de sua então recém-conscientizada meninice. Por acaso seu desejo teria sido realizado? Tais coisas eram impossíveis. Parecia monstruoso sequer pensar nelas. E, no entanto, lá estava o retrato diante dele, com o toque de crueldade na boca.

Crueldade! Fora cruel? Era culpa da garota, não dele. Ele havia sonhado com ela como uma grande artista, havia dado a ela seu amor porque a supunha grande. Então ela o desapontou. Ela havia sido superficial e indigna. E, no entanto, um sentimento de infinito arrependimento o tomou ao pensar nela a seus pés, soluçando como uma criança. Ele se lembrou da indiferença com que a observara. Por que ele fora feito daquela forma? Por que lhe fora dada uma alma assim? Mas ele também havia sofrido. Durante as três terríveis horas de duração da peça, ele viveu séculos de dor, eras e mais eras de tortura. A vida dele valia tanto quanto a dela. Se ele a havia ferido por uma era, ela o havia destruído por um momento. Além disso, as mulheres eram mais preparadas para suportar a tristeza do que os homens. Elas viviam de suas emoções. Apenas pensavam em suas emoções. Quando conquistavam amantes, era somente para ter alguém com quem pudessem fazer cenas. Lord Henry lhe havia dito isso, e Lord Henry sabia como as mulheres eram. Por que deveria se perturbar com Sibyl Vane? Ela não era mais nada, agora.

Mas e o quadro? O que dizer daquilo? Ele guardava o segredo de sua vida, e contava sua história. Ensinara-o a amar sua própria beleza. Iria ensiná-lo a abominar a própria alma? Voltaria a olhar para ele?

Não; era apenas uma ilusão causada por uma perturbação de seus sentidos. A noite horrível que havia passado havia deixado fantasmas em seu rastro. De súbito caíra em seu cérebro aquela minúscula partícula escarlate que leva homens à loucura. O retrato não havia mudado. Era loucura pensar assim.

No entanto, ele estava observando-o, com seu rosto belo e distorcido, e seu sorriso cruel. Seus cabelos lustrosos brilhavam ao sol da manhã. Seus olhos azuis encontraram os dele. Tomou-o um sentimento de infinito pesar, não por ele próprio, mas pela sua imagem pintada. Ela já havia se alterado, e se alteraria mais. Seu dourado se converteria em cinza. Suas rosas vermelhas e brancas morreriam. Por cada pecado que ele cometesse, uma mancha iria salpicar e destruir sua pureza. Mas ele não pecaria. O retrato, mudado ou não, seria para ele o símbolo visível da consciência. Ele resistiria à tentação. Não encontraria mais Lord Henry — não daria ouvidos, de modo algum, àquelas venenosas e sutis teorias que no jardim de Basil Hallward haviam despertado nele a paixão por coisas impossíveis. Iria voltar para Sibyl Vane, e se repararia com ela, se casaria com ela, tentaria amá-la novamente. Sim, era seu dever fazê-lo. Ela devia ter sofrido mais do que ele. Pobre criança! Ele havia sido egoísta e cruel com ela. O fascínio que exercera sobre ele retornaria. Seriam felizes juntos. Sua vida com ela seria bonita e pura.

Ele se levantou da cadeira e colocou um grande biombo bem em frente ao retrato, estremecendo enquanto o olhava de relance. "Que horror!", murmurou para si mesmo, e andou até a janela para abri-la. Quando saiu para a relva, inspirou profundamente. O ar fresco da manhã pareceu afastar todas as suas paixões sinistras. Pensou somente em Sibyl. Um vago eco de seu amor lhe voltou. Repetiu o nome dela inúmeras vezes. Os pássaros que cantarolavam no jardim úmido pelo sereno pareciam contar às flores sobre ela.

Capítulo 8

Já era bem depois do meio-dia quando ele acordou. Seu pajem havia entrado várias vezes nas pontas dos pés no dormitório para ver se ele estava para acordar, e se perguntara o que fez seu jovem patrão dormir até tão tarde. Finalmente a campainha soou e Victor entrou suavemente com uma xícara de chá e uma pilha de cartas em uma pequena bandeja de antiga porcelana de Sevres, e abriu as cortinas verde-oliva de cetim, com revestimento azul cintilante, que pendiam diante das três janelas altas.

— *Monsieur* dormiu bem nesta manhã — ele disse, sorrindo.

— Que horas são, Victor? — perguntou Dorian Gray sonolento.

— Uma e quinze, *Monsieur*.

Como estava tarde! Ele se sentou e, tendo sorvido um pouco de chá, examinou as cartas. Uma delas era de Lord Henry, e havia sido entregue em mãos naquela manhã. Ele hesitou por um momento, então a colocou de lado. Abriu as outras com indiferença. Elas continham a coleção habitual de cartões, convites para jantar, ingressos para exibições privadas, programas de concertos beneficentes, e coisas do tipo que chovem em jovens elegantes todas as manhãs durante a temporada. Havia uma conta um tanto alta de um desejado conjunto de toalete Luís XV que ele ainda não tivera coragem de enviar para seus tutores, pessoas extremamente antiquadas que não percebiam que vivíamos em uma época em que as coisas desnecessárias eram nossas únicas necessidades; e havia uma série de comunicações escritas de maneira cortês vindas de agiotas de Jermyn Street oferecendo adiantamentos de qualquer quantia de dinheiro a qualquer momento, com as mais razoáveis taxas de juros.

Depois de cerca de dez minutos, ele se levantou e, vestindo um elaborado robe de lã da caxemira bordado com seda, passou para o banheiro com piso de ônix. A água fria o refrescou após o longo sono. Ele parecia ter se esquecido de tudo o que havia se passado. Uma vaga sensação de ter participado de alguma estranha tragédia o atingiu uma ou duas vezes, mas nela havia a irrealidade do sonho.

Assim que se vestiu, foi até a biblioteca e se sentou para um ligeiro café da manhã francês que havia sido servido para ele em uma pequena mesa redonda próxima à janela aberta. Era um dia extraordinário. O ar cálido parecia carregado de especiarias. Uma abelha entrou e zumbiu ao redor do vaso azul-dragão que, repleto de rosas amarelo-sulfurosas, estava perto dele. Sentiu-se perfeitamente feliz.

De súbito, seu olhar pousou no biombo que ele havia colocado na frente do retrato, e se sobressaltou.

— Está muito frio para o *Monsieur*? — perguntou seu pajem, colocando uma omelete na mesa. — Devo fechar a janela?

Dorian balançou a cabeça.

— Não estou com frio — murmurou.

Seria tudo verdade? Teria o retrato realmente mudado? Ou fora simplesmente sua própria imaginação que o fizera ver um ar de maldade onde antes havia um ar de alegria? Certamente uma tela pintada não podia se modificar, não? A coisa era absurda. Serviria como uma história para contar a Basil, algum dia. Ela o faria sorrir.

E no entanto, como era vívida a lembrança de tudo! Primeiramente no amanhecer pálido, e depois no amanhecer claro, ele havia visto o toque de crueldade ao redor dos lábios distorcidos. Quase temeu o momento em que o pajem tivesse que sair da sala. Sabia que, quando estivesse sozinho, teria que examinar o retrato. Ele tinha medo da certeza. Quando o café e os cigarros foram trazidos e o homem se virou para partir, ele sentiu uma vontade incontrolável de lhe pedir para que ficasse. Quando a porta estava se fechando atrás do pajem, ele o chamou de volta. O homem permaneceu esperando por suas ordens. Dorian o olhou por um momento.

— Não estou em casa para ninguém, Victor – disse com um suspiro. O homem se inclinou e se retirou.

Então ele se ergueu da mesa, acendeu um cigarro e se atirou em um sofá de estofamento luxuoso que estava diante do biombo. O biombo era antigo, de couro dourado espanhol, estampado e ornado com um padrão Luís XIV bastante florido. Ele o examinou curiosamente, perguntando-se se aquilo jamais ocultara o segredo da vida de um homem.

Deveria retirá-lo, apesar de tudo? Por que não deixar que permanecesse lá? Qual era a utilidade de saber? Se a coisa fosse verdade, era terrível. Se não fosse verdade, por que se perturbar com ela? Mas e se, por algum destino ou acaso mortal, olhos que não os dele espiassem atrás do biombo e vissem a horrível mudança? O que ele faria se Basil Hallward aparecesse e pedisse para ver seu próprio quadro? Basil certamente o faria. Não; a coisa tinha que ser examinada, e imediatamente. Qualquer coisa seria melhor do que esse terrível estado de dúvida.

Ele se levantou e trancou ambas as portas. Pelo menos estaria sozinho quando olhasse para a máscara de sua vergonha. Então afastou o biombo e olhou para si próprio, frente a frente. Era perfeitamente verdade. O retrato havia se alterado.

Como se recordou muitas vezes depois, e sempre com grande espanto, ele se viu, no início, encarando o retrato com um sentimento de interesse quase científico. Era incrível, para ele, que uma tal mudança pudesse ter ocorrido. E no entanto era um fato. Poderia existir alguma sutil afinidade entre os átomos químicos que ganhavam forma e cor na tela e a alma que residia nele? Seria possível que eles realizassem tudo o que aquela alma pensava? Ou haveria alguma razão outra, mais terrível? Ele estremeceu e sentiu medo e, voltando ao sofá, deitou lá, fitando o quadro com um horror nauseado.

Uma coisa, no entanto, sentiu que o retrato lhe proporcionara. Ele o tornara consciente de como havia sido injusto e cruel com Sibyl Vane. Não era tarde demais para reparar isso. Ela ainda poderia ser sua esposa. Seu amor irreal e egoísta cederia a uma influência mais elevada, seria transformado em uma paixão mais nobre, e o retrato que Basil Hallward havia pintado seria para ele um guia através da vida, seria para ele o que a santidade é para alguns, e a consciência para outros, e o temor a Deus para todos nós. Havia opiáceos para o remorso, drogas que podiam colocar o senso moral para dormir. Mas ali estava o símbolo visível da degradação do pecado. Ali estava a sempre presente evidência da ruína a que os homens conduziam suas almas.

Bateram as três horas, e as quatro, e as quatro e meia soaram seu badalo duplo, mas Dorian Gray não se moveu. Tentava recolher os fios escarlates da vida e tecê-los em um padrão; para se orientar no labirinto sanguíneo da paixão em meio ao qual vagava. Não sabia o que fazer, ou o que pensar. Finalmente foi até a mesa e escreveu uma carta apaixonada para a garota que havia amado, implorando-lhe perdão e acusando a si mesmo de loucura. Cobriu página após página com palavras frenéticas de tristeza e palavras ainda mais frenéticas de dor. Há uma certa magnificência na autocensura. Quando culpamos a nós mesmos, sentimos que ninguém mais tem o direito de nos culpar. É a confissão, e não o padre, que nos absolve. Quando Dorian concluiu a carta, sentiu que havia sido perdoado.

De súbito soou uma batida na porta, e ele ouviu a voz de Lord Henry do lado de fora.

— Meu caro rapaz, preciso vê-lo. Deixe-me entrar agora mesmo. Não consigo suportar que se tranque assim.

De início, ele não respondeu, permanecendo imóvel. As batidas continuaram e se tornaram mais fortes. Sim, era melhor deixar que Lord Henry entrasse, para explicar a ele sobre a nova vida que passaria a levar, para discutir se fosse necessário discutir, para cortar relações se cortar relações fosse inevitável. Ele se ergueu com um salto, colocou apressadamente o biombo na frente do quadro e destrancou a porta.

— Lamento muito pelo ocorrido, Dorian — disse Lord Henry ao entrar. — Mas você não deve criar caso por isso.

— Você se refere a Sibyl Vane? — perguntou o rapaz.

— Sim, é claro — respondeu Lord Henry, afundando-se em uma poltrona e retirando lentamente as luvas amarelas. — É horrível, de um certo ponto de vista, mas não foi culpa sua. Diga-me, você foi aos bastidores para vê-la, depois que a peça acabou?

— Sim.

— Eu tinha certeza disso. Você armou uma cena com ela?

— Foi brutal, Harry... Absolutamente brutal. Mas está tudo bem agora. Não lamento por nada que aconteceu. Tudo isso me ensinou a me conhecer melhor.

— Ah, Dorian, fico tão feliz que você tenha levado dessa forma! Estava receoso de encontrá-lo mergulhado no remorso, arrancando seus lindos cabelos encaracolados.

— Já passei por tudo isso — disse Dorian, balançando a cabeça e sorrindo. — Estou perfeitamente feliz agora. Sei o que é a consciência, para começar. Não é o que você me disse que era. É a coisa mais divina que existe em nós. Não escarneça dela, Harry, nunca mais... Pelo menos na minha frente. Eu quero ser bom. Não suporto a ideia de ter uma alma hedionda.

— Uma base artística muito encantadora para a ética, Dorian! Cumprimento-o por ela. Mas como você vai começar?

— Casando-me com Sibyl Vane.

— Casando-se com Sibyl Vane! — exclamou Lord Henry, erguendo-se e olhando para ele perplexo e espantado. — Mas, meu caro Dorian...

— Sim, Harry, eu sei o que você vai dizer. Algo horrível a respeito de casamento. Não diga. Nunca mais diga coisas desse tipo para mim. Dois dias atrás eu pedi Sibyl em casamento. Não vou faltar com minha palavra. Ela será minha esposa.

— Sua esposa! Dorian!... Você não recebeu minha carta? Escrevi-lhe nesta manhã, e enviei por meu próprio criado.

— Sua carta? Oh, sim, eu me lembro. Ainda não a li, Harry. Temi que nela houvesse algo de que eu não gostaria. Você dilacera a vida com seus epigramas.

— Você não sabe de nada, então?

— O que quer dizer?

Lord Henry atravessou a sala e, sentando-se ao lado de Dorian Gray, pegou em suas mãos e as segurou com firmeza.

— Dorian... — disse — minha carta... não tenha medo... era para lhe dizer que Sibyl Vane está morta.

Um grito de dor explodiu dos lábios do rapaz, e com um salto ele se pôs de pé, arrancando as mãos do aperto de Lord Henry.

— Morta! Sibyl, morta! Não é verdade! É uma mentira horrível! Como você ousa dizer isso?

— É verdade, Dorian — disse Lord Henry com gravidade —, está em todos os jornais matinais. Escrevi para lhe pedir que não os abrisse até que eu chegasse. Haverá um inquérito, é claro, e você não deve ser envolvido nele. Coisas assim colocam um homem em evidência em Paris. Mas em Londres as pessoas são tão preconceituosas. Aqui, jamais podemos realizar nosso *début* com um escândalo. Devemos preservar isso para atrair interesse quando estivermos velhos. Suponho que eles não saibam seu nome no teatro? Se não o sabem, está tudo bem. Alguém o viu indo até o camarim dela? Este é um ponto importante.

Dorian não respondeu por alguns momentos. Estava aturdido pelo horror. Finalmente gaguejou, com uma voz asfixiada:

— Harry, você mencionou um inquérito? O que quer dizer com isso? Terá Sibyl...? Oh, Harry, não posso suportá-lo! Mas seja rápido. Diga-me tudo de uma vez.

— Não tenho dúvida de que não foi acidente, Dorian, embora deva ser contado ao público que foi. Parece que, ao sair do teatro com a mãe, por volta da meia-noite, ela disse que havia se esquecido de algo lá dentro. Esperaram durante algum tempo, mas ela não reapareceu. Acabaram por encontrá-la morta no piso de seu camarim. Ela havia engolido algo por engano, algo terrível que usam no teatro. Não sei o que foi, mas continha ácido prússico ou chumbo branco. Imagino que fosse ácido prússico, já que parece que ela morreu instantaneamente.

— Harry, Harry, isso é terrível! — gritou o rapaz.

— Sim, é muito trágico, claro, mas você não deve se envolver nisso. Vi no *The Standard* que ela tinha dezessete anos. Teria pensado que ela fosse mais jovem. Parecia tão criança, e parecia conhecer tão pouco de representação. Dorian, você não pode deixar que isso afete seus nervos. Deve vir jantar comigo, e depois daremos um pulo na ópera. É uma noite da Patti, e todo mundo estará lá. Você pode vir para o camarote de minha irmã. Ela estará com algumas mulheres interessantes.

— Então eu assassinei Sibyl Vane — disse Dorian Gray, em parte para si mesmo —, assassinei-a, tão certo quanto se eu tivesse cortado sua frágil garganta com uma faca. No entanto, as rosas não são menos amáveis por causa de tudo isso. Os pássaros cantam com a mesma felicidade no meu jardim. E hoje à noite devo jantar com você, e então ir à ópera, e depois cear em algum lugar, imagino. Quão extraordinariamente dramática a vida é! Se eu tivesse lido tudo isso em um livro, Harry, acho que teria chorado. De alguma forma, agora que isso realmente aconteceu, e comigo, parece espantoso demais para lágrimas. Aqui está a primeira e apaixonada carta de amor que escrevi em minha vida. É estranho que minha primeira carta de amor apaixonada deva ter sido endereçada para uma garota morta. Será que elas podem sentir algo, pergunto-me, aquelas pessoas brancas e silenciosas que chamamos de mortos? Sibyl! Será ela capaz de sentir, ou de saber, ou de ouvir? Oh, Harry, como a amei um dia! Agora me parece que se passaram anos. Ela era tudo para mim. Então veio aquela noite terrível... Foi mesmo a noite passada? Quando ela atuou tão mal, e meu coração quase se quebrou. Ela explicou tudo para mim. Foi terrivelmente patético. Mas não me comovi nem um pouco. Achei-a superficial. De repente, algo aconteceu que me fez sentir medo. Não posso lhe dizer o que foi, mas foi terrível. Eu disse que voltaria para ela. Senti que havia errado. E agora ela está morta. Meu Deus! Meu Deus! Harry, o que vou fazer? Você não sabe do perigo que corro, e não há nada que possa me manter firme. Ela teria feito isso por mim. Não tinha direito de se matar. Foi egoísta da parte dela.

— Meu caro Dorian — respondeu Lord Henry, retirando um cigarro do estojo e exibindo uma caixa de fósforos folheada a ouro —, a única forma pela qual uma mulher pode recuperar um homem é entediando-o tão completamente que ele perde qualquer interesse possível pela vida. Se tivesse se casado com essa garota, você se tornaria um infeliz. É claro, você a trataria com bondade. Sempre podemos ser bondosos com pessoas com quem não nos importamos. Mas ela logo teria descoberto que você lhe era absolutamente indiferente. E quando uma mulher descobre isso de seu marido, ou ela se torna terrivelmente desleixada, ou começa a usar gorros muito elegantes pagos pelo marido de alguma outra mulher. Nada tenho a dizer a respeito do equívoco social, que teria sido abjeto, e o qual, é claro, eu não teria permitido, mas lhe asseguro que, de qualquer forma, toda a coisa teria sido um fracasso absoluto.

— Imagino que sim — murmurou o rapaz, andando para cima e para baixo pela sala e parecendo horrivelmente pálido. — Mas eu achava que era meu dever. Não é minha culpa que essa terrível tragédia tenha me impedido de fazer o que era certo. Lembro-me de você dizer, certa vez, que existe uma certa fatalidade nas boas resoluções — que elas são sempre tomadas tarde demais. A minha certamente foi.

— Boas resoluções são tentativas inúteis de interferir nas leis científicas. Suas origens são a pura vaidade. Seus resultados são absolutamente nulos. Elas nos proporcionam, de quando em vez, algumas daquelas emoções voluptuosamente estéreis que exercem certo encanto nos fracos. Isso é tudo que pode ser dito a respeito delas. São simplesmente cheques que os homens sacam de um banco no qual não têm conta.

— Harry — exclamou Dorian Gray aproximando-se e se sentando ao lado dele —, por que é que não consigo sentir essa tragédia tanto quanto queria? Não acho que eu não tenha coração. Você acha?

— Você fez coisas estúpidas demais na quinzena passada para fazer jus a essa descrição, Dorian — respondeu Lord Henry com seu sorriso doce e melancólico.

O rapaz franziu o cenho.

— Não gosto dessa explicação, Harry — respondeu —, mas fico feliz por você não achar que não tenho coração. Sei que tenho. E, no entanto, devo admitir que isso que aconteceu não me afeta como deveria. A mim, parece apenas um final maravilhoso para uma peça maravilhosa. Tem toda a terrível beleza de uma tragédia grega, uma tragédia na qual exerci um importante papel, mas pela qual não fui ferido.

— É uma questão interessante — disse Lord Henry, que encontrou um prazer extraordinário em jogar com a vaidade inconsciente do rapaz —, uma questão extremamente interessante. Imagino que a verdadeira explicação seja a seguinte: as tragédias reais da vida muitas vezes ocorrem de forma tão pouco artística que elas nos ferem pela violência crua, pela absoluta incoerência, pela absurda falta de sentido, pela completa ausência de estilo. Elas nos afetam das mesma forma que a vulgaridade nos afeta. Dão-nos uma impressão de pura força bruta, e nos revoltamos contra isso. Às vezes, no entanto, uma tragédia que possui elementos artísticos atravessa nossas vidas. Se eles elementos de beleza são reais, toda a coisa apenas apela para o nosso senso de efeito dramático. De repente, percebemos que não somos mais os atores, mas os espectadores da peça. Ou, ainda, somos ambos. Nós nos assistimos, e o mero maravilhamento do espetáculo nos enfeitiça. No caso presente, o que realmente aconteceu? Alguém se matou por amor a você. Quisera eu viver uma experiência assim. Ela teria feito com que eu me enamorasse do amor pelo resto da minha vida. As pessoas que me adoraram — e não foram muitas, mas houve algumas — sempre insistiram em continuar vivendo por muito tempo depois que deixei de me importar com elas, ou elas comigo. Elas se tornaram obstinadas e tediosas, e quando as encontro, logo passam às reminiscências. A terrível memória de uma mulher! Que coisa assustadora é! E que estagnação intelectual completa ela revela! Deveríamos absorver as cores da vida, mas jamais deveríamos nos lembrar de seus detalhes. Detalhes são sempre vulgares.

— Eu deveria semear papoulas no meu jardim — suspirou Dorian.

— Não é necessário — retorquiu seu amigo. — A vida sempre tem papoulas nas mãos. É claro, de vez em quando as coisas se retardam. Certa vez, não usei nada além de violetas durante uma temporada inteira, como forma de um luto artístico por um romance que não morria. Finalmente, entretanto, ele morreu. Esqueci-me do que o matou. Creio que foi a proposta dela de sacrificar o mundo inteiro por mim. Este é sempre um momento terrível. Ele nos enche com o terror da eternidade. Bem, você acreditaria?, uma semana atrás, na casa de Lady Hampshire, vi-me sentado durante o jantar perto da dama em questão, e ela insistiu em retomar a coisa toda mais uma vez, e em desenterrar o passado e esquadrinhar o futuro. Eu havia enterrado o meu romance em um canteiro de asfódelos. Ela o arrastou para fora novamente e me assegurou de que eu havia arruinado sua vida. Devo afirmar que ela comeu enormemente no jantar, então não senti ansiedade alguma. Mas que falta de bom gosto ela demonstrou! O único encanto do passado é ser passado. Mas as mulheres nunca sabem quando a cortina caiu. Sempre querem um sexto ato e, no exato momento em que o interesse pela peça está totalmente esgotado, elas propõem continuá-la. Se fosse permitido que as coisas acontecessem da maneira delas, cada comédia teria um final trágico, e cada tragédia culminaria em uma farsa. Elas são encantadoramente artificiais, mas não têm nenhuma sensibilidade para a arte. Você é mais afortunado do que eu. Asseguro-lhe, Dorian, que nenhuma das mulheres que conheci fez por mim o que Sibyl Vane fez por você. Mulheres comuns sempre se consolam. Algumas delas o fazem buscando cores sentimentais. Nunca confie em uma mulher que use malva, seja qual for a idade dela, ou em uma mulher de mais de trinta e cinco anos que goste de fitas rosas. Isso sempre quer dizer que elas têm uma história. Outras encontram grande consolação na súbita descoberta das boas qualidades de seus maridos. Elas ostentam a felicidade conjugal em nossa cara, como se fosse o mais fascinante dos pecados. A religião consola outras. Seus mistérios têm todo o encanto de um flerte, uma mulher me disse certa vez, e eu consigo entendê-la muito bem. Além disso, nada é capaz de nos envaidecer mais do que afirmarem que somos pecadores. A consciência nos torna a todos egoístas. Sim, a verdade é que não existe limite para os consolos que as mulheres encontram na vida moderna. Com efeito, não mencionei o mais importante deles.

— Qual é, Harry? — perguntou o rapaz, com apatia.

— Oh, o consolo óbvio. Tirar o admirador de alguém quando perdem o próprio. Na boa sociedade, isso sempre encobre uma mulher. Mas realmente, Dorian, quão diferente Sibyl Vane deve ter sido de todas as mulheres que conhecemos! Para mim, há algo de muito belo na morte dela. Sinto-me feliz por viver em um século no qual tais prodígios aconteçam. Eles fazem com que acreditemos na realidade das coisas com que jogamos, tais como romances, paixões e o amor.

— Eu fui terrivelmente cruel com ela. Você se esqueceu disso.

— Receio que mulheres apreciem a crueldade, e a crueldade nua e crua mais do que tudo. Elas têm instintos maravilhosamente primitivos. Nós as emancipamos, mas elas permanecem como escravas procurando por senhores, como sempre. Adoram ser dominadas. Tenho certeza de que você foi esplêndido. Nunca o vi verdadeira e totalmente zangado, mas consigo imaginar o quão encantador você estava. E, afinal, você me disse algo anteontem que, naquele momento, pareceu-me apenas fantasioso, mas que agora vejo ser absolutamente verdadeiro, e que detém a chave de tudo.

— O que foi, Harry?

— Você me disse que Sibyl Vane representava para você todas as heroínas do romance. Que ela era Desdêmona uma noite, e Ofélia na outra; que, se ela morria como Julieta, voltava à vida como Imogênia.

— Ela nunca mais voltará à vida — murmurou o rapaz, enterrando o rosto nas mãos.

— Não, não voltará mais à vida. Ela interpretou seu último papel. Mas você deve pensar em sua morte solitária naquele camarim decrépito apenas como um fragmento estranho e lúgubre de alguma tragédia Jacobina, como uma cena maravilhosa de Webster, ou de Ford, ou de Cyril Tourneur. A moça nunca viveu de fato, portanto não morreu de fato. Para você, ao menos ela sempre foi um sonho, um fantasma que esvoaçava pelas peças de Shakespeare e as deixava mais fascinantes graças à sua presença, uma flauta pela qual a música de Shakespeare soava mais preciosa e mais cheia de alegria. No instante em que ela tocou a vida real, ela a destruiu, e a vida a destruiu por sua vez, e por isso ela se foi. Lamente por Ofélia, caso queira. Coloque cinzas sobre a sua cabeça porque Cordélia foi estrangulada. Grite contra os céus porque a filha de Brabâncio morreu. Mas não desperdice suas lágrimas com Sibyl Vane. Ela era menos real do que elas.

Houve um silêncio. O anoitecer escureceu a sala. Silenciosas, e com pés prateados, as sombras vindas do jardim arrastaram-se para dentro. As cores desvaneceram, cansadas, dos objetos.

Após algum tempo, Dorian Gray levantou os olhos.

— Você me explicou a mim mesmo — murmurou com uma espécie de suspiro de alívio. — Senti tudo o que você disse, mas de alguma forma eu estava com medo disso, e não era capaz de expressá-lo a mim mesmo. Quão bem você me conhece! Mas não vamos falar mais do que aconteceu. Tem sido uma experiência maravilhosa. Isso é tudo. Pergunto-me se a vida ainda guarda algo tão maravilhoso para mim.

— A vida ainda guarda tudo para você, Dorian. Não há nada que você, com sua extraordinária boa aparência, não seja capaz de fazer.

— Mas suponha, Harry, que eu me torne abatido, e velho, e enrugado? E então?

— Ah, então — disse Lord Henry, levantando-se para ir embora —, então, meu caro Dorian, você precisará lutar por suas vitórias. Hoje, elas vêm a você. Não, você deve conservar sua boa aparência. Vivemos em uma época em que se lê demais para ser sábia, em que se pensa demais para ser bela. Não podemos perder você. E agora é melhor se arrumar para ir ao clube. Estamos bem atrasados, aliás.

— Acho que vou encontrá-lo na ópera, Harry. Sinto-me cansado demais para comer qualquer coisa. Qual é o número do camarote da sua irmã?

— Vinte e sete, acredito. Fica no grande balcão. Você verá o nome dela na porta. Mas lamento que você não venha comer.

— Não sinto vontade — disse Dorian, apático. — Mas sou extremamente grato a você por tudo o que me disse. Você com certeza é meu melhor amigo. Ninguém jamais me entendeu tão bem.

— Estamos apenas no início da nossa amizade, Dorian — respondeu Lord Henry, apertando-lhe a mão. — Adeus. Espero vê-lo antes das nove e meia. Lembre-se, Patti vai cantar.

Após fechar a porta atrás de si, Dorian Gray tocou a campainha, e em alguns minutos Victor apareceu com as lamparinas e fechou as venezianas. Ele esperou impacientemente que o pajem se fosse. O homem parecia levar um tempo interminável para fazer o que fosse.

Assim que ele saiu, Dorian correu até o biombo e o afastou. Não; não havia nenhuma outra mudança no retrato. Ele havia recebido a notícia da morte de Sibyl Vane antes que o próprio Dorian o soubesse. Tinha consciência dos eventos da vida no momento em que ocorriam. A crueldade perversa que arruinou as linhas refinadas da boca tinha, sem dúvida, surgido no exato momento em que a garota ingeriu o veneno, qualquer que fosse. Ou seria ele indiferente aos resultados? Teria conhecimento somente do que se passava na alma? Ele se perguntou, e desejou algum dia testemunhar a mudança ocorrendo diante de seus próprios olhos, estremecendo à medida que o fez.

Pobre Sibyl! Que romance fora tudo aquilo! Com frequência ela havia mimetizado a morte nos palcos. Então a própria Morte a tinha tocado e levado. Como será que ela interpretou aquela última e terrível cena? Será que ela o amaldiçoou, enquanto morria? Não; ela havia morrido de amor por ele, e o amor seria para ele um sacramento para sempre a partir de agora. Ela expiara tudo por meio do sacrifício da própria vida. Ele não pensaria mais sobre o que ela o fizera passar naquela noite horrível no teatro. Quando ele pensasse nela, seria como uma maravilhosa figura trágica enviada ao palco do mundo para demonstrar a suprema realidade do amor. Uma maravilhosa figura trágica? Lágrimas vieram-lhe aos olhos enquanto ele se lembrou do ar infantil dela, e de seus modos cativantes e de sua graça tímida, trêmula. Ele as esfregou apressadamente e olhou de novo para o quadro.

Sentiu que de fato chegara o momento de fazer sua escolha. Ou será que sua escolha já teria sido feita? Sim, a vida havia decidido por ele — a vida, e a curiosidade infinita sobre a vida. Vida eterna, paixão infinita, prazeres sutis e secretos, alegrias selvagens e pecados mais selvagens ainda —, ele teria tudo. O retrato carregaria o fardo de sua vergonha: era isso.

Uma sensação de dor o assolou enquanto ele pensava na profanação reservada ao belo rosto que estava na tela. Certa vez, como se zombasse infantilmente de Narciso, ele havia beijado, ou fingira beijar, aqueles lábios pintados que agora lhe sorriam tão cruelmente. Manhã após manhã ele se sentara diante do retrato espantado com sua beleza, quase enamorado dela, como lhe parecera algumas vezes. Iria o quadro se alterar agora com todos os estados de espírito aos quais ele cedesse? Será que se tornaria algo monstruoso e repugnante, a ser trancafiado em um quarto, a ser privado da luz do sol, que tão frequentemente revestia com o dourado mais brilhante a maravilha ondulada de seus cabelos? Que coisa lamentável! Que coisa lamentável!

Por um instante, ele pensou em rezar para que a terrível empatia existente entre ele e o quadro se encerrasse. Ele havia mudado como resposta a uma oração; talvez como resposta a uma oração pudesse permanecer inalterado. E, no entanto, alguém que soubesse qualquer coisa sobre a vida seria capaz de renunciar à chance de permanecer sempre jovem, por mais fantástica que essa chance fosse, ou a despeito das consequências fatídicas que isso implicasse? Além disso, estaria mesmo a coisa sob seu controle? Havia sido de fato uma oração que produzira a substituição? Poderia existir alguma curiosa justificativa científica para tudo aquilo? Se o pensamento podia exercer influência sobre um organismo vivo, será que não poderia também exercer uma influência sobre coisas mortas e inorgânicas? Ou mais, sem pensamento ou desejo consciente, não poderiam coisas externas a nós mesmos vibrar em uníssono com nossos temperamentos e paixões, átomo atraindo átomo em um amor secreto ou uma estranha afinidade? Mas a razão não tinha importância. Ele nunca mais tentaria obter qualquer tipo de terrível poder pela oração. Se fosse para o quadro se alterar, que se alterasse. Isto era tudo. Por que inquirir tão profundamente assim?

Pois haveria um prazer real em observá-lo. Ele seria capaz de seguir sua própria mente em seus lugares secretos. O retrato seria para ele o mais mágico dos espelhos. Assim como havia lhe revelado seu próprio corpo, revelaria também sua própria alma. E quando o inverno o alcançasse, ele continuaria onde a primavera estremece no limiar do verão. Quando o sangue escapasse de seu rosto e deixasse para trás uma máscara pálida como giz com olhos pesados, ele preservaria o glamour da juventude. Sequer um botão em flor de seus encantos jamais murcharia. Sequer uma pulsação de sua vida jamais se enfraqueceria. Como os deuses dos gregos, ele seria forte, e ágil, e cheio de vida. O que importava o que aconteceria com a imagem colorida na tela? Ele estaria seguro. Era tudo.

Colocou o biombo de volta na frente do quadro, sorrindo ao fazê-lo, e se dirigiu até o dormitório, onde o pajem já o esperava. Uma hora mais tarde ele estava na ópera, e Lord Henry se inclinava sobre seu assento.

Capítulo 9

No dia seguinte, enquanto Dorian tomava o café da manhã, Basil Hallward foi apresentado na sala.

— Estou tão feliz por tê-lo encontrado, Dorian — ele disse com gravidade. — Procurei por você na noite passada, e me disseram que você estava na ópera. É claro, eu sabia que isso era impossível. Mas queria que você tivesse avisado aonde realmente havia ido. Eu passei uma noite terrível, em parte temeroso de que uma tragédia pudesse ser seguida de outra. Acho que você poderia ter me telegrafado assim que soube do que aconteceu. Li a respeito totalmente ao acaso na edição vespertina do *The Globe* que peguei no clube. Vim para cá imediatamente e me senti muito mal por não tê-lo encontrado. Nem consigo expressar o quão devastado fiquei com o ocorrido. Sei o que você deve estar sofrendo. Mas onde você estava? Foi ver a mãe da garota? Por um momento, pensei em segui-lo até lá. Eles deram o endereço no jornal. Algum lugar na Euston Road, não é? Mas temi intrometer-me em uma tristeza que não podia aliviar.

Pobre mulher! Em que situação ela deve estar! E sua única filha, ainda! O que ela disse a respeito?

— Meu caro Basil, como vou saber? — murmurou Dorian Gray, sorvendo um pouco de vinho pálido amarelado de uma delicada taça veneziana com contas de vidros douradas, parecendo terrivelmente entediado. — Eu estava na ópera. Você deveria ter ido para lá. Encontrei Lady Gwendolen, a irmã de Harry, pela primeira vez. Ficamos no camarote dela. Ela é perfeitamente encantadora; e Patti cantou divinamente. Não fale de assuntos horríveis. Se não falamos de alguma determinada coisa, ela nunca aconteceu. É somente a expressão, como Harry costuma dizer, que confere realidade a muitas coisas. Posso mencionar que ela não era a única filha da mulher. Há um filho, um rapaz agradável, creio eu. Mas ele não trabalha nos palcos. É um marinheiro, algo assim. E agora, fale-me de você e do que você está pintando.

— Você foi à ópera? — disse Hallward, falando muito devagar e com um tenso toque de dor na voz. — Você foi à ópera enquanto Sibyl Vane estava morta em alguma sórdida hospedaria? Você é capaz de me falar dos encantos de outras mulheres, e de Patti cantando divinamente, antes mesmo de a garota que você amava encontrar a quietude da sepultura para repousar? Ora, homem, há horrores aguardando aquele pequeno corpo pálido dela!

— Pare, Basil! Não quero ouvir sobre isso — exclamou Dorian, ficando de pé. — Você não deve me falar dessas coisas. O que está feito, está feito. O que é passado, é passado.

— Você chama ontem de passado?

— O que o lapso de tempo exato tem a ver com isso? São somente as pessoas superficiais que precisam de anos para se livrar de uma emoção. Um homem que é senhor de si mesmo pode fazer encerrar uma tristeza com a mesma facilidade com que inventa um prazer. Não quero estar à mercê de minhas emoções. Quero usá-las, aproveitá-las e dominá-las.

— Dorian, isso é tão horrível! Algo o transformou por completo. Você parece exatamente o mesmo menino maravilhoso que, dia após dia, costumava vir ao meu ateliê posar para o quadro. Mas na época você era simples, natural e afetuoso. Era a criatura mais intocada em todo o mundo. Agora, não sei o que lhe aconteceu. Você fala como se não tivesse coração, não tivesse piedade. É tudo influência de Harry. Consigo vê-lo.

O rapaz corou e, dirigindo-se até a janela, olhou para fora por alguns momentos, para o jardim verdejante, tremeluzente, açoitado pelo sol.

— Devo muito a Harry, Basil — disse enfim —, mais do que devo a você. Você só me ensinou a ser vaidoso.

— Bem, estou sendo punido por isso, Dorian, ou serei, algum dia.

— Não sei o que você quer dizer, Basil — ele exclamou, virando-se. — Não sei o que você quer. O que quer?

— Quero o Dorian Gray que eu costumava pintar — disse o artista tristemente.

— Basil — respondeu o rapaz, indo até ele e colocando a mão em seu ombro —, você chegou tarde demais. Ontem, quando eu soube que Sibyl Vane havia se matado...

— Ela se matou! Pelos céus!, não restam dúvidas sobre isso? — exclamou Hallward, olhando para cima com uma expressão de horror.

— Meu caro Basil! Você certamente não acha que foi um acidente vulgar? É claro que ela se matou.

O homem mais velho enterrou o rosto nas mãos. — Que horror — murmurou, e um tremor o percorreu.

— Não — disse Dorian Gray —, não há nada de horrível nisso. É uma das grandes tragédias românticas da época. Via de regra, as pessoas que representam levam as vidas mais ordinárias. São bons maridos, ou esposas fiéis, ou algo entediante. Você sabe do que falo — virtudes da classe média e todas essas coisas. Como Sibyl era diferente! Ela viveu a melhor de suas tragédias. Foi sempre uma heroína. Na última noite em que representou, na noite em que você a viu, ela atuou mal porque já conhecera a realidade do amor. Quando descobriu sua irrealidade, ela morreu, assim como Julieta teria morrido. Passou novamente para a esfera da arte. Há algo de mártir nela. Sua morte teve toda a inutilidade comovente do martírio, e toda a sua beleza desperdiçada. Mas, como eu dizia, você não deve pensar que não sofri. Se você tivesse vindo ontem em um momento específico, cerca de cinco e meia, talvez, ou quinze para as seis, você teria me encontrado em meio a lágrimas. Na verdade até Harry, que esteve aqui e que me trouxe a notícia, não tinha ideia do que eu estava passando. Sofria imensamente. Então, passou. Não consigo repetir uma emoção. Ninguém consegue, com a exceção dos sentimentais. E você é terrivelmente injusto, Basil. Você veio até aqui para me consolar. É gentil de sua parte. Você me encontra consolado, e fica furioso. Que compassivo de sua parte! Você me lembra de uma história que Harry me contou, sobre um certo filantropo que dedicou vinte anos da própria vida tentando reparar alguma queixa qualquer, ou alterar alguma lei injusta, esqueci-me do que era exatamente. Enfim ele conseguiu, e então nada superou seu desapontamento. Ele não tinha absolutamente nada para fazer, quase morreu de tédio, e se tornou um misantropo convicto. E, além disso, meu caro Basil, se você realmente quer me consolar, é melhor me ensinar a esquecer o que aconteceu, ou a enxergar isso do ponto de vista artístico apropriado. Não era Gautier que costumava escrever sobre *la consolation des arts*? Lembro-me de pegar um pequeno livro encadernado em pergaminho no seu ateliê, certo dia, e por acaso ler essa frase deliciosa. Bem, sou como aquele jovem do qual você me falou quando estávamos juntos em Marlow, o jovem que costumava dizer que cetim amarelo poderia consolar alguém de todas as desgraças da vida. Eu amos as coisas belas que podemos tocar e usar. Brocados antigos, bronzes verdes, trabalhos em laca, marfins esculpidos, atmosferas requintadas, luxo, pompa — há tanto a se extrair de tudo isso. Mas o temperamento artístico que eles criam, ou de qualquer maneira revelam, é ainda mais representativo para mim. Tornar-se espectador da vida de alguém, como Harry diz, é escapar do sofrimento da vida. Sei que você está surpreso por eu lhe falar assim. Você não havia percebido o quanto me desenvolvi. Eu era um garoto de escola quando você me conheceu. Agora, sou um homem. Tenho novas paixões, novos pensamentos, novas ideias. Estou diferente, mas você não deve gostar menos de mim. Eu mudei, mas você deve ser sempre meu amigo. É claro, gosto muito de Harry. Mas sei que você é melhor do que ele. Você não é mais forte — tem medo demais da vida —, mas é melhor. E quão felizes nós éramos juntos! Não me deixe, Basil, e não brigue comigo. Sou o que sou. Não há nada mais a ser dito.

O pintor se sentiu estranhamente comovido. O rapaz lhe era infinitamente querido, e a personalidade dele havia sido o grande ponto de inflexão em sua arte. Não podia suportar a ideia de continuar a repreendê-lo. Afinal, a indiferença dele era provavelmente um estado de espírito que passaria. Havia nele algo de bom, algo de nobre.

— Bem, Dorian — disse enfim, com um sorriso —, a partir de hoje não vou mais lhe falar sobre essa coisa horrível. Só espero que seu nome não seja mencionado em ligação com o caso. O inquérito deve acontecer nesta tarde. Eles o convocaram?

Dorian balançou a cabeça, e uma expressão aborrecida passou por seu rosto à menção da palavra "inquérito". Havia algo de tão cru e vulgar em relação a esse tipo de coisa. — Eles não sabem meu nome — respondeu.

— Mas ela certamente sabia?

— Apenas o meu primeiro nome, e estou certo de que ela jamais o mencionou a ninguém. Ela me disse uma vez que todos estavam muito curiosos para saber quem eu era, e ela invariavelmente lhes dizia que meu nome era Príncipe Encantado. Era lindo da parte dela. Você precisa fazer um desenho de Sibyl para mim, Basil. Eu gostaria de ter algo além da memória de alguns beijos e algumas palavras melodramáticas interrompidas.

— Vou tentar fazer alguma coisa, Dorian, se isso te agrada. Mas você mesmo precisa vir posar para mim novamente. Não consigo seguir em frente sem você.

— Nunca mais poderei posar para você, Basil. É impossível! — exclamou, recuando.

O pintor o encarou. — Meu querido garoto, que absurdo! — lamentou. — Quer dizer que não gosta do que fiz? Onde está? Por que você colocou um biombo na frente dele? Deixe-me vê-lo. É a melhor coisa que já fiz. Tire o biombo, Dorian. É simplesmente vergonhoso que seu criado esconda meu trabalho assim. Senti que a sala estava diferente quando entrei.

— Meu criado não tem nada a ver com isso, Basil. Você não acha que eu o deixo arrumar minha sala por mim, acha? Ele ajeita as minhas flores, às vezes, e isso é tudo. Não; eu mesmo o fiz. A luz estava muito forte sobre o retrato.

— Muito forte! Certamente que não, meu caro amigo. É um local admirável para ele. Deixe-me vê-lo. — E Hallward andou na direção do canto da sala.

Um grito de terror escapou dos lábios de Dorian Gray, e ele se interpôs entre o pintor e a tela. — Basil — disse, parecendo muito pálido —, você não pode vê-lo. Não quero.

— Não ver meu próprio trabalho! Você não fala sério. Por que eu não poderia vê-lo? — exclamou Hallward, rindo.

— Se tentar vê-lo, Basil, terá minha palavra de honra de que nunca mais falarei com você enquanto eu viver. Falo muito sério. Não darei qualquer explicação, e você não deve pedi-la. Mas, lembre-se, se tocar esse biombo, tudo estará acabado entre nós.

Hallward estava chocado. Olhou para Dorian Gray com absoluto espanto. Nunca o vira dessa forma. O rapaz estava realmente pálido de fúria. Seus punhos estavam cerrados, e as pupilas em seus olhos eram como discos de fogo azulado. Seu corpo todo tremia.

— Dorian!

— Não fale!

— Mas qual é o problema? É claro que não vou olhar para ele se você não quiser — ele disse com bastante frieza, dando meia volta e indo na direção da janela. — Mas realmente parece bem absurdo que eu não possa ver meu próprio trabalho, ainda mais posto que vou expô-lo em

Paris no outono. Provavelmente terei que aplicar nele outra camada de verniz antes disso, então devo vê-lo algum dia; e por que não hoje?

— Expô-lo! Você quer o expor? — exclamou Dorian Gray, assaltado por uma estranha sensação de terror. O mundo seria apresentado ao seu segredo? As pessoas ficariam boquiabertas com o mistério de sua vida? Isso era impossível. Algo — ele não sabia o quê — teria que ser feito imediatamente.

— Sim; não imagino que você se oponha a isso. Georges Petit vai reunir todos os meus melhores quadros para uma exposição especial na Rue de Seze, que vai começar na primeira semana de outubro. O retrato só ficará fora por um mês. Acredito que você possa abrir mão dele com facilidade durante esse período. Na verdade, você certamente estará fora da cidade. E se o mantém atrás de um biombo, não deve ligar muito para ele.

Dorian Gray passou a mão sobre a testa. Nela, havia grossas gotas de suor. Sentiu que estava na iminência de um perigo terrível.

— Você me disse um mês atrás que nunca o exibiria — exclamou. — Por que mudou de ideia? Vocês que se dizem consistentes têm tantas mudanças de humor quanto os outros. A única diferença é que seus estados de humor não fazem sentido algum. Você não pode ter se esquecido de que me assegurou muito solenemente que nada no mundo o induziria a enviar o quadro a qualquer exposição. Você disse exatamente a mesma coisa para Harry — ele parou de repente, e um brilho de luz atingiu-lhe os olhos. Lembrou-se de que Lord Henry lhe dissera, um pouco sério, um pouco de brincadeira, que "se quiser passar quinze minutos estranhos, peça para Basil lhe dizer por que ele não vai exibir o retrato. Ele me explicou, e foi uma revelação para mim". Sim, talvez Basil, também, tivesse seu segredo. Ele perguntaria, faria uma tentativa.

— Basil — disse, aproximando-se bastante e olhando-o diretamente em seu rosto —, cada um de nós tem um segredo. Permita-me conhecer o seu, e eu lhe contarei o meu. Qual foi seu motivo para se recusar a expor meu retrato?

O pintor estremeceu, sem ser capaz de se controlar. — Dorian, se eu lhe contasse, você poderia gostar menos de mim do que gosta, e certamente riria de mim. Eu não suportaria nenhuma dessas coisas. Se você deseja que eu nunca mais olhe para seu retrato novamente, eu o aceito. Sempre terei você para olhar. Se você deseja que o melhor trabalho que já fiz seja oculto do mundo, concordo. Sua amizade é mais preciosa para mim do que qualquer fama ou reputação.

— Não, Basil, você deve me dizer — insistiu Dorian Gray. — Acho que tenho direito de saber. — Sua sensação de terror havia passado, dando lugar à curiosidade. Ele estava determinado a descobrir o mistério de Basil Hallward.

— Vamos nos sentar, Dorian — disse o pintor, parecendo perturbado. — Vamos nos sentar. E apenas me responda uma pergunta. Você notou algo curioso no retrato? Algo que provavelmente em um primeiro momento não lhe ocorreu, mas que se revelou de repente?

— Basil! — gritou o rapaz, agarrando os braços de sua cadeira com mãos trêmulas e encarando-o com olhos assustados.

— Percebo que sim. Não fale. Espere até ouvir o que tenho a dizer. Dorian, no momento em que o conheci, sua personalidade exerceu a mais extraordinária influência sobre mim. Fui dominado, alma, mente e vontade, por você. Você se tornou a encarnação visível daquele ideal invisível cuja memória assombra a nós, artistas, como um sonho extraordinário. Eu o idolatrava. Sentia ciúme de todos com quem você falava. Queria tê-lo totalmente para mim. Só era feliz quando estava com você. Quando você estava longe de mim, ainda continuava presente em minha arte... Naturalmente, nunca deixei que você soubesse de nada disso. Teria sido impossível. Você não entenderia. Eu mesmo mal compreendia. Apenas sabia que havia visto a perfeição frente a frente, e que todo o mundo havia se tornado maravilhoso aos meus olhos — maravilhoso demais, talvez, porque nessas loucas devoções há perigo, o perigo de perdê-las, não menor do que o perigo de mantê-las... Semanas e semanas se passaram, e eu me tornei mais e mais absorto por você. Então veio uma nova evolução. Eu o havia desenhado como Páris em uma graciosa armadura, e como Adônis com uma capa de caçador e uma lança polida de matar javalis. Coroado com pesados botões de lótus, você se sentou na proa da barcaça de Adriano, fitando o Nilo verde turvo. Inclinou-se sobre a lagoa de um bosque grego e viu na prata silenciosa da água a maravilha de seu próprio rosto. E tudo foi o que a arte deve ser — inconsciente, ideal e remota. Um dia, um dia fatal às vezes penso eu, determinei-me a pintar um maravilhoso retrato de você como você realmente é, não nas vestimentas de épocas mortas, mas em seus próprios trajes e em seu próprio tempo. Se foi o realismo do método, ou o simples milagre de sua própria personalidade, tão diretamente apresentada a mim sem névoa ou véu, não posso dizer. Mas sei que, enquanto eu trabalhava, cada pincelada ou camada de cor parecia revelar a mim o meu segredo. Passei a temer que outros descobrissem minha idolatria. Senti, Dorian, que eu havia falado demais, que havia colocado demais de mim no quadro. Então foi assim que decidi nunca permitir que a pintura fosse exposta. Você ficou um pouco aborrecido; mas na época você não compreendia tudo o que isso significava para mim. Harry, com quem falei a respeito, riu de mim. Mas isso não me importou. Quando o quadro foi finalizado, eu me sentei sozinho com ele, e senti que estava certo... Bem, depois de alguns dias, a pintura deixou meu ateliê, e assim que me livrei do fascínio intolerável de sua presença, pareceu-me que eu havia sido tolo ao imaginar que vira algo nele além do fato de que você estava extremamente belo e de que eu podia pintar. Mesmo agora não consigo evitar sentir que é um erro pensar que a paixão experimentada ao criar é revelada no trabalho criado. A arte é sempre mais abstrata do que imaginamos. Forma e cor nos comunicam forma e cor, isso é tudo. Frequentemente me parece que a arte oculta o artista muito mais do que o revela. Então, quando recebi essa proposta de Paris, decidi fazer com que seu retrato fosse a obra principal na exposição. Jamais me ocorreu que você recusaria. Percebo agora que você estava certo. O retrato não pode ser exposto. Você não deve se zangar comigo, Dorian, pelo que lhe contei. Como falei para Harry certa vez, você foi feito para ser adorado.

Dorian Gray inspirou longamente. A cor voltou às maçãs de seu rosto, e um sorriso perpassou seus lábios. O perigo havia passado. Ele estava seguro, pelo momento. No entanto, não conseguia evitar de sentir uma infinita piedade pelo pintor que acabara de lhe fazer aquela estranha confissão, e se perguntou se ele mesmo jamais seria tão dominado pela personalidade de um amigo. Lord Henry tinha o atrativo de ser muito perigoso. Mas isso era tudo. Ele era inteligente e cínico demais para ser verdadeiramente apreciado. Será que existiria alguém que o preencheria com uma inexplicável idolatria? Seria isso uma das coisas que a vida lhe reservava?

— É extraordinário para mim, Dorian — disse Hallward —, que você tenha visto isso no retrato. Você realmente viu?

— Vi algo nele — respondeu —, algo que me pareceu muito estranho.

— Bem, você não se importa se eu olhar agora?

Dorian balançou a cabeça. — Você não deve me pedir isso, Basil. Não posso permitir que você permaneça em frente ao retrato.

— Algum dia você vai deixar, não?

— Jamais.

— Bem, talvez você tenha razão. Agora Adeus, Dorian. Você foi a única pessoa em minha vida que realmente influenciou minha arte. O que quer que eu tenha feito de bom, devo-o a você. Ah!, você não sabe o quanto me custa lhe contar tudo o que contei.

— Meu caro Basil — disse Dorian —, o que você contou? Apenas que você me admira demais. Isso sequer é um elogio.

— Não pretendi fazer um elogio. Foi uma confissão. Agora que a fiz, algo parece ter se perdido em mim. Talvez jamais devêssemos expressar nossa adoração com palavras.

— Foi uma confissão muito decepcionante.

— Por quê, o que você esperava, Dorian? Você não viu nada mais no quadro, viu? Havia algo a mais para ver?

— Não, não havia nada mais para ver. Por que você pergunta? Mas você não deve falar de adoração. É bobagem. Você e eu somos amigos, Basil, e devemos sempre sê-lo.

— Você tem Harry — o pintor disse tristemente.

— Oh, Harry! — exclamou o rapaz, soltando uma risada. — Harry passa seus dias falando sobre o que é incrível e suas noites fazendo o que é improvável. Exatamente a vida que eu gostaria de levar. Mas, mesmo assim, acho que não recorreria a Harry se eu estivesse em apuros. Antes, eu procuraria por você, Basil.

— Você vai posar para mim novamente?

— Impossível!

— Você destrói a minha vida como um artista ao recusar, Dorian. Nenhum homem jamais se depara com dois ideais encarnados. Poucos se deparam até mesmo com um.

— Não consigo lhe explicar, Basil, mas jamais poderei posar para você de novo. Há algo de fatal em um retrato. Ele tem uma vida própria. Eu irei tomar chá com você. Isso será igualmente agradável.

— Mais agradável para você, eu receio — murmurou Hallward de maneira arrependida. — E agora, adeus. Lamento que você não me deixe ver o retrato mais uma vez. Mas não há o que fazer. Entendo bem o que você sente em relação a ele.

Quando ele deixou a sala, Dorian Gray sorriu para si mesmo. Pobre Basil! Quão pouco ele sabia da verdadeira razão! E quão estranho foi o fato de que, em vez de ser forçado a revelar seu próprio segredo, ele conseguira, quase que por acaso, extrair um segredo de seu amigo! Quanta coisa aquela estranha confissão explicava para ele! Os ataques absurdos de ciúme do pintor, a devoção feroz, os panegíricos extravagantes, as curiosas reticências — ele entendia tudo agora, e sentia pena. Parecia a ele haver algo de trágico em uma amizade tão tingida pelo romance.

Suspirou e tocou a campainha. O retrato deveria ser escondido a todo custo. Ele não podia mais correr um tal risco de o descobrirem. Fora loucura de sua parte ter permitido que a coisa permanecesse, mesmo que por apenas uma hora, em uma sala à qual todos os seus amigos tinham acesso.

Capítulo 10

Quando o criado entrou, Dorian o olhou com firmeza e se perguntou se ele havia pensado em espiar atrás do biombo. O homem estava bastante impassível e esperava por ordens suas. Dorian acendeu um cigarro, caminhou até o espelho e lançou-lhe um olhar. Ele podia ver perfeitamente o reflexo do rosto de Victor. Era como uma plácida máscara de subserviência. Não havia nada para se temer, neste caso. No entanto, ele achou melhor se resguardar.

Falando muito lentamente, pediu ao criado para que dissesse à governanta que ele queria vê-la, e que depois procurasse o fabricante de molduras para solicitar que enviasse dois de seus homens imediatamente. Pareceu-lhe que, enquanto o homem deixava a sala, os olhos dele se dirigiram ao biombo. Ou teria sido apenas sua imaginação?

Depois de alguns momentos, em seu vestido preto de seda, com os mitenes de renda à moda antiga em suas mãos enrugadas, a senhora Leaf irrompeu na biblioteca. Ele pediu a ela a chave da sala de estudos.

— Da velha sala de estudos, senhor Dorian? — ela exclamou. — Ora, está cheia de pó. Preciso limpá-la e arrumá-la antes que o senhor entre. Não está pronta para que a veja, senhor. Não mesmo.

— Não quero que seja arrumada, Leaf. Só quero a chave.

— Bem, o senhor ficará coberto de teias de aranha se entrar lá. Ora, ela não foi aberta por quase cinco anos; não desde que o senhor lorde morreu.

Ele pestanejou diante da menção a seu avô. Tinha memórias odiosas dele. — Não me importa — respondeu. — Apenas quero ver o lugar, isso é tudo. Dê-me a chave.

— Aqui está, senhor — disse a velha senhora, revirando seu molho de chaves com mãos trêmulas, incertas. — Aqui está a chave. Vou retirá-la do molho em um instante. Mas o senhor pensa em ir morar lá em cima, estando tão confortável aqui?

— Não, não — ele exclamou com petulância. — Obrigado, Leaf. Isso é tudo.

Ela permaneceu por alguns instantes, e tagarelou sobre detalhes da casa. Ele suspirou e disse a ela que gerenciasse as coisas como achasse melhor. Ela deixou a sala, envolta em sorrisos.

Quando a porta se fechou, Dorian colocou a chave em seu bolso e olhou ao redor da sala. Seus olhos pousaram em uma grande manta de cetim roxo com vastos bordados em ouro, uma esplêndida peça do artesanato veneziano do final do século XVII que seu avô havia encontrado em um convento próximo a Bolonha. Sim, ela serviria para embrulhar aquela coisa monstruosa. Talvez tenha servido com frequência de mortalha. Agora haveria de esconder algo que tinha sua própria decomposição, pior que a própria decomposição da morte — algo que iria reproduzir horrores e que no entanto jamais morreria. O que o verme era para o cadáver, seus pecados seriam para a imagem pintada na tela. Eles desfigurariam sua beleza e devorariam sua graça. Eles a profanariam e a tornariam vergonhosa. E no entanto aquilo continuaria a viver. Aquilo estaria sempre vivo.

Ele estremeceu, e por um momento se arrependeu de não ter contado a Basil a verdadeira razão pela qual desejava esconder o quadro. Basil o teria ajudado a resistir à influência de Lord Henry, e às influências ainda mais venenosas que vinham de seu próprio temperamento. O amor que lhe expressava — pois era realmente amor — não tinha nada em si que não fosse nobre ou intelectual. Não era aquela mera admiração física da beleza que nasce nos sentidos e que morre quando os sentidos se cansam. Era amor do tipo que Michelangelo conhecera, e Montaigne, e Winckelmann, e o próprio Shakespeare. Sim, Basil poderia tê-lo salvado. Mas era tarde demais, agora. O passado podia ser sempre aniquilado. Arrependimento, negação ou esquecimento podiam fazê-lo. Mas o futuro era inevitável. Havia paixões nele que encontrariam sua terrível vazão, sonhos que representariam as sombras de seu mal verdadeiro.

Ele pegou do sofá a grande manta roxa e dourada que o cobria e, segurando-a nas mãos, passou para trás do biombo. Estaria o rosto na tela mais vil do que antes? Parecia a ele que estava inalterado, e no entanto sua repugnância daquilo havia se intensificado. Cabelos dourados, olhos azuis e lábios vermelho-rosados — estava tudo lá. Somente a expressão havia se alterado. Era horrível em sua crueldade. Comparado com o que ele viu nele em termos de censura ou repreensão, quão superficiais haviam sido as reprimendas de Basil em relação a Sibyl Vane! — superficiais e de pouca relevância! Sua própria alma estava olhando para ele da tela e o convocava para o julgamento. Uma expressão de dor o atravessou, e ele lançou a rica mortalha sobre o retrato. Ao fazê-lo, batidas soaram na porta. Quando seu criado entrou, ele sentiu que iria desmaiar.

— As pessoas estão aqui, *monsieur*.

Constatou que tinha que se livrar do homem imediatamente. Ele não poderia saber para onde o quadro seria levado. Havia algo de astuto nele, e o homem tinha olhos cheios de ideias, traiçoeiros. Sentando-se à escrivaninha, rabiscou um bilhete para Lord Henry, pedindo-lhe que enviasse algo para ler e o lembrando de que deveriam se encontrar às oito e quinze daquela noite.

— Espere por uma resposta — ele disse, entregando o bilhete —, e mande os homens entrarem.

Em dois ou três minutos houve outra batida na porta, e o próprio senhor Hubbard, o celebrado fabricante de molduras da South Audley Street, entrou com um jovem assistente de aparência rude. O senhor Hubbard era um homem pequeno, corado e com suíças vermelhas, cuja admiração pela arte era consideravelmente prejudicada pela inveterada ausência de recursos dos que tratavam com ele. Via de regra, ele nunca deixava sua loja. Esperava que as pessoas viessem até ele. Mas sempre fez exceções em favor de Dorian Gray. Havia algo em Dorian que encantava a todos. Apenas vê-lo já era um prazer.

— Em que posso ajudar, senhor Gray? — disse, esfregando as mãos gordas e sardentas. — Pensei em me dar a honra de vir pessoalmente. Acabou de chegar uma beleza de moldura, senhor. Encontrei-a em um leilão. Florentina antiga. Veio de Fonthill, creio. Admiravelmente apropriada para um tema religioso, senhor Gray.

— Lamento muito que o senhor tenha se dado ao trabalho de vir, senhor Hubbard. Eu certamente passarei pela loja para ver a moldura — embora atualmente não tenha tanto interesse pela arte religiosa —, mas hoje quero apenas que um quadro seja levado até o andar de cima da casa para mim. É muito pesado, então pensei em pedir que você me empreste alguns de seus homens.

— Sem qualquer problema, senhor Gray. Fico muito feliz por lhe ser útil. Qual é a obra de arte, senhor?

— Esta — respondeu Dorian, afastando o biombo. — Você pode movimentá-la coberta, assim como está? Não quero que ela sofra arranhões ao ser transportada para cima.

— Não haverá dificuldade alguma, senhor — disse o simpático moldureiro, começando a soltar a pintura das longas correntes de latão nas quais ela pendia. — E agora, para onde devemos levá-la, senhor Gray?

— Vou lhe mostrar o caminho, senhor Hubbard, faça a gentileza de me seguir. Ou talvez seja melhor o senhor ir na frente. Lamento que seja no andar mais alto da casa. Nós subiremos pela escada da frente, que é mais larga.

Segurou a porta aberta para eles, e os três foram até o hall e começaram a subir. A moldura trabalhada havia tornado o quadro extremamente volumoso, e vez ou outra, apesar dos protestos obsequiosos do senhor Hubbard, que demonstrava o verdadeiro e espirituoso desgosto do comerciante ao ver um cavalheiro fazer qualquer coisa de útil, Dorian colocou a mão nele de modo a ajudá-los.

— Um belo peso para se carregar, senhor — ofegou o pequeno homem quando eles chegaram ao andar superior. A seguir, enxugou a testa lustrosa.

— Receio que seja muito pesado — murmurou Dorian enquanto destrancava a porta que se abria para o cômodo que guardaria para ele o estranho segredo de sua vida e esconderia a sua alma dos olhos dos homens.

Ele não entrava no lugar por mais de quatro anos — na verdade, não entrava desde que o usava primeiramente como quarto de brincar quando criança, e então como uma sala de estudos após ficar um pouco mais velho. Era um quarto amplo, bem proporcionado, que havia sido construído pelo último Lorde Kelso para o uso do pequeno neto que, devido à estranha semelhança com a mãe, e, também, por outras razões, ele sempre odiara e do qual desejara manter distância. Pareceu a Dorian ter mudado pouco. Lá estava o imenso *cassone* italiano, com seus painéis fantasticamente pintados e as molduras douradas com manchas, no qual ele tantas vezes se escondeu quando era menino. Ali, a estante de mogno repleta com seus livros de escola surrados. Na parede atrás dela estavam penduradas algumas tapeçarias flamengas nas quais um rei e uma rainha desbotados jogavam xadrez em um jardim, enquanto alguns falcoeiros passavam ao redor carregando aves encapuzadas em suas manoplas. Como ele se lembrava de tudo aquilo!

Todos os momentos da infância solitária voltaram à medida em que olhava ao redor. Ele se lembrou da pureza imaculada de sua meninice, e lhe pareceu terrível que aquele fosse o lugar em que o retrato fatal ficaria escondido. Quão pouco ele havia pensado, naqueles dias mortos, sobretudo o que a vida lhe reservava!

Mas não havia outro lugar na casa tão seguro de olhos bisbilhoteiros como aquele. Ele tinha a chave, e ninguém mais conseguiria entrar lá. Embaixo da mortalha roxa, o rosto pintado na tela poderia se tornar bestial, viscoso e sujo. O que importava? Ninguém poderia vê-lo. Ele mesmo não o veria. Por que observaria a hedionda deterioração de sua alma? Manteria a juventude, e era o suficiente. E, além disso, a sua natureza não se tornaria mais refinada, afinal? Não havia razão para que o futuro se preenchesse com tanta vergonha. Algum amor haveria de passar pela sua vida, e de purificá-lo, e de protegê-lo daqueles pecados que já pareciam se avivar no espírito e na carne — aqueles estranhos e inexprimíveis pecados cujo verdadeiro mistério lhes conferia sutileza e encanto. Talvez, algum dia, o ar cruel desaparecesse da boca escarlate e sensível, e ele pudesse mostrar ao mundo a obra-prima de Basil Hallward.

Não; isto era impossível. Hora após hora, semana após semana, a coisa na tela estava envelhecendo. Ela poderia escapar do horror do pecado, mas o horror da idade lhe estava reservado. As maçãs do rosto se tornariam encovadas ou flácidas. Pés de galinha amarelados rastejariam ao redor dos olhos desbotados e os tornariam horríveis. O cabelo perderia o brilho, a boca se escancaria ou penderia, ficaria estúpida ou grosseira, como são as bocas dos velhos. Haveria o pescoço enrugado, as mãos frias e com veias azuladas, o corpo retorcido, de que se lembrava do avô, que havia sido tão severo com ele na infância. O quadro tinha que ser escondido. Não havia outra saída.

— Traga-o para cá, senhor Hubbard, por favor — ele disse, cansado, dando meia-volta. — Lamento tê-lo feito esperar. Eu estava pensando em outra coisa.

— Um descanso é sempre bem-vindo, senhor Gray — respondeu o fabricante de molduras, que continuava ofegante. — Onde devemos colocá-lo, senhor?

— Oh, em qualquer lugar. Aqui: aqui está bom. Não quero que seja pendurado. Apenas o apoie contra a parede. Obrigado.

— Poderíamos ver a obra de arte, senhor?

Dorian se empertigou. — Ela não lhe interessaria, senhor Hubbard — ele disse, mantendo o olhar no homem. Sentiu-se pronto para saltar em cima dele e lançá-lo no chão se ousasse erguer a belíssima manta que ocultava o segredo de sua vida. — Não vou mais importuná-lo. Agradeço imensamente pela gentileza de ter vindo.

— De modo algum, de modo algum, senhor Gray. Estou sempre pronto para fazer qualquer coisa pelo senhor.

E o senhor Hubbard desceu com passos pesados, seguido pelo assistente, que olhou de relance para Dorian Gray com uma expressão de tímida admiração no rosto grosseiro, feio. Ele jamais havia visto alguém tão maravilhoso.

Quando o som dos passos deles se extinguiu, Dorian trancou a porta e colocou a chave no bolso. Sentia-se seguro, agora. Ninguém jamais olharia para aquela coisa horrível. Olhos alguns além dos dele veriam sua vergonha.

Ao chegar à biblioteca, descobriu que acabava de passar das cinco horas e o chá já havia sido servido. Em uma mesinha de madeira escura e perfumada espessamente incrustada com madrepérola, um presente de Lady Radley — a esposa de seu tutor, uma bela mulher, profissional inválida, que havia passado o inverno precedente no Cairo —, havia um bilhete de Lord Henry e, ao lado, um livro embrulhado em papel amarelo, a capa levemente rasgada e as laterais manchadas. Uma cópia da terceira edição do *The Saint James's Gazette* havia sido colocada sobre a bandeja de chá. Estava claro que Victor havia voltado. Perguntou-se se ele havia encontrado os homens no hall quando saíam da casa, e se poderia ter extraído deles o que tinham feito. O criado certamente daria pela falta do quadro — sem dúvida já dera, enquanto servia os utensílios do chá. O biombo não fora reposicionado, e um espaço vazio era visível na parede. Talvez em alguma noite ele fosse encontrá-lo rastejando para o andar de cima e tentando forçar a porta da sala. Era horrível ter um espião em sua própria casa. Ele havia ouvido falar de homens ricos que foram chantageados durante toda a vida por algum criado que lera uma carta, ou que entreouvira uma conversa, ou que pegara um cartão com um certo endereço, ou que descobrira, debaixo de um travesseiro, uma flor seca ou um pedaço de laço amassado.

Suspirou e, tendo se servido de um pouco de chá, abriu o bilhete de Lord Henry. Era apenas para dizer que lhe enviava o jornal vespertino e um livro que poderia interessá-lo, e que estaria no clube às oito e quinze. Ele abriu o *The Saint James's* languidamente e passou os olhos por ele. Uma marca a lápis vermelho na quinta página chamou-lhe a atenção. Destacava o seguinte parágrafo:

> *INQUÉRITO SOBRE UMA ATRIZ — Um inquérito foi conduzido nesta manhã na Taverna Bell, em Hoxton Road, pelo sr. Danby, o delegado distrital, a respeito do corpo de Sibyl Vane, uma jovem atriz recentemente contratada pelo Royal Theatre, em Holborn. Um veredito de morte por fatalidade foi proferido. Considerável solidariedade foi expressa pela mãe da falecida, que estava muito emocionada durante o seu próprio testemunho, e o do Dr. Birrell, que realizou a autópsia da falecida.*

Ele franziu o cenho, rasgou o jornal em duas partes e atravessou o quarto para jogar os pedaços fora. Como aquilo tudo estava feio! E como a feiúra tornava as coisas horrivelmente reais! Sentiu-se um pouco irritado com Lord Henry por ele ter enviado a notícia. E certamente fora estúpido da parte dele tê-la marcado com um lápis vermelho. Victor poderia tê-la lido. O homem sabia inglês mais do que o suficiente para isso.

Talvez ele tivesse lido e começasse a suspeitar de algo. E, no entanto, o que importava? O que Dorian Gray tinha a ver com a morte de Sibyl Vane? Não havia nada a temer. Dorian Gray não a matara.

Seus olhos se depararam com o livro amarelo que Lord Henry lhe enviara. Perguntou-se qual seria. Foi até o pequeno suporte octagonal cor de pérola que sempre lhe parecera obra de algumas estranhas abelhas egípcias que forjassem prata e, pegando o volume, atirou-se na poltrona e começou a folheá-lo. Após alguns minutos, sentiu-se absorto. Era o livro mais estranho que havia lido. Parecia-lhe que, em vestimentas extraordinárias e ao delicado som de flautas, os pecados do mundo exibiam-se silenciosos diante dele. De súbito, tornaram-se reais coisas com as quais ele sonhara vagamente. Coisas com as quais jamais sonhara foram gradualmente reveladas.

Era um romance sem trama e com apenas um personagem, tratando-se, na verdade, de apenas um estudo psicológico de um certo jovem parisiense que passou a vida tentando concretizar, no século XIX, a completude das paixões e dos modos de pensar pertencentes a todos os séculos exceto o dele e, em resumo, da forma como era, tentando concentrar nele próprio os inúmeros estados de ânimo por meio dos quais o espírito do mundo havia passado, amando, por sua mera artificialidade, aquelas renúncias a que os homens imprudentemente chamaram de virtude, bem como aquelas rebeliões naturais que homens sábios ainda chamavam de pecado. O estilo com que fora escrito era aquele curiosamente adornado, vívido e obscuro ao mesmo tempo, cheio de gírias e de arcaísmos, de expressões técnicas e de paráfrases elaboradas, que caracteriza o trabalho de alguns dos mais refinados artistas da escola francesa de simbolistas. Havia nele metáforas tão monstruosas quanto orquídeas, e igualmente sutis nas cores. A vida dos sentidos era descrita com os termos da filosofia mística. Era difícil saber se o que se lia eram os êxtases espirituais de algum santo medieval ou as confissões mórbidas de um pecador moderno. Era um livro venenoso.

O denso odor do incenso parecia impregnar as páginas e perturbar o cérebro. A mera cadência das sentenças, a sutil monotonia de sua música, tão repleta como estava de refrões complexos e de movimentos elaboradamente repetidos, produziam na mente do rapaz, à medida que ele passava de capítulo a capítulo, uma espécie de devaneio, um mal estar onírico que fez com que ele perdesse a consciência do dia se encerrando e das sombras rastejantes.

Sem nuvens e atravessado por uma estrela solitária, um céu acobreado cintilava pelas janelas. Ele continuou lendo à luz mortiça até não mais conseguir. A seguir, depois que o pajem o lembrou inúmeras vezes do adiantado da hora, ele se levantou e, dirigindo-se até o dormitório contíguo, colocou o livro na pequena mesa florentina que sempre estivera em sua cabeceira, e começou a se vestir para o jantar.

Eram quase nove horas quando ele chegou ao clube, onde encontrou Lord Henry sentado sozinho na sala de estar, parecendo muito entediado.

— Sinto muito, Harry — exclamou —, mas realmente a culpa é toda sua. Aquele livro que você me enviou me fascinou tanto que me esqueci do tempo.

— Sim, imaginei que você fosse gostar dele — respondeu o anfitrião, levantando-se de sua cadeira.

— Não disse que gostei, Harry. Disse que me fascinou. Existe uma grande diferença.

— Ah, você descobriu isso? — murmurou Lord Henry. E eles foram para a sala de jantar.

Capítulo 11

Por anos, Dorian Gray não foi capaz de se libertar da influência desse livro. Ou talvez seja mais exato dizer que nunca procurou se libertar. Ele obteve de Paris nada menos do que nove cópias da primeira edição em tamanho grande, e as encadernou em cores diferentes, para que se adequassem a seus vários estados de espírito e aos caprichos volúveis de uma natureza sobre a qual ele parecia, por vezes, ter perdido totalmente o controle. O herói, o maravilhoso jovem parisiense no qual os temperamentos romântico e científico misturavam-se de forma tão estranha, tornou-se para ele uma espécie de protótipo de si mesmo. E de fato todo o livro parecia conter a história de sua própria vida, escrita antes que ele a tivesse vivido.

Em um ponto, ele era mais afortunado do que o fantástico herói do romance. Dorian Gray jamais conheceu — na verdade, jamais teve motivo algum para conhecer — aquela aversão grotesca por espelhos, por superfícies de metal polido e por água parada que acometeu o jovem parisiense tão precocemente em sua vida, e que foi causada pela súbita decadência de uma beleza que, aparentemente, um dia fora tão notável. Era com uma alegria quase cruel — e talvez em praticamente todas as alegrias, e certamente em todos os prazeres, a crueldade tenha lugar — que ele costumava ler a última parte do livro, com seu relato verdadeiramente trágico, se não enfatizado em excesso, da tristeza e do desespero de alguém que havia perdido, em si mesmo, aquilo que nos outros e no mundo ele tão ternamente valorizava.

Pois a maravilhosa beleza que tanto havia fascinado Basil Hallward, e muitos outros além dele, parecia jamais deixá-lo. Mesmo aqueles que tinham ouvido as coisas mais perversas a seu respeito — e, de tempos em tempos, estranhos rumores sobre seu modo de vida rastejavam por Londres e se tornavam a pauta dos clubes — não acreditavam em nada que pudesse desonrá-lo quando o encontravam. Ele sempre mantinha a aparência de alguém que havia permanecido imaculado perante o mundo. Homens que falavam de forma grosseira silenciavam quando Dorian Gray entrava no salão. Havia algo na pureza de seu rosto que os repreendia. Sua mera presença parecia evocar neles a memória da inocência que eles haviam maculado. Eles se perguntavam como alguém tão encantador e gracioso poderia ter escapado da marca de uma época que era ao mesmo tempo sórdida e sensual.

Muitas vezes, ao voltar para casa de uma das misteriosas e prolongadas ausências que despertavam aquelas estranhas conjecturas entre os que eram seus amigos, ou que pensavam que fossem, ele se arrastava escadas acima até a sala trancada, abria a porta com a chave que nunca o deixava, e se postava com um espelho em frente ao retrato pintado por Basil Hallward, ora olhando para o rosto mau e envelhecido na tela, e ora para o belo e jovem rosto que lhe sorria de volta do vidro polido. A própria nitidez do contraste costumava intensificar sua sensação de prazer. Ele se tornava mais e mais enamorado de sua própria beleza, mais e mais interessado na deterioração de sua própria alma. Examinava com minucioso cuidado, e às vezes com um deleite monstruoso e terrível, as linhas hediondas que sulcavam a testa enrugada ou que rastejavam ao redor da boca fortemente sensual, perguntando-se por vezes o que era mais horrível, as marcas do pecado ou as marcas da idade. Posicionava as mãos brancas ao lado das mãos grosseiras e inchadas do retrato, e sorria. Caçoava do corpo disforme e dos membros decadentes.

Havia momentos, na verdade à noite, em que, deitado e sem sono em seu próprio quarto delicadamente perfumado — ou no salão sórdido de uma pequena taverna de má fama perto das docas que, usando um nome falso e um disfarce, tinha o hábito de frequentar —, ele pensava na ruína que havia trazido a sua alma, com uma piedade que se tornava ainda mais pungente por seu caráter puramente egoísta. Mas momentos assim eram raros. Aquela curiosidade sobre a vida, que Lord Henry havia pela primeira vez lhe atiçado enquanto estiveram sentados no jardim do amigo, parecia cada vez mais gratificante. Quanto mais ele conhecia, mais desejava conhecer. Tinha apetites ensandecidos que se tornavam mais vorazes à medida que os saciava.

Ainda assim, ele não era de modo algum imprudente em suas relações com a sociedade. Uma ou duas vezes a cada mês durante o inverno, e em cada noite de quarta-feira enquanto a temporada durava, ele abria ao mundo sua bela residência e contratava os mais celebrados músicos da época para encantar os convidados com as maravilhas de sua arte. Seus pequenos jantares, em cuja organização Lord Henry sempre o ajudava, eram notáveis tanto pela cuidadosa seleção e acomodação dos convivas, quanto pelo extraordinário gosto demonstrado na decoração da mesa, com sutis arranjos sinfônicos de flores exóticas e tecidos bordados e antigas peças de ouro e prata. Com efeito, havia muitos, especialmente entre os rapazes mais jovens, que viam — ou imaginavam ver — em Dorian Gray a verdadeira personificação de um tipo com o qual frequentemente sonhavam nos dias de Eton ou Oxford, um tipo que devia combinar algo da real cultura acadêmica com toda a graça e a distinção e as perfeitas maneiras de um cidadão do mundo. Para eles, Dorian parecia pertencer ao conjunto daqueles a quem Dante descreve como tendo procurado "tornar-se perfeitos pela adoração da beleza". Como Gautier, ele era alguém para quem "o mundo visível existia".

E, certamente, para ele a própria vida era a primeira e a maior das artes, e diante dela todas as outras artes pareciam ser nada além de um preparo. O estilo, pelo qual o que é realmente fantástico se torna universal por um momento, e o dandismo, que, à sua própria maneira, é uma tentativa de reivindicar a absoluta modernidade da beleza, naturalmente exercem algum fascínio sobre ele. A forma de se vestir e os estilos particulares que de tempos em tempos ele simulava tinham marcante influência nos jovens janotas dos bailes de Mayfair e das janelas do clube Pall Mall, que o copiavam em tudo o que fazia, e tentavam reproduzir os encantos acidentais de sua graciosa vaidade, ainda que esta fosse apenas séria em parte.

Pois, ainda que muito disposto a aceitar a posição que lhe havia sido oferecida quase que imediatamente ao chegar à idade adulta, e ainda que encontrasse, de fato, um prazer sutil na perspectiva de que poderia se tornar para a Londres de seus dias o que para a Roma imperial de Nero o autor de *Satíricon* havia sido uma vez, em sua mais profunda intimidade ele desejava ser algo além do que um mero *arbiter elegantiarum*, a ser consultado sobre o uso de uma joia, ou sobre o nó de uma gravata, ou sobre como conduzir uma bengala. Pretendia elaborar algum novo método de vida, que teria sua filosofia fundamental e seus princípios ordenadores, e encontrar na espiritualização dos sentidos a sua máxima realização.

O culto aos sentidos tem sido com frequência, e com muita justiça, condenado, e os homens sentem um instinto natural de terror diante de paixões e sensações que parecem mais fortes do que eles próprios, e que têm consciência de compartilhar com outras formas de existência menos elevadamente organizadas. Mas parecia a Dorian Gray que a verdadeira natureza dos sentidos jamais fora compreendida, e que eles permaneciam selvagens e animalescos apenas porque o mundo procurava submetê-los por meio da inanição ou matá-los por meio da dor, em vez de almejar torná-los elementos de uma nova espiritualidade, entre os quais um instinto refinado diante da beleza seria a principal característica. Quanto havia sido entregue! e por tão pequeno propósito! Houvera rejeições desvairadas e deliberadas, formas monstruosas de autotortura e autonegação, cuja origem era o medo e cujo resultado era uma degradação infinitamente mais terrível do que aquela da qual, na ignorância, procurava-se escapar; a natureza, em sua magnífica ironia, expelia o anacoreta para alimentar os animais selvagens do deserto e dava ao eremita as criaturas do campo como companhia.

Sim: haveria de chegar, conforme Lord Henry profetizara, um novo Hedonismo, que recriaria a vida e a salvaria daquele puritanismo severo e impróprio que conhecia em nosso próprio tempo um estranho ressurgimento. Haveria de se valer do intelecto, certamente, mas jamais aceitaria qualquer teoria ou sistema que envolvesse o sacrifício de qualquer forma de experiência passional. Sua finalidade, com efeito, seria a própria experiência, e não os frutos da experiência, fossem doces ou amargos. Do ascetismo que entorpece os sentidos, e do vulgar desregramento que os embrutece, ele não saberia nada. Mas haveria de ensinar os homens a se concentrar nos momentos de uma vida que é, por si mesma, apenas um momento.

Existem poucos entre nós que não tenham acordado antes da aurora, fosse depois de uma daquelas noites sem sono que nos tornam mais enamorados da morte, ou depois de uma daquelas noites de horror e distorcida alegria quando, pelas câmaras do cérebro, esvoaçam fantasmas mais terríveis do que a própria realidade, impregnados com aquela vivacidade intensa que espreita de tudo o que é grotesco, e que confere à arte gótica sua duradoura vitalidade, sendo essa arte, podemos supor, especialmente a arte daqueles cujas mentes foram perturbadas pelos males dos devaneios. Pouco a pouco, dedos brancos sobem pelas cortinas e parecem tremer. Em formas negras e fantásticas, sombras mudas rastejam para os cantos do quarto e lá se encolhem. Fora, há o farfalhar de pássaros em meio às folhas, ou os ruídos de homens saindo para trabalhar, ou o suspiro ou o lamento do vento descendo as colinas e vagando pela casa silenciosa, como se receasse despertar os adormecidos, e no entanto precisando conclamar o sono de sua caverna púrpura. Véu após véu, a fina e obscurecida névoa se ergue, e aos poucos as formas e as cores das coisas lhes são restituídas, e observamos a aurora recriando o mundo em seu antigo padrão. Os espelhos desbotados retomam sua vida miméticas. As velas sem chamas permanecem onde as deixamos, e ao lado delas está, pela metade, o livro que estudávamos, ou a flor aramada que havíamos usado no baile, ou a carta que temíamos ler, ou que havíamos lido vezes demais. Para nós, nada parece alterado. Das sombras irreais da noite ressurge a vida real que conhecemos. Devemos retomá-la de onde a deixamos, e se impõe dentro de nós um terrível sentimento da necessidade pela manutenção da energia na mesma jornada de hábitos estereotipados, ou se impõe um anseio selvagem, talvez, de que em alguma manhã nossas pálpebras possam se abrir para um mundo que fora remodelado na escuridão para o nosso prazer, um mundo no qual as coisas teriam novas formas e cores, mudado, ou que guardaria outros segredos, um mundo em que o passado teria pouco ou nenhum lugar, ou que não sobreviveria, fosse como fosse, em qualquer forma consciente de obrigação ou arrependimento, a própria reminiscência da alegria tendo sua amargura, e as memórias do prazer, a sua dor.

Era a criação de mundos como esse que pareciam a Dorian Gray ser o verdadeiro objeto, ou estar entre os verdadeiros objetos, da vida; e em sua busca por sensações que seriam ao mesmo tempo novas e deliciosas, e que possuíssem aquele elemento de estranheza que é tão essencial ao romance, ele com frequência adotaria certos modos de pensar que sabia serem totalmente alheios à sua própria natureza, abandonando-se às suas sutis influências, e então, tendo dessa forma captado-lhe as cores e tendo satisfeito sua curiosidade intelectual, ele os deixaria com aquela curiosa indiferença que não é compatível com um ardor verdadeiro do temperamento e que, na verdade, de acordo com alguns psicólogos modernos, é muitas vezes uma de suas condições.

Houve rumores certa vez de que ele estava prestes a aderir à comunhão católica, e com efeito o ritual romano sempre exercera uma grande atração sobre ele. O sacrifício diário, realmente mais terrível do que todos os sacrifícios do mundo antigo, excitava-o tanto pela soberba rejeição da evidência dos sentidos quanto pela primitiva simplicidade de seus elementos e pelo eterno *pathos* da tragédia humana que procurava simbolizar. Ele adorava se ajoelhar no piso de mármore frio e observar o padre, em sua dalmática rigidamente florida, afastando devagar com mãos brancas o véu do tabernáculo, ou erguendo o ostensório adornado de joias e em forma de lanterna com aquela pastilha pálida que, por vezes, pensaríamos vagamente, é de fato o *panis caelestis*, o pão dos anjos, ou, vestido com os trajes da Paixão de Cristo, quebrando a hóstia no cálice e castigando o próprio peito por seus pecados. Os incensários fumegantes que garotos sérios, com seus laços e escarlates, agitavam no ar como grandes flores douradas exerciam um sutil fascínio sobre ele. Quando passava pelos confessários pretos, costumava olhá-los com maravilhamento e ansiava por se sentar à sombra obscurecida de um deles, e por ouvir homens e mulheres sussurrando através da surrada treliça a verdadeira história de suas vidas.

Mas ele jamais incorreu no erro de deter o próprio desenvolvimento intelectual com qualquer aceitação formal ou crença ou sistema, ou de confundir uma casa na qual se pode viver com uma taverna que só serve para a estadia de uma noite, ou algumas poucas horas de uma noite em que não há estrelas e a lua precisa trabalhar muito. O misticismo, com seu maravilhoso poder de transformar, para nós, coisas ordinárias em estranhas, e a antinomia sutil que sempre o acompanhava comoveram-no por uma estação; e por uma estação ele se inclinou às doutrinas materialistas do movimento Darwinista na Alemanha, e descobriu um curioso prazer em localizar os pensamentos e as paixões dos homens em alguma célula perolada do cérebro, ou em algum nervo branco no corpo, deleitando-se com a concepção da absoluta dependência do espírito de certas condições físicas, mórbidas ou saudáveis, normais ou doentias. Entretanto, como já foi dito antes, nenhuma teoria da vida parecia a ele ter qualquer importância se comparada à própria vida. Sentia-se profundamente consciente de quão estéril é qualquer especulação intelectual quando separada da ação e do experimento. Ele sabia que os sentidos, não menos do que a alma, têm seus mistérios espirituais a revelar.

Por isso, agora ele estudava perfumes e os segredos de sua fabricação, destilando óleos intensamente aromatizados e queimando resinas odoríferas do Oriente. Percebeu que não existia estado mental que não tivesse sua contrapartida na vida sensual, e dedicou-se a descobrir suas verdadeiras relações, perguntando-se o que havia no olíbano que levava alguém ao misticismo, e no âmbar gris que excitava as paixões, e nas violetas que despertava a memória de romances mortos, e no almíscar que perturbava o cérebro, e na magnólia que marcava a imaginação; e com frequência procurando elaborar uma verdadeira psicologia dos perfumes, e estimar as inúmeras influências das raízes de aroma adocicado, e de flores perfumadas, carregadas de pólen; de bálsamos aromáticos e de madeiras escuras cheias de fragrância; do nardo, que causa enjoo; da hovênia, que leva homens à loucura; e das aloés, que dizem ser capazes de expulsar a melancolia da alma.

Em outra época ele se dedicou totalmente à música, e, em uma sala comprida e treliçada, com um teto cinabrino e dourado e paredes de laca verde-oliva, ele costumava oferecer estranhos concertos nos quais ciganos loucos extirpavam música selvagem de pequenas cítaras, ou tunisianos de ar grave e xales amarelos feriam as tensas cordas de alaúdes monstruosos, enquanto negros sorridentes batiam monotonamente em tambores de cobre e, encolhidos sobre esteiras escarlates, indianos delgados de turbante sopravam longas flautas de bambu ou metal e enfeitiçavam — ou fingiam enfeitiçar — grandes serpentes encapuzadas e horríveis víboras chifrudas. Os intervalos ásperos e as dissonâncias estridentes da música primitiva o excitavam nas vezes em que a graciosidade de Schubert, e as lindas tristezas de Chopin, e as poderosas harmonias do próprio Beethoven passavam despercebidas por seus ouvidos. Ele colecionava, de todas as partes do mundo, os mais estranhos instrumentos que pudessem ser encontrados, fosse nos túmulos de nações mortas ou entre as poucas tribos selvagens que haviam sobrevivido ao contato com as civilizações ocidentais, e ele amava tocá-los e experimentá-los. Tinha os misteriosos juruparis dos indígenas do Rio Negro, que as mulheres são proibidas de ver, e com que mesmo os jovens não podem ter contato até terem sido submetidos ao jejum e à flagelação, e as jarras de barro dos peruanos que contêm os penetrantes gritos dos pássaros, e as flautas de ossos humanos como as que Alonso de Ovalle ouviu no Chile, e os sonoros jaspes verdes que são encontrados perto de Cuzco e que emitem uma nota de doçura singular. Ele tinha cabaças pintadas cheias de pedrinhas que chocalhavam quando sacudidas; o longo *clarin* dos mexicanos, no qual o instrumentista não sopra, mas sim inala o ar por meio dele; o *ture* áspero das tribos amazônicas, que é tocado pelas sentinelas que passam todo o dia em árvores altas, e que pode ser ouvido, dizem, a uma distância de três léguas; o *teponaztli*, que tem duas línguas vibratórias de madeira e é golpeado com varas untadas com uma resina elástica obtida do suco leitoso de plantas; os sinos *yotl* dos Aztecas, que pendem aglomerados como uvas; e um imenso tambor cilíndrico coberto com peles de grandes serpentes, como aquele que Bernal Diaz viu ao entrar com Cortez no templo mexicano, e de cujo lúgubre som nos deixou uma tão vívida descrição. O caráter fantástico desses instrumentos o fascinava, e ele sentia um curioso deleite no pensamento de que a arte, como a natureza, tem seus monstros, coisas de forma bestial e vozes hediondas. No entanto, após algum tempo, cansava-se deles e se sentava em seu camarote na ópera, fosse sozinho ou com Lord Henry, ouvindo "Tannhauser" com arrebatado prazer e constatando, no prelúdio àquela grande obra de arte, uma representação da tragédia de sua própria alma.

Em certa ocasião, ele se entregou ao estudo de joias, e apareceu em um baile a fantasia como Anne de Joyeuse, Almirante da França, em um vestido coberto com quinhentas e sessenta pérolas. Esse gosto o encantou por anos, e, na verdade, pode-se dizer que nunca o abandonou. Com frequência, ele passava todo o dia arranjando e rearranjando em suas caixas as várias pedras que havia reunido, tais como o crisoberilo verde-oliva que se torna vermelho à luz da lamparina, o cimofânio com sua linha aramada de prata, o peridoto cor de pistache, topázios rosados como a flor e amarelos como as vinhas, carbúnculos de escarlate ígneo com estrelas trêmulas de quatro pontas, essenitas vermelhas como chamas, espinélios laranjas e violetas, e ametistas com suas camadas alternadas de rubi e safira. Ele amava o vermelho dourado da pedra do sol, e a brancura perolada da pedra da lua, e o arco-íris interrompido da opalina leitosa. Encomendou de Amsterdã três esmeraldas de extraordinários tamanho e riqueza de cores, e tinha uma turquesa *de la vieille roche* que era a inveja de todos os especialistas.

Ele descobriu, também, histórias maravilhosas sobre joias. Na *Clericalis Disciplina* de Alphonso, era mencionada uma serpente com olhos de jacinto verdadeiro, e na romântica história de Alexandre, contava-se que o Conquistador da Emathia havia descoberto no Jordão o vale de serpentes "com correntes de verdadeiras esmeraldas crescendo em suas partes superiores". Havia uma gema no cérebro do dragão, Filóstrato nos contou, e "ante a exibição de letras douradas e de uma túnica escarlate" o monstro podia ser lançado em um sono mágico e depois assassinado. De acordo com o grande alquimista Pierre de Boniface, o diamante tornava um homem invisível, e a ágata da índia o fazia eloquente. A cornalina apaziguava a ira, e o jacinto provocava sono, e a ametista afastava os vapores do vinho. A granada expulsava demônios, e o hidrópico destituía a lua de sua cor. A selenita crescia e diminuía com a lua, e o maloceus, que descobria ladrões, podia ser afetado apenas pelo sangue de crianças. Leronardus Camillus havia visto uma pedra branca ser retirada do cérebro de um sapo recém-morto que era certamente um antídoto contra o veneno. O bezoar encontrado no coração do veado árabe era um talismã que podia curar a peste. Nos ninhos de pássaros árabes havia o aspilates, que, de acordo com Demócrito, protegia quem o usasse dos perigos do fogo.

O Rei do Ceilão cavalgou pela cidade com um grande rubi nas mãos, na cerimônia de sua coroação. Os portões do palácio de João Batista eram "feitos de cornalina, com o entalhe do chifre da serpente chifruda, para que nenhum homem pudesse entrar com veneno". Sobre o espigão havia "duas maçãs douradas, nas quais existiam dois carbúnculos", para que o dourado pudesse brilhar de dia e os carbúnculos à noite. No estranho romance *A Margarite of America*, de Lodge, afirmava-se que nos aposentos da rainha era possível contemplar "todas as damas castas do mundo, esculpidas em prata, olhando através de belos espelhos incrustados com crisólitos, carbúnculos, safiras e esmeraldas verdes". Marco Polo havia visto os habitantes de Zipangu[3] colocarem pérolas de cor rósea nas bocas dos mortos. Um monstro marinho havia se enamorado da pérola que o mergulhador levou para o rei Perozes, e ele matara o ladrão e passara sete luas de luto pela perda. Quando os Hunos atraíram o rei para o grande poço, ele a atirou para longe — Procópio conta essa história — e ela nunca mais foi encontrada, embora o Imperador Anastácio oferecesse quinhentas peças de ouro pela joia. O rei de Malabar havia mostrado a um certo veneziano um rosário de trezentas e quatro pérolas, uma para cada deus que ele adorava.

Quando o duque de Valentinois, filho de Alexandre VI, visitou Luís XII da França, seu cavalo estava carregado de folhas de ouro, de acordo com Brantôme, e seu barrete tinha filas duplas de rubis que emitiam uma forte luz. Carlos da Inglaterra havia cavalgado em estribos dos quais pendiam quatrocentos e vinte e um diamantes. Ricardo II tinha uma capa, avaliada em trinta mil marcos, que era coberta por

....

[3] Uma das denominações antigas do Japão. (N.T.)

rubis rosados. Hall descreveu que Henrique VIII, no caminho para a torre antes da coroação, vestia "uma capa de ouro em relevo, o frontão bordado com diamantes e outras pedras preciosas, e um grande colar de vastas espinelas em volta do pescoço". Os favoritos de Jaime I usavam brincos de esmeraldas engastadas em filigranas de ouro. Eduardo II deu a Piers Gaveston uma armadura vermelho-dourada cravejada de jacintos, um colar de rosas de ouro decoradas com pedras turquesas, e um solidéu *parseme* com pérolas. Henrique II vestiu luvas cheias de joias que alcançavam até os cotovelos, e tinha uma luva de falcoeiro tecida com doze rubis e cinquenta e duas grandes pérolas. Do chapéu ducal de Carlos o Audaz, o último duque da Borgonha de sua linhagem, pendiam pérolas em forma de pera, e era cravejado de safiras.

Como a vida fora extraordinária um dia! Quão esplêndida em sua pompa e em sua ornamentação! Somente ler sobre o luxo dos mortos já era maravilhoso.

Então ele dedicou atenção aos bordados e às tapeçarias que exerciam o papel de afrescos nas salas geladas das nações do norte da Europa. Enquanto investigava o tema — e sempre tivera uma extraordinária capacidade de se tornar completamente absorto pelo momento, em qualquer coisa que o interessasse —, ele se sentiu quase entristecido ante a reflexão sobre a ruína que o tempo causava nas coisas belas e maravilhosas. De qualquer forma, ele havia escapado disso. Verões seguiram, e os junquilhos amarelos floresceram e morreram muitas vezes, e noites de horror repetiram as histórias de suas vergonhas, mas ele estava não mudava. Nenhum inverno arruinava seu rosto ou manchava seu frescor. Como era diferente com as coisas materiais! Para onde tinham ido? Onde estava o grande manto de cor de açafrão com o qual os deuses lutavam contra os gigantes, que havia sido trabalhado por meninas crescidas para o prazer de Atena? Onde estava o imenso velário que Nero havia estendido ao longo do Coliseu em Roma, aquele tecido titânico da cor roxa em que havia um céu estrelado e Apolo conduzindo uma carruagem puxada por corcéis brancos com rédeas douradas? Ele ansiava por ver as curiosas toalhas de mesa feitas para o sacerdote do Sol, nas quais viam-se todas as iguarias e gulodices que alguém poderia desejar em um banquete; o pano mortuário do Rei Chilperic, com suas trezentas abelhas de ouro; as túnicas fantásticas que despertaram a indignação do bispo de Pontus em que figuravam "leões, panteras, ursos, cães, florestas, rochas, caçadores — tudo, de fato, que um pintor pode copiar da natureza"; e a capa que Carlos de Orleans usou certa vez, em cujas mangas estavam bordados os versos de uma canção que começava com *"Madame, je suis tout joyeux."*[4], o acompanhamento musical para as palavras sendo tecido com fios de ouro, e cada nota, de formato quadriculado naqueles dias, composta com quatro pérolas. Ele leu sobre o aposento que foi preparado no palácio de Rheims para o uso da rainha Joana de Borgonha e que foi decorado com "mil, trezentos e vinte e um papagaios, feitos de bordado e com o brasão de armas rei, e quinhentas e sessenta e uma borboletas, cujas asas foram ornamentadas de forma similar às armas da rainha, tudo trabalhado em ouro". Catarina de Médicis tinha uma cama para o luto feita de veludo pontilhado de crescentes e sóis. Suas cortinas eram de damasco, com grinaldas e coroas, figuradas sobre um fundo dourado e prateado, e franjadas nas barras por bordados de pérolas, e estavam em um quarto em que havia fileiras dos utensílios da rainha em veludo preto cortado sobre um tecido prateado. Luís XIV tinha cariátides bordadas com ouro de até cinco metros de altura em seus aposentos. A cama oficial de Sobieski, rei da Polônia, era feita de brocado dourado de Esmirna, bordado com turquesas e com versos do Alcorão. Seus suportes eram de folhas prateadas, belamente entalhadas, e profusamente decoradas com medalhões esmaltados e cravejados de joias. Ela havia sido trazida do acampamento turco em Viena, e o estandarte de Maomé ficava abaixo do trêmulo dourado do dossel.

....
[4] "Senhora, estou muito feliz".

E assim, por todo um ano, ele procurou acumular os espécimes mais extraordinários que conseguiu encontrar de trabalhos em tecidos e bordados, obtendo as frágeis musselinas de Déli, finamente tecidas com espalmados de linhas douradas e costuradas com asas iridescentes de besouros; as gazes de Dacca, que pela aparência são conhecidas no oriente como "ar tecido", e "água corrente", e "orvalho do anoitecer"; tecidos com estranhas estampas de Java; elaboradas tapeçarias amarelas chinesas; livros encadernados com cetins fulvos ou sedas azul-claras, forjados com *fleurs-de-lys*, pássaros e imagens; véus de *lacis* trabalhados no ponto húngaro; brocados sicilianos e rígidos veludos espanhóis; bordados geórgios, com suas moedas douradas, e *foukousas* japoneses, com seus dourados de tonalidade verde e seus pássaros de plumagem magnífica.

Ele nutria uma paixão especial, também, por trajes eclesiásticos, assim como por tudo ligado aos rituais da igreja. Nos longos baús de cedro que se enfileiravam na galeria ocidental de sua casa, ele havia guardado muitos itens raros e belos daquelas que realmente são as vestes da Noiva de Cristo, que precisa usar púrpura e joias e linho refinado para esconder o corpo pálido e macerado, desgastado pelo sofrimento a que ela almeja e ferido pela dor autoinfligida. Ele possuía uma esplêndida veste sacerdotal de seda escarlate e damasco de fios dourados, com estampas de repetidos padrões de romãs douradas dispostas em flores formais de seis pétalas, além das quais em ambos os lados havia o ananás trabalhado em pequeninas pérolas. As casulas eram divididas em painéis representando cenas da vida da Virgem, e a coroação da virgem estava estampada em sedas coloridas no capuz. Era um trabalho italiano do século XV. Outra veste sacerdotal era de veludo verde, bordado com grupos em forma de coração de folhas de acanto, dos quais se espalhavam flores brancas de hastes longas, cujos detalhes eram destacados com fios dourados e cristais coloridos. A fivela exibia a cabeça de um serafim em um bordado dourado em relevo. As casulas eram cerzidas com tecidos de seda vermelha e dourada, e eram estreladas com medalhões de muitos santos e mártires, entre os quais estava São Sebastião. Dorian tinha também casulas de seda âmbar, e de seda azul e brocados dourados, e damasco de seda amarela e tecido dourado, estampado com representações da Paixão e da Crucificação de Cristo, e bordado com leões e pavões e outros emblemas; dalmáticas de cetim branco e damasco de seda rosa, decoradas com tulipas e golfinhos e *fleurs-de-lys*; frontões de altar de veludo escarlate e linho azul; e muitas toalhas de altar, véus de cálice e sudários. Nos ofícios místicos em que tais objetos eram empregados, havia algo que instigava a sua imaginação.

Pois esses tesouros, e tudo o que ele colecionava em sua encantadora residência, eram para ele meios de esquecer, formas pelas quais ele podia escapar, por uma estação, do medo que às vezes lhe parecia grande demais para ser suportado. Nas paredes do solitário cômodo trancado em que ele passara tanto de sua meninice, havia pendurado com suas próprias mãos o terrível retrato cujas características mutantes lhe mostravam a verdadeira degradação de sua vida, e diante dele havia disposto a mortalha púrpura e dourada como uma cortina. Por semanas ele não subia lá, e se esquecia da horrenda coisa pintada, e recobrava seu coração leve, sua alegria maravilhosa, seu envolvimento apaixonado com a mera existência. Então, subitamente, em alguma noite ele rastejava para fora da casa, ia até lugares medonhos perto de Blue Gates Fields, e ficava lá, dia após dia, até ser expulso. Após retornar, ele se sentava em frente ao retrato, às vezes sentindo repugnância dele e de si mesmo, mas em outras vezes com aquele orgulho do individualismo que representa a metade do fascínio do pecado, e sorria com secreto prazer para a sombra distorcida que suportava o fardo que deveria ter sido dele.

Depois de alguns anos, ele não conseguia mais tolerar ficar muito tempo fora da Inglaterra, e devolveu a mansão que compartilhava em Trouville com Lord Henry, assim como a pequena casa de paredes brancas em Argel onde eles mais de uma vez passaram o inverno. Odiava ficar separado do retrato, que fazia tanta parte de sua vida, e também temia que, durante sua ausência, alguém pudesse ter acesso à sala, a despeito das barras trabalhadas que ordenara instalar na porta.

Tinha total consciência de que isso não significaria nada a ninguém. Era verdade que o retrato ainda preservava, sob toda a obscenidade e a feiúra do rosto, sua marcante semelhança com ele; mas o que se poderia intuir disso? Ele riria de qualquer um que tentasse provocá-lo. Ele não o pintara. O que lhe importava o quão vil e cheio de vergonha parecesse? Mesmo se contasse a eles, iriam acreditar?

No entanto, sentia medo. Por vezes, quando estava em sua grande casa em Nottinghamshire, entretendo os jovens estilosos de sua própria estirpe que eram sua principal companhia, e espantando o condado com o luxo sensual e o esplendor deslumbrante de seu modo de vida, de súbito ele deixava os convidados e voltava correndo à cidade para se assegurar de que a porta não fora arrombada e de que o retrato ainda estava lá. E se fosse roubado? O mero pensamento o congelava de horror. Fosse o caso, o mundo certamente conheceria seu segredo. Talvez o mundo já suspeitasse dele.

Pois, enquanto fascinava muitos, não eram poucos os que desconfiavam dele. Quase fora rejeitado em um clube de West End ao qual sua origem e sua posição social lhe garantiam o direito de pertencer, e contava-se que em uma ocasião, quando ele fora levado por um amigo à sala de fumantes do Churchill, o duque de Berwick e outro cavalheiro se levantaram de forma ostensiva e se retiraram. Histórias curiosas sobre Dorian Gray tornaram-se recorrentes após ele ter completado vinte e cinco anos. Havia rumores de que fora visto envolvendo-se em brigas com marinheiros estrangeiros em uma pocilga vulgar nas partes afastadas de Whitechapel, e que havia se associado a ladrões e trombadinhas e conhecia os mistérios de seus ofícios. Suas extraordinárias ausências se tornaram notórias e, quando ele reaparecia na sociedade, os homens sussurravam entre si pelos cantos, ou passavam por ele com um ar zombeteiro, ou o miravam com frios olhos inquisidores, como se estivessem determinados a descobrir seu segredo.

De tais insolências e tentativas de desfeita ele naturalmente não tomava conhecimento, e, na opinião da maioria das pessoas, seu comportamento franco e afável, seu sorriso jovial e encantador, e a infinita graça daquela maravilhosa juventude que jamais parecia deixá-lo eram, em si, uma resposta suficiente para as calúnias, pois assim as pessoas designavam as palavras que circulavam a seu respeito. Notou-se, entretanto, que alguns dos que haviam sido mais íntimos dele pareceram, após certo tempo, evitá-lo. Mulheres que o veneravam loucamente, e que por causa dele haviam enfrentado toda a censura social e desafiado as convenções, eram vistas empalidecendo de vergonha e horror quando Dorian Gray entrava na sala.

No entanto, esses escândalos sussurrados faziam apenas intensificar, aos olhos de muitos, seu estranho e perigoso encanto. Sua grande fortuna era um elemento que garantia segurança. A sociedade — a sociedade civilizada, ao menos — jamais está pronta para acreditar em algo em detrimento dos que são ao mesmo tempo ricos e fascinantes. Ela sente por instinto que os modos têm mais importância do que a moral e, em sua opinião, a mais alta respeitabilidade vale muito menos do que a posse um bom *chef*. E, afinal, não se trata exatamente de um consolo afirmar que um homem que ofereceu um jantar ruim, ou um vinho de baixa qualidade, é irrepreensível em sua vida privada. Nem mesmo as virtudes cardeais podem compensar *entrées* meio frias, como Lord Henry disse uma vez, em um debate sobre o tema, e essa visão é possivelmente muito defensável. Pois os cânones da boa sociedade são, ou deveriam ser, os mesmos cânones da arte. A forma é absolutamente essencial. Devem ter a dignidade de uma cerimônia, assim como sua irrealidade, e devem combinar o caráter insincero de uma peça romântica com a perspicácia e a beleza que fazem com que essas peças nos deleitem. Será a insinceridade uma coisa tão terrível assim? Penso que não. É apenas um método pelo qual podemos multiplicar nossas personalidades.

Seja como for, essa era a opinião de Dorian Gray. Ele costumava se espantar com a psicologia superficial daqueles que concebem o ego do homem como algo simples, permanente, confiável, e de apenas uma essência. Para ele, o homem era um ser com uma miríade de vidas e uma miríade de sensações, uma criatura multiforme e complexa que carregava em si legados peculiares de pensamento e paixão, e cuja própria carne estava contaminada pelos monstruosos males dos mortos. Ele adorava passear pela galeria de quadros desolada e fria de sua casa de campo e olhar para os vários retratos daqueles cujo sangue fluía em suas veias. Lá estava Philip Herbert, descrito por Francis Osborne em suas *Memórias dos Reinados da Rainha Elizabeth e do Rei James* como alguém que era "afagado pela corte por seu belo rosto, que não lhe fez companhia por muito tempo". Seria a vida do jovem Herbert que ele às vezes levava? Teria algum estranho germe venenoso rastejado de um corpo para outro até chegar ao dele? Teria sido alguma vaga sensação daquela graça arruinada que o fizera tão repentinamente, e quase sem razão, proferir, no ateliê de Basil Hallward, a prece louca que tanto havia mudado sua vida? Lá, em um gibão vermelho com bordados de ouro, um sobretudo ornamentado com joias, uma gola franzida e punhos dourados, estava Sir Anthony Sherard, com sua armadura prateada e preta empilhada aos seus pés. Teria o amante de Giovanna de Nápoles transmitido a ele alguma herança de pecado e vergonha? Seriam suas próprias ações somente os sonhos que o homem morto não ousou realizar? Ali, da tela apagada, sorria Lady Elizabeth Devereux, em seu chapéu de gaze, corpete de pérolas e mangas bufantes cor-de-rosa. Uma flor estava em sua mão direita, e a esquerda agarrava um colar nacarado de rosas brancas e cor de damasco. Sobre uma mesa ao seu lado estavam um alaúde e uma maçã. Em seus sapatos pequenos e pontudos, havia grandes rosetas verdes. Ele conhecia sua vida, e as estranhas histórias contadas sobre seus amantes. Teria algo do temperamento dela em si? Aqueles olhos ovais, de pálpebras pesados, pareciam olhá-lo com curiosidade. O que dizer de George Willoughby, com seu cabelo empoado e fantásticas manchas na pele? Quão mau ele parecia ser! O rosto era saturnino e trigueiro, e os lábios sensuais pareciam distorcidos de desdém. Delicados tufos de renda pendiam sobre as mãos esguias e amarelas, tão sobrecarregadas de anéis. Ele havia sido um afetado da moda do século XVIII, e amigo na juventude de Lord Ferrars. E o segundo Lord Beckenham, o companheiro do Príncipe Regente em seus dias mais selvagens, e uma das testemunhas do casamento secreto com a senhora Fitzherbert? Quão orgulhoso e belo ele era, com seus cachos castanhos e pose insolente! Que paixões o teria legado? O mundo o havia visto como um infame. Ele conduzira as orgias na Carlton House. A estrela da Ordem da Jarreteira cintilava em seu peito. Ao seu lado, estava pendurado o retrato da esposa, uma mulher pálida, de lábios finos e vestida de preto. O sangue dela também se agitava dentro dele. Como tudo aquilo parecia estranho! E sua mãe, com o rosto de Lady Hamilton e os lábios úmidos, tintos de vinho — ele sabia o que tinha dela. Tinha a beleza, e a paixão pela beleza dos outros. Ela ria dele em seu vestido largo de Bacante. Havia folhas de videiras em seus cabelos. O púrpura derramava-se da taça que ela segurava. Os cravos do quadro haviam murchado, mas os olhos continuavam maravilhosos com sua profundidade e seu brilho colorido. Pareciam segui-lo onde quer que ele fosse.

Entretanto, temos ancestrais na literatura tanto quanto na linhagem, talvez até mais próximos em tipo e temperamento, muitos deles, e certamente com uma influência da qual estamos mais conscientes. Havia vezes em que parecia a Dorian Gray que a história toda não era senão o registro de sua própria vida, não como a havia vivido em ato e circunstância, mas como sua imaginação a criara para ele, como havia sido em seu cérebro e em suas paixões. Sentia que conhecera todas elas, aquelas estranhas e terríveis figuras que passavam pelos palcos do mundo e tornavam tão maravilhoso o pecado e tão cheia de sutilezas a maldade. Parecia-lhe que, de alguma forma misteriosa, as vidas deles foram a sua própria vida.

O herói do maravilhoso romance que tanto influenciara sua vida também tinha, ele próprio, conhecido essa estranha fantasia. No sétimo capítulo ele conta como, coroado de louros para que um relâmpago não o atingisse, ele se sentara como Tibério em um jardim de Capri lendo os infames livros de Elephantis, enquanto anões e pavões rodeavam-no pomposos, e enquanto o tocador de flauta caçoava de quem balançava o incensário; e, como Calígula, ele farreara com jóqueis de camisa verde em seus estábulos e ceara em uma manjedoura de marfim com um cavalo de fronte cravejada de joias; e, como Domiciano, perambulara por um corredor forrado com espelhos de mármore, procurando ao redor com olhos abatidos pelo reflexo do punhal que haveria de encerrar seus dias, e enojado com aquele tédio, aquele terrível taedium vitae, que atinge aqueles a quem a vida não nega nada; e ele espreitara através de uma esmeralda límpida as ruínas vermelhas do circo e então, em uma liteira de pérolas e púrpura puxada por mulas com ferraduras de prata, fora carregado pela Rua das Romãs até uma Casa de Ouro e ouvira homens chorando por Nero César enquanto passava; e, como Heliogábalo, pintara seu rosto com cores, e assediara mulheres, e trouxera a Lua de Cartago e a dera em casamento místico ao Sol.

Por vezes sem fim Dorian costumava ler esse extraordinário capítulo, e os dois capítulos imediatamente a seguir, nos quais, assim como em certas estranhas tapeçarias ou lacas astuciosamente trabalhadas, figuravam as terríveis e belas formas daqueles cujos vício e sangue e fadiga haviam transformado em monstros ou loucos: Filippo, duque de Milão, que assassinou a esposa e pintou-lhe os lábios com um veneno escarlate para que o amante sugasse a morte da coisa falecida que acariciava; Pietro Barbi, o veneziano, conhecido como Paulo Segundo, que buscava em sua vaidade assumir o título de Formosus, e cuja tiara, avaliada em duzentos mil florins, foi comprada pelo preço de um terrível pecado; Gian Maria Visconti, que usava sabujos para perseguir homens vivos e cujo corpo assassinado foi coberto com rosas por uma prostituta que o amava; o Borgia em seu cavalo branco, tendo o Fratricida cavalgando ao seu lado com a capa manchada pelo sangue de Perotto; Pietro Riario, o jovem cardeal arcebispo de Florença, filho e servo de Sixto IV, cuja beleza só encontrava paralelo na sua devassidão, e que recebeu Leonora de Aragão em um pavilhão de seda branca e escarlate, cheio de ninfas e centauros, e pintou de dourado um menino que ele serviria no festim como Ganimedes ou Hylas; Ezzelin, cuja melancolia só podia ser curada pelo espetáculo da morte, e que tinha uma paixão por sangue rubro, assim como outros homens têm por vinho tinto — o filho do Demônio, como se dizia, e alguém que trapaçeara o pai nos dados quando jogou com ele pela própria alma; Giambattista Cibo, que por zombaria assumiu o nome de Inocêncio e em cujas tórpidas veias o sangue de três rapazes foi infundido por um médico judeu; Sigismondo Malatesta, o amante de Isotta e o senhor de Rimini, cuja efígie foi queimada em Roma como a do inimigo de Deus e do homem, que estrangulou Polissena com um guardanapo e deu veneno para Ginevra D'Este em um cálice de esmeraldas, e em honra a uma paixão infame construiu uma igreja pagã para o culto cristão; Carlos VI, que amava a esposa do irmão tão loucamente que um leproso o alertara da insanidade que o atingiria, e que, quando seu cérebro adoeceu e se tornou estranho, só podia ser acalmado por cartas saracenas pintadas com as imagens do amor e da morte e da loucura; e, em seu gibão enfeitado e o gorro cravejado de joia e cachos como os do acanto, Grifonetto Baglioni, que assassinou Astorre com a esposa, e Simonetto com o pajem, e cuja beleza era tal que, enquanto ele agonizava na piazza amarela de Perugia, aqueles que o odiaram não conseguiam fazer nada além de chorar, e Atalanta, que o amaldiçoara, o abençoou.

Havia um horrível fascínio em todos. Ele os via à noite, e tinha a imaginação perturbada por eles de dia. A Renascença conhecia estranhas formas de envenenamento — envenenamento por meio de um capacete e de uma tocha acesa, por meio de uma luva bordada e de um leque cravejado com joias, por meio de uma caixinha de perfumes dourada e de uma corrente de âmbar. Dorian Gray fora envenenado por um livro. Havia momentos em que ele encarava o mal apenas como um modo pelo qual poderia realizar sua concepção da beleza.

Capítulo 12

Aconteceu em 9 de novembro, a véspera de seu trigésimo oitavo aniversário, conforme ele muitas vezes se lembrou depois.

Estava voltando da casa de Lord Henry, onde havia jantado, cerca de onze horas, e vinha envolvido em pesadas peles, já que a noite estava fria e nevoenta. Na esquina da Grosvenor Square com a South Audley Street, um homem passou por ele em meio à névoa, andando muito rápido e com as golas de seu sobretudo cinzento erguidas. Tinha uma maleta na mão. Dorian o reconheceu. Era Basil Hallward. Uma estranha sensação de medo, cuja causa ele desconhecia, o tomou de assalto. Não fez sinal algum de que o reconhecera e caminhou rapidamente na direção de sua própria casa.

Mas Hallward o havia visto. Dorian o ouviu primeiramente parando na calçada e então correndo atrás de si. Após alguns momentos, a mão de Basil estava em seu braço.

— Dorian! Que extraordinário golpe de sorte! Eu estava esperando por você em sua biblioteca desde as nove horas. Finalmente fiquei com pena de seu criado cansado e o mandei ir para a cama, enquanto ele me acompanhava até a saída. Partirei a Paris no trem da meia-noite, e queria muito vê-lo antes de ir. Pensei que fosse você, ou melhor, seu casaco de pele, quando passou por mim. Mas não tinha certeza. Você não me reconheceu?

— Nessa neblina, meu caro Basil? Ora, não consigo nem reconhecer a Grosvenor Square. Acho que minha casa fica em algum lugar por aqui, mas não estou nem um pouco certo disso. Lamento que você vá partir, já que não o vejo há eras. Mas suponho que você volte logo?

— Não: ficarei fora da Inglaterra por seis meses. Pretendo montar um ateliê em Paris e me trancar lá até que eu tenha terminado um grande quadro que tenho em mente. Entretanto, não era sobre mim que eu queria falar. Aqui estamos na sua porta. Deixe-me entrar por um momento. Tenho algo a lhe dizer.

— Ficarei encantado. Mas você não vai perder seu trem? — disse Dorian Gray languidamente enquanto subia os degraus e abria a porta com a chave.

A luz do poste lutava para atravessar a névoa, e Hallward olhou para o relógio. — Tenho muito tempo — respondeu. — O trem só sairá meia-noite e quinze, e agora são só onze horas. Na verdade, eu estava a caminho do clube para procurar por você quando o encontrei. Como pode ver, não vou me atrasar por causa da bagagem, pois já despachei as malas pesadas. Tudo o que tenho comigo está nessa maleta, consigo chegar facilmente a Victoria em vinte minutos.

Dorian olhou para ele e sorriu. — Que maneira de viajar para um pintor tão famoso! Uma maleta Gladstone e um sobretudo! Entre, ou a neblina vai invadir a casa. E cuide para não falar de nada sério. Nada é sério hoje em dia. Ou pelo menos não devia ser.

Hallward balançou a cabeça ao entrar, e seguiu Dorian até a biblioteca. Havia um fogo de lenha ardendo brilhante na grande lareira aberta. As luzes estavam acesas, e em uma pequena mesa marchetada havia um recipiente holandês de destilado, com alguns sifões de água gaseificada e grandes copos de vidro.

— Você percebe que seu criado me deixou bastante à vontade, Dorian. Ele me deu tudo o que eu queria, incluindo seus melhores cigarros de ponta dourada. É a mais hospitaleira das criaturas. Gosto muito mais dele do que do francês que você tinha. O que aconteceu com ele, aliás?

Dorian encolheu os ombros. — Acho que ele se casou com a empregada de Lady Radley, e fez com que ela se estabelecesse em Paris como uma costureira inglesa. A *anglomania* está muito na moda por lá hoje em dia, ouvi dizer. Parece tolo da parte dos franceses, não? Mas, sabe, ele não era de modo algum um criado ruim. Nunca gostei dele, mas nunca tive do que me queixar. Sempre imaginamos coisas que são bem absurdas. Ele era muito dedicado a mim e parecia bem triste quando foi embora. Quer outro brandy com soda? Ou prefere vinho branco com água gaseificada? Sempre tomo vinho branco com água gaseificada. Deve haver um pouco na sala ao lado.

— Obrigado, não quero mais nada — disse o pintor, tirando o gorro e o sobretudo e os lançando sobre a maleta que havia colocado em um canto. — E agora, meu caro amigo, quero falar sério com você. Não faça essa careta. Você torna tudo muito mais difícil para mim.

— Do que se trata tudo isso? — exclamou Dorian à sua maneira petulante, lançando-se no sofá. — Espero que não seja sobre mim. Estou cansado de mim mesmo esta noite. Gostaria de ser outra pessoa.

— É sobre você — respondeu Hallward com sua voz grave e profunda —, e preciso lhe dizer. Vou tomar apenas meia hora do seu tempo.

Dorian suspirou e acendeu um cigarro. — Meia hora! — murmurou.

— Não é pedir demais a você, Dorian, e é totalmente do seu interesse que eu fale. Acho certo que você saiba das coisas horríveis que têm sido ditas a seu respeito em Londres.

— Não quero saber de nada disso. Adoro escândalos de outras pessoas, mas escândalos sobre mim mesmo não me interessam. Eles não têm o encanto da novidade.

— Precisam interessá-lo, Dorian. Todo cavalheiro se interessa pelo seu próprio bom nome. Você não quer que as pessoas falem de você como de alguma coisa vil e degradada. É claro, você tem sua posição e sua fortuna, e todo esse tipo de coisa. Mas posição e fortuna não são tudo. Veja, não acredito nem um pouco nesses rumores. Pelo menos não posso acreditar neles quando lhe vejo. O pecado é algo que se inscreve no rosto de um homem. Não pode ser oculto. Às vezes, as pessoas falam de vícios secretos. Não existem tais coisas. Se um homem miserável tem um vício, ele se mostra nas linhas de sua boca, no abatimento de suas pálpebras, e mesmo no formato de suas mãos. Alguém — cujo nome não mencionarei, mas que você conhece — me procurou no ano passado para que eu pintasse seu retrato. Eu nunca o havia visto antes, e nunca havia ouvido nada a respeito dele na época, embora tenha ouvido bastante desde então. Ele me ofereceu um preço extravagante. Recusei. Havia algo no formato de seus dedos que eu odiei. Agora sei que eu estava muito certo no que imaginava sobre ele. A vida dele é horrível. Mas você, Dorian, com seu rosto puro, cintilante e inocente, e sua maravilhosa e imperturbável juventude — não posso acreditar em nada do que dizem contra você. E no entanto só o vejo raramente, e você nunca mais veio ao ateliê, e, quando estou longe e ouço todas essas coisas hediondas que as pessoas estão sussurrando a seu respeito, não sei o que dizer. Por que, Dorian, um homem como o duque de Berwick abandona a sala de um clube quando você entra nela? Por que tantos cavalheiros em Londres não frequentam a sua casa nem o convidam para a deles? Você costumava ser amigo de Lord Staveley. Eu o encontrei em um jantar na semana passada. Aconteceu de o seu nome surgir durante uma conversa, em conexão com as miniaturas que você emprestou para a exposição no Dudley. Staveley curvou os lábios e disse que você até pode ter o mais artístico dos gostos, mas que você era um homem que a nenhuma garota de mente pura deveria ser permitido conhecer, e com quem nenhuma mulher casta deveria compartilhar uma sala. Eu o lembrei de que sou seu amigo, e perguntei o que ele queria dizer com isso. Ele me contou. Contou diante de todos. Foi horrível! Por que a sua amizade é tão fatal para os jovens? Houve aquele infeliz garoto da Guarda que se suicidou. Você era grande amigo dele. Houve Sir Henry Ashton, que teve que deixar a Inglaterra com o nome manchado. Você e ele eram inseparáveis. O que dizer de Adrian Singleton e seu terrível fim? E quanto ao único filho de Lord Kent, e a carreira dele? Encontrei o pai dele ontem na St. James Street. Parecia devastado de vergonha e tristeza. E o jovem duque de Perth? Que tipo de vida leva agora? Que cavalheiro se relacionaria com ele?

— Pare, Basil. Você está falando de coisas das quais não sabe nada — interveio Dorian Gray, mordendo o lábio e com um tom de infinito desprezo na voz. — Você me pergunta por que Berwick abandona uma sala quando entro. É porque eu sei tudo sobre a vida dele, não porque ele saiba qualquer coisa sobre a minha. Com o sangue que ele tem nas veias, como poderia ter a ficha limpa? Você me pergunta sobre Henry Ashton e o jovem Perth. Será que eu ensinei os vícios ao primeiro e a devassidão ao segundo? Se o filho idiota de Kent encontrou sua mulher nas ruas, o que eu tenho a ver com isso? Se Adrian Singleton falsificou a assinatura de seu amigo em uma conta, sou eu que devo impedi-lo? Sei como as pessoas são tagarelas na Inglaterra. A classe média propaga seus preconceitos morais sobre suas grosseiras mesas de jantar, e sussurra sobre o que chama de desregramentos dos privilegiados de modo a tentar fingir que faz parte de uma sociedade inteligente, e que tem intimidade com as pessoas que difama. Neste país, basta que um homem seja distinto e inteligente para que qualquer língua comum se agite contra ele. E que tipo de vida levam essas pessoas que afirmam ter moral? Meu caro amigo, você se esquece de que estamos na terra natal dos hipócritas.

— Dorian — exclamou Hallward —, essa não é a questão. Sei que a Inglaterra é ruim o bastante, e que a sociedade está toda ela errada. Essa é a razão pela qual quero que você seja correto. Você não tem sido correto. Temos o direito de julgar um homem pelo efeito que ele causa em seus amigos. Os seus parecem perder todo o senso de honra, de bondade, de pureza. Você os preencheu com uma obsessão pelo prazer. Eles sucumbiram às profundezas. Você os levou para lá. Sim: você os levou para lá, e no entanto você é capaz de sorrir, como está sorrindo agora. E por trás disso há algo ainda pior. Sei que você e Harry são inseparáveis. Certamente por essa razão, e por nenhuma outra, você não deveria ter transformado o nome da irmã dele em algo depreciativo.

— Cuidado, Basil. Você está indo longe demais.

— Preciso falar, e você precisa ouvir. Você vai ouvir. Quando conheceu Lady Gwendolen, não havia sequer uma sombra de escândalo nela. Será que agora existe uma única mulher decente em Londres que iria com ela ao parque? Ora, até mesmo os filhos foram proibidos de morar com ela. E há outras histórias — histórias de que você foi visto ao amanhecer rastejando para fora de lugares horríveis, e entrando disfarçado nos covis mais imundos de Londres. São histórias verdadeiras? Podem ser verdadeiras? Quando as ouvi pela primeira vez, eu ri. Ouço-as agora e elas me fazem estremecer. E quanto à sua casa de campo, e à vida levada por lá? Dorian, você não sabe o que tem sido dito. Não vou lhe dizer que não quero pregar um sermão. Lembro-me de Harry dizer uma vez que todo homem que se transforma em um tipo de pároco amador sempre começa falando isso, e então procede a não cumprir a palavra. Eu quero sim pregar--lhe um sermão. Quero que você leve uma vida que obrigue o mundo a lhe respeitar. Quero que você tenha um nome limpo e um passado justo. Quero que você se livre das pessoas terríveis com as quais se relaciona. Não encolha os ombros assim. Não seja tão indiferente. Você exerce uma influência maravilhosa. Deixe que ela seja boa, não má. Dizem que você corrompe todos de quem se torna íntimo, e que isso é o suficiente para que, ao entrar em uma casa, a vergonha ou algo do tipo o acompanhe logo depois. Não sei se é assim. Como eu poderia saber? Mas dizem isso de você. Contaram-me coisas de que parece impossível duvidar. Lord Gloucester era um de meus mais queridos amigos de Oxford. Ele me mostrou uma carta escrita pela esposa quando ela estava morrendo sozinha em sua mansão em Mentone. Seu nome foi envolvido na confissão mais terrível que já li. Eu disse a ele que era um absurdo — que eu lhe conhecia bem e que você era incapaz de qualquer coisa do tipo. Conhecer você? Pergunto-me, será que conheço? Antes de responder isso, deveria ver a sua alma.

— Ver minha alma! — murmurou Dorian Gray, erguendo-se do sofá e se afastando, pálido de medo.

— Sim — respondeu Hallward seriamente, e com um tom profundo de pesar na voz —, ver sua alma. Mas apenas Deus pode fazer isso.

Uma risada amarga de zombaria irrompeu dos lábios do homem mais jovem.

— Você a verá com seus próprios olhos nesta noite! — exclamou, pegando uma luminária da mesa. — Venha: é seu próprio trabalho. Por que você não poderia olhar para ela? Depois poderá contar ao mundo tudo a respeito disso, se assim escolher. Ninguém acreditaria em você. E se acreditassem, gostariam ainda mais de mim por isso. Conheço essa época melhor do que você, embora você tagarele sobre ela de forma tão entediante. Venha, eu lhe peço. Você falou demais sobre corrupção. Agora vai vê-la frente a frente.

Havia algo como uma loucura do orgulho em cada palavra que ele proferia. Batia os pés no chão à sua maneira infantil e insolente. Ele sentiu uma terrível alegria ao pensar que alguém mais iria compartilhar seu segredo, e que o homem que pintara o retrato que era a origem de toda a sua vergonha carregaria, pelo resto da vida, o fardo da hedionda lembrança do que havia feito.

— Sim — continuou, aproximando-se dele e olhando firmemente em seus olhos severos —, vou lhe mostrar a minha alma. Você vai ver aquilo que pensa que somente Deus pode ver.

Hallward se afastou. — Isso é blasfêmia, Dorian! — exclamou. — Você não deve dizer coisas assim. São horríveis, e não significam nada.

— Você acha? — ele riu novamente.

— Eu sei. Quanto ao que lhe disse nesta noite, eu o disse para o seu bem. Você sabe que sempre fui um amigo leal.

— Não me toque. Termine o que você tem para dizer.

Um brilho retorcido de dor atravessou o rosto do pintor. Ele parou por um momento, e uma intensa sensação de piedade o assaltou. Afinal, que direito tinha ele de bisbilhotar a vida de Dorian Gray? Se ele havia feito um décimo do que afirmavam os rumores, quanto deve ter sofrido! Então ele se empertigou, andou até a lareira e permaneceu ali, olhando para as achas ardentes, para as cinzas parecidas com geadas e para os focos latejantes de fogo.

— Estou esperando, Basil — disse o rapaz com uma voz dura e límpida.

Ele se virou. — O que tenho para dizer é isto — exclamou. — Você precisa dar alguma resposta para essas terríveis acusações que lhe fazem. Se me contar que são absolutamente falsas do começo ao fim, vou acreditar em você. Negue-as, Dorian, negue-as! Você não vê o que estou passando? Meu Deus!, não me diga que você é mau, e corrupto, e ignominioso.

Dorian Gray sorriu. Havia uma curva de desprezo em seus lábios. — Vamos subir, Basil — ele disse, calmamente. — Eu mantenho um diário de minha vida, dia a dia, e ele nunca deixa a sala na qual é escrito. Vou mostrá-lo a você, se vier comigo.

— Irei com você, Dorian, se assim o quiser. Vejo que perdi meu trem. Isso não tem importância. Posso ir amanhã. Mas não me peça para ler nada nesta noite. Tudo o que quero é uma resposta simples para a minha pergunta.

— Ela lhe será dada lá em cima. Não posso dá-la aqui. Você não precisará ler muito.

Capítulo 13

Ele saiu da sala e começou a subir, com Basil Hallward seguindo-o de perto. Eles andavam suavemente, como as pessoas fazem instintivamente à noite. A luminária lançava sombras fantásticas na parede e na escada. Um vento cada vez mais forte chacoalhava as janelas.

Quando chegaram ao andar superior, Dorian colocou a luminária no chão e, após retirar a chave, virou-a na fechadura. — Você insiste em saber, Basil? — perguntou numa voz baixa.

— Sim.

— Fico encantado — respondeu, sorrindo. Então, acrescentou, um pouco ríspido: — Você é a única pessoa no mundo com direito a saber tudo sobre mim. Você tem mais a ver com a minha vida do que imagina. — E, pegando a luminária, abriu a porta e entrou. Uma corrente de ar frio passou por eles, e por um momento a luz se transformou em uma chama alaranjada e lúgubre. Ele estremeceu. — Feche a porta atrás de você — sussurrou, enquanto colocava a luminária em uma mesa.

Hallward olhou de relance ao redor com expressão confusa. Parecia que a sala não era frequentada havia anos. Uma tapeçaria flamenga desbotada, um quadro coberto por uma espécie de cortina, um velho *cassone* italiano e uma estante de livros quase vazia — isso era tudo o que parecia haver lá, além de uma cadeira e uma mesa. Enquanto Dorian acendia uma vela queimada pela metade que estava na prateleira, ele notou que todo o lugar estava coberto de pó e que o carpete estava esburacado. Um rato correu debatendo-se atrás do lambril. Havia um odor úmido de mofo.

— Então você pensa que apenas Deus vê a alma, Basil? Afaste aquela cortina e você verá a minha.

A voz que falou era fria e cruel. — Você está louco, Dorian, ou está interpretando um papel — murmurou Hallward, franzindo o cenho.

— Você não fará isso? Então eu mesmo o farei — disse o rapaz, e arrancou a cortina da haste e a atirou no chão.

Uma exclamação de horror irrompeu dos lábios do pintor quando viu, à luz fraca, o rosto medonho na tela sorrindo de modo arreganhado para ele. Havia algo naquela expressão que o encheu de asco e repugnância. Pelos céus! Era para o próprio rosto de Dorian Gray que ele estava olhando! O horror, não importa qual fosse, ainda não havia destruído totalmente aquela maravilhosa beleza. Ainda havia algum dourado no cabelo que rareava e algum escarlate na boca sensual. Os olhos aquosos haviam preservado algo do encanto de seu azul, as curvas nobres ainda não haviam desaparecido de suas narinas cinzeladas e da plasticidade de sua garganta. Sim, era o próprio Dorian. Mas quem o havia pintado? Ele pareceu reconhecer suas próprias pinceladas, e a moldura fora desenhada por ele. A ideia era monstruosa, e ele sentiu medo. Pegou a vela acesa e aproximou-a do retrato. No canto à esquerda estava seu próprio nome, escrito em longas letras com um vermelho vivo.

Era alguma paródia vulgar, alguma sátira infame, ignóbil. Nunca havia feito aquilo. E, no entanto, era sua própria pintura. Ele o sabia, e sentiu como se num instante seu sangue tivesse mudado do fogo ao gelo viscoso. Sua própria pintura! O que aquilo significava? O que havia mudado? Ele se virou e olhou para Dorian Gray com os olhos de um homem doentio. Sua boca se contraiu e sua língua ressecada parecia incapaz de se articular. Ele passou a mão pela testa. Estava molhada de suor pegajoso.

O rapaz estava se inclinando contra a prateleira, observando-o com aquela estranha expressão que vemos nos rostos de pessoas absortas em uma peça, quando um grande artista está representando. Não havia nem tristeza verdadeira, nem alegria verdadeira. Apenas a paixão do espectador, talvez com um cintilar de triunfo em seus olhos. Ele havia retirado a flor do casaco, e a cheirava, ou fingia fazê-lo.

— O que significa isso? — exclamou Hallward, enfim. Sua própria voz soou estridente e estranha a seus ouvidos.

— Anos atrás, quando eu era um menino — disse Dorian Gray, esmagando a flor nas mãos —, você me conheceu, me bajulou e me ensinou a me envaidecer com a minha bela aparência. Certo dia, você me apresentou a um amigo seu que me explicou sobre as maravilhas da juventude, e você concluiu um retrato que revelou para mim as maravilhas da beleza. Em um momento de desvario do qual, mesmo agora, não sei se me arrependo ou não, formulei um pedido, que talvez você chame de uma prece...

— Eu me lembro! Oh, quão bem me lembro! Não!, isso é impossível. O cômodo está úmido. O bolor penetrou a tela. As tintas que usei tinham nelas algum maldito veneno mineral. Eu digo a você que isso é impossível.

— Ah, o que é impossível? — murmurou o jovem indo até a janela e apoiando a testa contra o vidro frio e borrado pela neblina.

— Você me disse que o tinha destruído.

— Eu estava errado. O quadro é que me destruiu.

— Não acredito que seja meu retrato.

— Você não consegue ver seu ideal nele? — perguntou Dorian amargamente.

— O meu ideal, como você o chama...

— Como você o chamou.

— Não havia nada de mau nele, nada vergonhoso. Você era para mim um ideal como o que nunca mais encontrarei novamente. Este é o rosto de um sátiro.

— É o rosto da minha alma.

— Cristo!, que coisa eu fui adorar! Isso tem os olhos de um demônio.

— Cada um de nós tem o céu e o inferno dentro de si, Basil — exclamou Dorian com um gesto descontrolado de desespero.

Hallward virou-se novamente para o quadro e o encarou. — Meu Deus! Se for verdade — exclamou —, e se for isso o que você fez com a sua vida, ora, deve ser ainda pior do que afirmam aqueles que falam contra você! — Ele ergueu de novo a luz na direção da tela e a examinou. A superfície parecia estar intocada e como a deixara. Era de dentro, aparentemente, que a vileza e o horror haviam vindo. Por meio de alguma estranha aceleração da vida interior, os lepromas do pecado estavam devorando lentamente a coisa. A putrefação de um cadáver em uma cova úmida não era tão aterrorizante.

A mão dele estremeceu, e a vela caiu do castiçal e ficou no chão crepitando. Ele a apagou com o pé. Então, lançou-se na frágil cadeira que estava ao lado da mesa e enterrou o rosto nas mãos.

— Bom Deus, Dorian, que lição! Que terrível lição! — Não houve resposta, mas ele podia ouvir o rapaz soluçando na janela. — Reze, Dorian, reze — ele murmurou. — O que aprendemos a dizer durante a nossa juventude? "Não nos deixeis cair em tentação. Livrai-nos dos nossos pecados. Lavai as nossas iniquidades". Vamos dizer isso juntos. A prece do seu orgulho foi atendida. A prece de seu arrependimento também será. Eu o idolatrei demais. Estou sendo punido por isso. Você se idolatrou demais. Ambos estamos sendo punidos.

Dorian Gray virou-se lentamente e olhou para ele com olhos marejados. — É tarde demais, Basil — vacilou.

— Nunca é tarde demais, Dorian. Vamos nos ajoelhar e tentar lembrar de uma oração. Não existe algum verso do tipo "Embora seus pecados sejam escarlates, vou torná-los brancos como a neve"?

— Essas palavras não significam nada para mim agora.

— Silêncio! Não diga isso. Você já fez muito mal em sua vida. Meu Deus! Você não vê aquela coisa amaldiçoada zombando de nós?

Dorian Gray lançou um olhar para o quadro, e de repente foi tomado por um incontrolável sentimento de ódio por Basil, como se lhe fosse sugerido pela imagem na tela, sussurrado em seu ouvido por aqueles lábios escarnecedores. As paixões desvairadas de um animal acuado se agitaram nele, e sentiu repugnância pelo homem que estava sentado à mesa, mais do que o repugnara qualquer outra coisa em toda a sua vida. Ele olhou selvagemente ao redor. Algo cintilou no aparador pintado à sua frente. Seus olhos se detiveram naquilo. Era uma faca que ele havia trazido para cima alguns dias antes para cortar um pedaço de corda, e que havia se esquecido de levar de volta. Aproximou-se dela devagar, passando por Hallward ao fazê-lo. Assim que ficou atrás dele, pegou-a e se virou. Hallward se agitou na cadeira, como se fosse se levantar. Dorian correu até ele e enfiou-lhe a faca na grande veia atrás da orelha, esmagando a cabeça do homem contra a mesa e a esfaqueando várias vezes.

Houve um gemido sufocado, e o terrível ruído de alguém que se engasga com sangue. Por três vezes os braços esticados se agitaram convulsivamente, balançando mãos grotescas de dedos rígidos no ar. Ele o esfaqueou mais duas vezes, mas o homem não se mexeu. Algo começou a gotejar no assoalho. Esperou por um momento, ainda pressionando a cabeça para baixo. Então, lançou a faca na mesa, e escutou.

Não conseguiu ouvir nada além das gotas no surrado carpete. Abriu a porta e passou ao corredor. A casa estava absolutamente silenciosa. Não havia ninguém por perto. Durante alguns segundos, ficou debruçado sobre a balaustrada, espreitando o poço negro e fervente da escuridão. Então, pegou a chave e voltou à sala, trancando-se lá.

A coisa ainda estava sentada na cadeira, retorcida sobre a mesa com a cabeça inclinada, e uma corcunda, e longos e extraordinários braços. Se não fosse pelo talhe vermelho irregular no pescoço e pela poça de sangue coagulado que lentamente se espalhava pela mesa, seria possível dizer que o homem apenas estava dormindo.

Quão rápido tudo tinha sido feito! Ele se sentiu estranhamente calmo, e, indo até a janela, abriu-a e saiu para a varanda. O vento havia dissipado a névoa, e o céu parecia a gigantesca cauda de um pavão, estrelado com miríades de olhos dourados. Ele olhou para baixo e viu o policial fazendo sua ronda e projetando o extenso facho de sua lanterna nas portas das casas silenciosas. A mancha carmesim de uma charrete cintilou na esquina e depois desapareceu. Uma mulher com um xale volitante se arrastava lentamente pelas grades, vacilando enquanto passava. Volta e meia ela parava e olhava para trás. Em certo momento, começou a cantar com uma voz rouca. O policial se aproximou e lhe disse algo. Ela se afastou cambaleando, rindo. Uma rajada áspera varreu a praça. As luminárias a gás bruxulearam e se tornaram azuis, e as árvores desfolhadas balançaram seus ramos de ferro preto para cá e para lá. Ele estremeceu e entrou, fechando a janela atrás de si.

Após chegar à porta, virou a chave e a abriu. Sequer olhou de relance para o homem assassinado. Sentiu que o segredo de tudo aquilo era não refletir sobre a situação. O amigo que pintara o retrato fatal ao qual ele devia toda a sua desgraça havia saído de sua vida. Isso era o suficiente.

Depois, ele se lembrou da luminária. Era um estranho objeto de manufatura mourisca, feita com prata incrustada e com arabescos de aço polido, e cravejada de turquesas grotescas. Talvez seu criado desse por falta dela, e isso acarretaria perguntas. Hesitou por um momento, e então voltou e pegou-a da mesa. Não pôde evitar olhar para a coisa morta. Quão imóvel estava! Quão horrivelmente brancas as longas mãos pareciam! Era como uma medonha imagem de cera.

Depois de trancar a porta atrás de si, arrastou-se silenciosamente para baixo. O assoalho de madeira rangeu e pareceu gemer, como se sentisse dor. Ele se deteve por várias vezes e esperou. Não: tudo estava silencioso. Era apenas os ruídos de seus próprios passos.

Quando chegou à biblioteca, viu a maleta e o sobretudo no canto. Precisavam ser escondidos em algum lugar. Destrancou um armário secreto que ficava atrás do lambril, no qual ele mantinha seus curiosos disfarces, e os colocou lá. Depois, poderia facilmente queimá-los. Então, sacou o relógio. Eram vinte para as duas da manhã.

Ele se sentou e começou a pensar. Todos os anos — quase todos os meses —, homens eram enforcados na Inglaterra por aquilo que ele tinha feito. Havia uma loucura de assassinatos no ar. Alguma estrela vermelha se aproximara demais da terra... E no entanto, que evidências existiam contra ele? Basil Hallward havia deixado a casa às onze. Ninguém o tinha visto voltar. A maioria dos criados estava em Selby Royal. Seu pajem tinha ido dormir... Paris! Sim. Era para Paris que Basil tinha ido, e no trem da meia-noite, conforme pretendia. Com seus estranhos e reservados hábitos, passariam meses antes que qualquer suspeita surgisse. Meses! Tudo poderia ser destruído bem antes disso.

Um pensamento repentino o atingiu. Vestiu o casaco de pele e o chapéu e foi até o hall. Lá ele parou, ouvindo os passos lentos e pesados do policial na calçada do lado de fora e vendo o clarão do olho de boi refletido na janela. Esperou e prendeu a respiração.

Após alguns instantes, abriu o trinco e deslizou para fora, fechando cuidadosamente a porta. Então, começou a tocar a campainha. Após cerca de cinco minutos, seu pajem apareceu, meio vestido e parecendo muito sonolento.

— Lamento tê-lo acordado, Francis — ele disse, entrando —, mas me esqueci de minha chave. Que horas são?

— Duas e dez, senhor — respondeu o homem, olhando para o relógio e piscando.

— Duas e dez? Que horrivelmente tarde! Você precisa me acordar às nove amanhã. Tenho algum trabalho para fazer.

— Tudo bem, senhor.

— Alguém me procurou nesta noite?

— O senhor Hallward, senhor. Ele ficou aqui até as onze, e então partiu para pegar o trem.

— Oh! Sinto por não tê-lo visto. Ele deixou alguma mensagem?

— Não, senhor, exceto que ele escreveria para o senhor de Paris, se não o encontrasse no clube.

— Está bem, Francis. Não se esqueça de me chamar às nove amanhã.

— Não, senhor,

O homem seguiu tropeçando pelo corredor em seus chinelos.

Dorian Gray lançou seu chapéu e seu casaco na mesa e passou para a biblioteca. Por cerca de quinze minutos ele andou para cima e para baixo da sala, mordendo os lábios e pensando. Então, olhou para o Livro Azul de uma das estantes e começou a folheá-lo. "Allan Campbell, 152, Hertford Street, Mayfair". Sim; era o homem que ele queria.

Capítulo 14

Às nove em ponto da manhã seguinte, seu pajem entrou com uma xícara de chocolate em uma bandeja e abriu as persianas. Dorian dormia muito tranquilamente, virado para o lado direito, com uma mão sob a bochecha. Parecia um menino que havia se cansado de brincar ou de estudar.

O homem precisou tocá-lo duas vezes no ombro para que ele acordasse, e, ao abrir os olhos, um vago sorriso atravessou-lhe os lábios, como se estivesse perdido em meio a um sonho prazeroso. No entanto, ele não havia sonhado nada. Sua noite não fora perturbada por qualquer imagem de prazer ou de dor. Mas a juventude sorri sem qualquer razão. É um de seus principais encantos.

Ele se virou e, apoiando-se sobre o cotovelo, começou a sorver o chocolate. O suave sol de novembro derramava-se pelo quarto. O céu estava claro, e havia uma ternura amena no ar. Era quase como uma manhã de maio.

Aos poucos os eventos da noite anterior se insinuaram com pés silenciosos e manchados de sangue em seu cérebro, e lá se reconstituíram com terrível clareza. Ele tremeu ante a memória de tudo o que havia sofrido, e por um momento o mesmo estranho sentimento de repugnância por Basil Hallward que o levou a matá-lo enquanto estava sentado na cadeira voltou a ele, e ele se tornou gelado pela emoção. O homem morto ainda estava sentado lá, e à luz do sol, agora. Como aquilo era horrível! Coisas medonhas assim eram para a escuridão, não para o dia.

Ele sentiu que, se pensasse muito no que havia se passado, ficaria doente ou enlouqueceria. Havia pecados cujo fascínio estava mais na lembrança do que no ato, estranhos triunfos que gratificavam o orgulho mais do que as paixões, e que proporcionavam ao intelecto uma intensa sensação de alegria, maior do que qualquer alegria que trariam, ou que poderiam trazer, aos sentidos. Mas este não era um deles. Era algo a ser expulso da mente, a ser narcotizado com papoulas, a ser estrangulado para que não o estrangulasse.

Quando soou a meia hora, ele passou a mão pela testa, levantou-se apressadamente e se vestiu com ainda mais cuidado do que o habitual, dedicando bastante atenção à escolha da gravata e do prendedor do xale, e trocando mais de uma vez os anéis. Também passou um longo tempo ocupando-se do café da manhã, experimentando os vários pratos, conversando com seu pajem sobre alguns novos *librés* que ele estava pensando em mandar fazer para os empregados em Selby, e verificando a correspondência. Diante de algumas cartas, sorriu. Três delas o entediaram. Uma ele leu várias vezes seguidas e depois a destruiu com uma sutil expressão de contrariedade no rosto. "Aquela coisa terrível, a memória de uma mulher!", como Lord Henry dissera uma vez.

Depois de tomar uma xícara de café preto, limpou lentamente os lábios com um guardanapo, fez menção ao criado para que esperasse e, indo até a mesa, sentou-se e escreveu duas cartas. Uma delas colocou no bolso, e outra entregou ao pajem.

— Leve-a para a Hertford Street, número 152, Francis, e se o senhor Campbell estiver fora da cidade, obtenha seu endereço.

Assim que ficou sozinho, acendeu um cigarro e começou a rabiscar em um pedaço de papel, desenhando primeiro flores e detalhes de arquitetura, e então rostos humanos. De repente, deu-se conta de que todos os rostos que desenhava pareciam ter uma semelhança fantástica com Basil Hallward. Ele franziu o cenho e, levantando-se, foi até a estante de livros e retirou um volume ao acaso. Estava determinado a não pensar sobre o que havia acontecido, até que fosse absolutamente necessário que ele o fizesse.

Quando havia se esticado no sofá, olhou para a página de rosto do livro. Era *Émaux et Camées*, de Gautier, na edição de papel japonês de Charpentier, com a gravura de Jacquemart. A encadernação era em couro verde-limão, com o desenho de uma treliça dourada e pontilhada com romãs. Fora dado a ele por Adrian Singleton. Enquanto virava as páginas, seus olhos se detiveram no poema sobre a mão de Lacenaire, a fria mão amarela *"du supplice encore mal lavée"*[5], com os pelos vermelhos aveludados e os *"doigts de faune"*[6]. Ele olhou para seus próprios dedos brancos e finos, estremecendo levemente a despeito de si mesmo, e continuou, até chegar às adoráveis estrofes sobre Veneza:

Sur une gamme chromatique,
Le sein de perles ruisselant,
La Venus de l'Adriatique
Sort de l'eau son corps rose et blanc.
Les domes, sur l'azur des ondes
Suivant la phrase au pur contour,
S'enflent comme des gorges rondes
Que souleve un soupir d'amour.

....
5 "do suplício ainda mal lavado".
6 "dedos de fauno."

L'esquif aborde et me depose,
Jetant son amarre au pilier,
Devant une façade rose,
Sur le marbre d'un escalier.[7]

Quão extraordinárias eram! Enquanto as líamos, parecíamos flutuar pelos canais de água esverdeada da cidade rosa e perolada, sentados em uma gôndola preta com a proa prateada e cortinas esvoaçantes. As meras linhas dos versos pareciam a ele como aquelas linhas retas de azul-turquesa que nos seguem quando saímos do Lido. Os súbitos lampejos de cor o lembraram daquele brilho dos pássaros de pescoço irisado e de opalina que flutuavam ao redor do alto Campanile, que pareciam favos de mel, ou que se aproximavam com imponente graça, através das arcadas apagadas e manchadas de pó. Recostando-se com os olhos semicerrados, ele repetiu para si mesmo várias e várias vezes:

"Devant une façade rose,
Sur le marbre d'un escalier."

Veneza toda estava nesses dois versos. Ele se lembrou do outono que passou lá, e de um maravilhoso amor que o conduziu a sandices loucas, deliciosas. Havia romance em todo lugar. Mas Veneza, como

....
7 Sobre uma gama cromática,
O seio de pérolas gotejantes,
A Vênus do Adriático
Ergue-se da água com o corpo róseo e branco.
Os domos, sobre o azul das ondas
Seguindo a frase de contorno puro,
Inflam-se como gargantas redondas
Que emitem um suspiro de amor.
A gôndola atraca e me deixa
Atirando a corda ao pilar
Diante de uma fachada rósea
No mármore de uma escadaria.

Oxford, havia preservado o cenário para o romance e, para o verdadeiro romântico, o cenário era tudo, ou quase tudo. Basil estivera com ele em parte do tempo, e havia enlouquecido com Tintoretto. Pobre Basil! Que maneira horrível de um homem morrer!

Ele suspirou, retomou o volume e tentou esquecer. Leu sobre as andorinhas que entram e saem do pequeno café em Esmirna onde os hadjis se sentam analisando suas contas de âmbar e os mercadores de turbante fumam seus longos e encurvados cachimbos, falando gravemente uns com os outros; leu sobre o Obelisco na Praça da Concórdia que chora lágrimas de granito em seu solitário exílio sem sol, e que anseia para voltar para as margens quentes e cobertas por lótus do Nilo, onde estão esfinges, e hibiscos rosa-avermelhados, e abutres brancos com garras douradas, e crocodilos com pequenos olhos de berílio que rastejam pela lama verde fumegante; ele começou a meditar sobre aqueles versos que, extraindo música do mármore tingido por beijos, contam sobre aquela estranha estátua que Gautier compara a uma voz contralto, o *"monstre charmant"* que repousa na sala porfírio do Louvre. Mas depois de algum tempo o livro caiu de suas mãos. Ele se tornou nervoso, e foi atingido por um golpe de horror. E se Alan Campbell estivesse fora da Inglaterra? Passariam dias até que ele voltasse. Talvez se recusasse a vir. O que ele poderia fazer, nesse caso? Cada momento era de vital importância. Eles haviam sido grandes amigos um dia, cinco anos antes — quase inseparáveis, na verdade. Então, a intimidade havia se encerrado subitamente. Agora, quando se encontravam socialmente, apenas Dorian Gray sorria: Alan Campbell jamais o fazia.

Ele era um jovem extremamente inteligente, embora não demonstrasse apreciação pelas artes visuais, e o pouco sentimento de beleza que encontrava na poesia viera totalmente de Dorian. Sua principal paixão intelectual era a ciência. Em Cambridge ele havia dedicado boa parte do próprio tempo trabalhando no laboratório, e obtivera uma boa nota nos exames de Ciência Natural em seu ano. Na verdade, ele ainda se entregava ao estudo de química, e tinha um laboratório próprio no qual costumava se trancar todo o dia, em grande medida para o aborrecimento de sua mãe, que havia se empenhado para que ele se candidatasse ao Parlamento, e que tinha a vaga ideia de que um químico era apenas uma pessoa que fazia prescrições. No entanto, ele também era um excelente músico, e tocava tanto violino quanto piano melhor do que a maioria dos amadores. Na verdade, havia sido a música que de início o aproximara de Dorian Gray — a música e aquela indefinível atração que Dorian parecia capaz de exercer sempre que desejasse, e que na verdade exercia com frequência sem sequer ter consciência disso. Eles se conheceram na casa de Lady Berkshire na noite em que Rubinstein tocara lá, e depois disso costumavam sempre ser vistos juntos na ópera e onde quer que houvesse boa música. A intimidade entre eles durou dezoito meses. Campbell sempre estava ou em Selby Royal ou em Grosvenor Square. Para ele, assim como para muitos outros, Dorian Gray era o exemplo de tudo o que é maravilhoso e fascinante na vida. Se algum desentendimento ocorreu entre eles, ninguém jamais o soube. Mas de repente as pessoas notaram que eles mal falavam um com o outro quando se encontravam, e que Campbell parecia sempre sair mais cedo de qualquer evento em que Dorian Gray estivesse presente. Ele havia mudado, também — por vezes parecia estranhamente melancólico, como se quase não gostasse de ouvir música, e ele próprio jamais tocava, dizendo como desculpa, quando era chamado, que estava tão absorto pela ciência que não tinha mais tempo para ensaiar. E isso certamente era verdade. A cada dia ele parecia ficar mais interessado em biologia, e seu nome apareceu uma ou duas vezes em alguns dos periódicos científicos, relacionado a certos experimentos estranhos.

Esse era o homem por quem Dorian Gray estava esperando. Olhava para o relógio a cada segundo. Enquanto os minutos passavam, ele foi ficando horrivelmente agitado. Até que se levantou e começou a caminhar para cima e para baixo no cômodo, parecendo com alguma coisa bela que foi enjaulada. Dava passadas grandes e furtivas. Suas mãos estavam estranhamente frias.

O suspense se tornou insuportável. Parecia que o tempo se arrastava com pés de chumbo, enquanto ele era carregado por ventanias monstruosas na direção da beira denteada da fenda negra de um precipício. Sabia o que o esperava por lá; podia até ver, na verdade, e, estremecendo, esmagou com as mãos úmidas as pálpebras ardentes como se roubasse do próprio cérebro a faculdade da visão, e como se empurrasse os globos oculares de volta para suas cavidades. Era inútil. O cérebro tinha o próprio alimento com que se refestelava, e a imaginação, tornada grotesca pelo terror, desfigurada e distorcida como um ser vivo sentindo dor, dançava como um boneco imundo sobre uma plataforma e disparava sorrisos arreganhados em meio a máscaras que se moviam. Então, de repente, o tempo parou para ele. Sim: aquela coisa cega e de respiração lenta não mais se arrastou, e, com o tempo morto, pensamentos horríveis dispararam habilmente à frente e arrancaram um futuro horrendo do túmulo, e o mostraram a ele. Ele o fitou. O próprio horror o petrificou.

Enfim a porta se abriu e seu criado entrou. Lançou a ele um olhar vítreo.

— O senhor Campbell, senhor — disse o homem.

Um suspiro de alívio irrompeu de seus lábios ressecados, e a cor voltou às maçãs de seu rosto.

— Peça a ele que entre imediatamente, Francis. — Sentiu que voltava a ser senhor de si mesmo. Seu estado de espírito covarde havia passado.

O homem se inclinou e se retirou. Após alguns instantes, Alan Campbell entrou, parecendo severo e muito pálido, o palor sendo intensificado pelo cabelo negro como carvão e pelas sobrancelhas escuras.

— Alan! É muito gentil de sua parte. Agradeço por ter vindo.

— Eu pretendia jamais entrar em sua casa de novo, Gray. Mas você disse que era questão de vida ou morte. — A voz era dura e fria. Ele falava com lentidão deliberada. Havia um ar de desprezo no olhar firme e investigativo que dirigia a Dorian. Mantinha as mãos nos bolsos do casaco de astracã e pareceu não ter notado o gesto com que foi recebido.

— Sim: é questão de vida ou morte, Alan, e para mais de uma pessoa. Sente-se.

Campbell ocupou uma cadeira perto da mesa, e Dorian se sentou de frente para ele. Os olhos de ambos se encontraram. Nos de Dorian, havia uma piedade infinita. Sabia que o que estava para fazer era terrível.

Após um instante de tenso silêncio, ele se inclinou e disse, em voz muito baixa, mas atento ao efeito de cada palavra no rosto da pessoa a quem havia chamado: — Alan, em um cômodo trancado no andar superior desta casa, uma sala à qual ninguém além de mim tem acesso, um homem morto está sentado a uma mesa. Ele está morto há dez horas. Não fique agitado, e não olhe para mim desta forma. Quem o homem é, porque morreu, como morreu, são assuntos que não lhe dizem respeito. O que você precisa fazer é isto...

— Pare, Gray. Não quero saber de mais nada. Não me interessa se o que você me contou é verdade ou não. Eu me recuso totalmente a me envolver na sua vida. Guarde seus horríveis segredos para você. Eles não me interessam mais.

— Alan, eles precisarão interessá-lo. Este terá que interessá-lo. Sinto muito por você, Alan. Mas não posso evitar. Você é o único homem capaz de me salvar. Sou forçado a envolvê-lo no assunto. Não tenho escolha. Alan, você é um cientista. Tem conhecimentos sobre química e coisas do tipo. Você fez experimentos. O que precisa fazer é destruir a coisa que está lá em cima — destruí-la de modo que não sobre nenhum vestígio dela. Ninguém viu essa pessoa vir até a minha casa. Na verdade, neste momento, supõe-se que ele esteja em Paris. Não darão por sua falta por meses. Quando derem, nenhum traço dele deverá ser encontrado aqui. Você, Alan, deve transformá-lo, e tudo o que pertence a ele, em um punhado de cinzas que eu possa dispersar no ar.

— Você está louco, Dorian.

— Ah! Estava esperando que você me chamasse de Dorian.

— Você está louco, eu lhe digo, louco por imaginar que eu moveria um dedo sequer para ajudá-lo, louco por fazer essa confissão monstruosa. Não terei nada a ver com esse assunto, não importa qual seja. Acha que vou colocar minha reputação em perigo por sua causa? Que me interessa o trabalho demoníaco que você pretende fazer?

— Foi suicídio, Alan.

— Fico feliz por isso. Mas quem o levou a cometê-lo? Você, imagino eu.

— Você continua se recusando a fazer isso por mim?

— É claro que sim. Não terei absolutamente nada a ver com isso. Não me importo com a vergonha que recairá sobre você. Você merece toda ela. Eu não lamentaria por ver você caído em desgraça, publicamente caído em desgraça. Como ousa me pedir, a mim entre todos os homens do mundo, para que me envolva nesse horror? Eu pensava que você conhecesse mais a respeito do caráter das pessoas. Seu amigo Lord Henry Wotton não deve ter lhe ensinado muito de psicologia, a despeito das outras coisas que lhe ensinou. Nada vai me convencer a dar um passo sequer para ajudá-lo. Você recorreu ao homem errado. Corra para algum de seus amigos. Não conte comigo.

— Alan, foi assassinato. Eu o matei. Você não sabe o que ele me fez sofrer. Seja qual for a minha vida, ele tinha mais a ver com o que ela se tornou, ou com o que a arruinou, do que o pobre Harry. Ele pode não ter pretendido isso, mas o resultado foi o mesmo.

— Assassinato! Bom Deus, Dorian, foi a esse ponto que você chegou? Não vou denunciá-lo. Não é da minha conta. Além disso, sem o meu envolvimento no assunto, você certamente será preso. Ninguém jamais comete um crime sem fazer algo estúpido. Mas eu não terei nada a ver com isso.

— Você precisa ter algo a ver com isso. Espere, espere um momento; escute-me. Apenas escute-me, Alan. Tudo o que lhe peço é para realizar um certo experimento científico. Você frequenta hospitais e necrotérios, e os horrores que executa neles não o afetam. Se em alguma sala de dissecação hedionda ou em algum laboratório fétido você encontrasse este homem deitado em uma mesa de chumbo, com canaletas vermelhas escavadas para que o sangue fluísse nelas, você apenas o olharia como um objeto admirável. Não daria a mínima importância. Não acreditaria que estaria fazendo nada de errado. Pelo contrário, você provavelmente sentiria que estaria beneficiando a raça humana, ou aumentando a soma de conhecimento no mundo, ou gratificando a curiosidade intelectual, ou algo do tipo. O que quero que você faça é apenas o que já fez muitas vezes antes. Na verdade, destruir um corpo deve ser bem menos horrível do que o trabalho ao qual você está acostumado. E lembre-se, é a única evidência contra mim. Se for descoberta, estarei perdido; e com certeza será descoberta, a não ser que você me ajude.

— Não tenho vontade de ajudá-lo. Você se esquece disso. Sou simplesmente indiferente à coisa toda. Não tem nada a ver comigo.

— Alan, eu lhe suplico. Pense na posição em que estou. Logo antes de você chegar, quase desmaiei de terror. Talvez você conheça o terror por si próprio, um dia. Não!, não pense nisso. Veja a questão da perspectiva puramente científica. Você não pergunta de onde vêm as coisas mortas de seus experimentos. Não pergunte agora. Já lhe disse demais. Mas eu imploro para que o faça. Nós fomos amigos um dia, Alan.

— Não fale desses dias, Dorian... Eles estão mortos.

— Às vezes, os mortos se retardam. O homem lá em cima não irá embora. Ele está sentado à mesa com a cabeça inclinada e os braços esticados. Alan! Alan! Se você não me ajudar, estarei arruinado. Ora, vão me enforcar, Alan! Você não entende? Vão me enforcar pelo que fiz.

— Não há sentido em prolongar essa cena. Eu me recuso terminantemente a me envolver no assunto. É insanidade sua me pedir isso.

— Você se recusa?

— Sim.

— Eu lhe suplico, Alan.

— É inútil.

O mesmo ar de piedade surgiu nos olhos de Dorian Gray. Então, ele estendeu a mão, pegou um pedaço de papel e escreveu algo. Leu duas vezes, dobrou-o cuidadosamente e o empurrou sobre a mesa. Após fazer isso, levantou-se e foi até a janela.

Campbell olhou-o com surpresa, então pegou o papel e o abriu. Enquanto o lia, seu rosto foi se tornando medonhamente pálido e ele tombou sobre a cadeira. Uma sensação horrível de náusea o tomou. Sentiu como se seu coração batesse mortalmente dentro de um buraco vazio.

Depois de dois ou três minutos de um silêncio terrível, Dorian virou-se, aproximou-se e se postou atrás dele, colocando a mão em seu ombro.

— Lamento por você, Alan — murmurou —, mas você não me deixa alternativa. Até já tenho uma carta escrita. Aqui está ela. Veja o endereço. Se não me ajudar, vou enviá-la. Você sabe qual será o resultado. Mas você vai me ajudar. É impossível recusar agora. Tentei poupá-lo. É justo que você o admita. Você foi severo, duro, ofensivo. Tratou-me como nenhum homem jamais ousou fazer — nenhum homem vivo, em todo caso. Eu suportei tudo. Agora cabe a mim dar as regras.

Campbell enterrou o rosto nas mãos, e um tremor o atravessou.

— Sim, é minha vez de das as regras, Alan. Você sabe quais são elas. A coisa é muito simples. Vamos, não se perca nessa perturbação. A coisa precisa ser feita. Encare-a e faça-a.

Um gemido escapou dos lábios de Campbell e ele estremeceu todo. Pareceu-lhe que o tique-taque do relógio na lareira estava dividindo o tempo em átomos de agonia, cada um deles terrível demais para ser suportado. Sentiu como se uma tira de ferro fosse apertada lentamente ao redor de sua testa, como se a desgraça com a qual ele havia sido ameaçado já o tivesse abatido. Era intolerável. Parecia esmagá-lo.

— Vamos, Alan, você precisa decidir de uma vez.

— Não posso fazer isso — disse, mecanicamente, como se as palavras pudessem alterar as coisas.

— Você precisa. Não tem escolha. Não adie.

Ele hesitou por um momento. — Há fogo no quarto de cima?

— Sim, há um fogareiro a gás com amianto.

— Terei que ir para casa pegar algumas coisas do laboratório.

— Não, Alan, você não pode deixar a casa. Escreva em uma folha de papel o que quer e meu criado vai tomar um carro de aluguel para trazer as coisas a você.

Campbell rabiscou algumas linhas, secou-as e endereçou um envelope para seu assistente. Dorian pegou o bilhete e o leu cuidadosamente. Então, tocou a campainha e o entregou para o pajem, com ordens de que voltasse assim que possível trazendo as coisas.

Quando a porta se fechou, Campbell sobressaltou-se de nervosismo e, após se levantar da cadeira, foi até a lareira. Estava tremendo com algum tipo de calafrio. Por cerca de vinte minutos, nenhum dos dois homens falou. Uma mosca zumbia ruidosamente pelo cômodo, e as batidas do relógio eram como os golpes de um martelo.

Quando o carrilhão deu uma hora, Campbell virou-se e, olhando para Dorian Gray, viu que seus olhos estavam tomados por lágrimas. Havia algo na pureza e no refinamento daquele rosto triste que parecia enfurecê-lo.

— Você é vergonhoso, absolutamente vergonhoso! — murmurou.

— Silêncio, Alan. Você salvou a minha vida — disse Dorian.

— Sua vida? Pelos céus!, que vida é essa! Você tem saltado de corrupção em corrupção, e agora culminou em crime. Ao fazer o que farei, o que você me força a fazer, não é na sua vida que estou pensando.

— Ah, Alan — murmurou Dorian Gray com um suspiro —, eu queria que você sentisse por mim um milésimo da piedade que sinto por você. — Ele se virou enquanto falava e ficou olhando para o jardim. Campbell não respondeu.

Depois de cerca de dez minutos, uma batida soou na porta, e o criado entrou carregando um grande baú de mogno de produtos químicos, com um longo rolo de fios de aço e de platina e duas braçadeiras de ferro de formato curioso.

— Devo deixar as coisas aqui, senhor? — ele perguntou a Campbell.

— Sim — respondeu Dorian. — Receio, Francis, que tenha outra tarefa para você. Qual é o nome daquele homem de Richmond que fornece orquídeas para Selby?

— Harden, senhor.

— Sim, Harden. Você precisa ir a Richmond agora mesmo, encontrar Harden pessoalmente, e dizer a ele para que envie duas vezes mais orquídeas do que pedi, e que inclua o mínimo possível de brancas. Na verdade, não quero nenhuma branca. O dia está adorável, Francis, e Richmond é um lugar muito bonito — de outra forma, eu não o incomodaria com isso.

— Sem problema, senhor. A que horas devo estar de volta?

Dorian olhou para Campbell. — Quanto tempo vai levar seu experimento, Alan? — perguntou com um tom calmo, indiferente. A presença de uma terceira pessoa na sala parecia dar a ele uma coragem extraordinária.

Campbell franziu o cenho e mordeu o lábio. — Vai levar cerca de cinco horas — respondeu.

— Assim sendo, haverá tempo o suficiente se você voltar às sete e meia, Francis. Ou melhor, fique: apenas separe as roupas que vou vestir. Você pode tirar a noite de folga. Não vou jantar em casa, então não precisarei de você.

— Obrigado, senhor — disse o homem, deixando o quarto.

— Agora, Alan, não há um segundo a perder. Como esse baú é pesado! Vou levá-lo. Você traz as outras coisas — falou rapidamente e de forma autoritária. Campbell se sentiu dominado por ele. Deixaram a sala juntos.

Quando chegaram ao andar de cima, Dorian pegou a chave e a virou na fechadura. Então ele se deteve, e um ar de perturbação surgiu em seus olhos. Estremeceu.

— Não acho que consigo entrar, Alan — murmurou.

— Não me importa. Não preciso de você — disse Campbell friamente.

Dorian entreabriu a porta. Ao fazê-lo, viu o rosto de seu retrato espreitando malévolo à luz do sol. No piso em frente a ele estava a cortina rasgada. Lembrou-se de que na noite anterior havia se esquecido, pela primeira vez na vida, de esconder a tela fatal, e estava prestes a correr naquela direção quando recuou, estremecendo.

O que era aquele gotejar repugnante que brilhava, úmido e reluzente, em uma das mãos, como se a tela tivesse transpirado sangue? Como era horroroso! — naquele momento, parecia-lhe mais horroroso do que a coisa silenciosa que ele sabia estar estendida sobre a mesa, a coisa cuja sombra desfigurada e grotesca no carpete manchado lhe revelava que não tinha se mexido, mas que ainda estava lá, como ele a deixara.

Respirou profundamente, abriu a porta um pouco mais e, com os olhos semicerrados e desviando a cabeça, entrou rapidamente, determinado a não olhar sequer uma vez para o homem morto. Então, inclinou-se para pegar a manta dourada e roxa e a atirou sobre o retrato.

Ali ele parou, com medo de se virar, e seus olhos fixaram os emaranhados do padrão à sua frente. Ouviu Campbell trazendo o pesado baú, e os ferros, e as outras coisas que ele havia exigido para seu macabro trabalho. Começou a se perguntar se ele e Basil haviam se conhecido e, caso sim, o que pensavam um do outro.

— Deixe-me, agora — disse uma voz áspera atrás de si.

Ele se virou e saiu apressado, vagamente consciente de que o homem morto fora empurrado para trás na cadeira e que Campbell fitava um rosto amarelo brilhante. Enquanto descia, ouviu a chave girando na fechadura.

Passara muito das sete horas quando Campbell voltou à biblioteca. Estava pálido, mas absolutamente calmo.

— Fiz o que você me pediu para fazer — resmungou. — E agora, adeus. Permita que não nos vejamos nunca mais.

— Você me salvou da ruína, Alan. Não vou me esquecer disso — disse Dorian, simplesmente.

Assim que Campbell partiu, ele subiu. Havia no cômodo um odor horrível de ácido nítrico. Mas a coisa que estava sentada à mesa havia desaparecido.

Capítulo 15

Naquela noite, às oito e meia, magnificamente vestido e usando na lapela um grande arranjo de violetas de Parma, Dorian Gray foi conduzido à sala de estar de Lady Narborough por empregados em reverência. Sua testa latejava com nervos descontrolados, e ele se sentia selvagemente excitado, mas as suas maneiras, ao inclinar-se sobre a mão da anfitriã, eram tranquilas e graciosas como sempre. Talvez nunca nos sintamos tão à vontade como quando temos que interpretar um papel. Certamente ninguém que visse Dorian Gray naquela noite poderia acreditar que ele havia passado por uma tragédia tão horrível como qualquer outra de nossos tempos. Aqueles dedos de formas tão delicadas jamais poderiam apertar uma faca em nome do pecado, e aqueles lábios sorridentes tampouco afrontariam Deus e a bondade. Ele próprio não podia evitar pensar na tranquilidade de sua conduta, e por um instante sentiu intensamente o terrível prazer de uma vida dupla.

Era uma reunião pequena, organizada um tanto às pressas por Lady Narborough, que era uma mulher muito inteligente e detentora daquilo que Lord Henry costumava descrever como os espólios de uma feiúra realmente notável. Ela se provara uma excelente esposa para um de nossos embaixadores mais enfadonhos e, tendo enterrado o marido adequadamente em um mausoléu de mármore que ela mesma havia desenhado, e tendo casado suas filhas com homens ricos e um tanto envelhecidos, devotava-se agora aos prazeres da literatura francesa, da culinária francesa, e do *ésprit* francês, quando o tinha ao alcance.

Dorian era um de seus favoritos, e ela sempre lhe dizia que se sentia extremamente contente por não tê-lo conhecido antes. "Você sabe, meu querido, que eu teria me apaixonado loucamente por você", costumava dizer, "e que teria lançado minha touca nos moinhos por sua causa. É muita sorte que você não tenha sido cogitado na época. Naqueles tempos, nossas toucas eram inapropriadas, e os moinhos estavam tão ocupados tentando deslocar o vento, que jamais tive um flerte com alguém. Entretanto, isso foi tudo culpa de Narborough. Ele tinha uma visão terrivelmente prejudicada, e não há prazer em tomar por marido alguém que nunca vê nada."

Os convidados naquela noite eram muito enfadonhos. O fato, conforme ela explicou a Dorian por trás de um leque muito surrado, era que uma de suas filhas casadas havia vindo subitamente morar com ela e, para piorar as coisas, havia trazido o marido junto.

— Acho que isso foi extremamente indelicado da parte dela, meu caro — sussurrou a anfitriã. — É claro que fico com eles todo verão depois de voltar de Homburg, mas uma velha mulher como eu precisa de ar fresco às vezes, e, além disso, eu realmente os animo. Você não tem ideia da existência que eles levam por lá. É a pura e inalterada vida do campo. Acordam cedo, porque têm muito para fazer, e vão dormir cedo, porque têm tão pouco no que pensar. Não há um escândalo na vizinhança desde o tempo da Rainha Elizabeth, e consequentemente todos adormecem depois do jantar. Você não deve se sentar perto deles. Sente-se ao meu lado e me entretenha.

Dorian murmurou um gracioso elogio e olhou ao redor pela sala. Sim: era certamente uma reunião entediante. Duas das pessoas ele nunca havia visto antes e as outras consistiam de Ernest Harrowden, uma daquelas mediocridades de meia idade tão comuns nos clubes de Londres, que não têm inimigos, mas que desagradam totalmente aos amigos; Lady Ruxton, uma mulher de quarenta e sete anos que se vestia de forma espalhafatosa, com um nariz adunco, e que estava sempre tentando se comprometer com alguém, mas que era tão peculiarmente simplória que, para seu grande desapontamento, ninguém jamais iria acreditar em nada contra seu respeito; a senhora Erlynne, uma ninguém atrevida, com um encantador ceceio e cabelos vermelhos venezianos; Lady Alice Chapman, a filha da anfitriã, uma garota deselegante e tola, com um daqueles típicos rostos britânicos que, uma vez vistos, jamais são lembrados; e seu marido, uma criatura de bochechas vermelhas e suíças brancas que, como tantos de sua classe, tinha a impressão de que a jovialidade excessiva podia compensar a completa ausência de ideias.

Ele lamentava muito por ter ido, ao menos até que Lady Narborough, olhando para o grande relógio de ouropel dourado que se espalhava com curvas desajeitadas sobre a lareira revestida de malvas drapeadas, exclamou:

— Que medonho da parte de Henry Wotton se atrasar assim! Enviei-lhe um convite nesta manhã, e ele prometeu lealmente não me desapontar.

Era de algum consolo que Harry devesse estar lá, e, quando a porta se abriu e ele ouviu sua voz lenta e musical conferindo charme a um pedido insincero de desculpas, deixou de se sentir entediado.

No entanto, durante o jantar, não conseguiu comer nada. Prato após prato se foi sem ser experimentado. Lady Narborough ficou repreendendo-o pelo que chamou de "um insulto ao pobre Adolphe, que criou o menu especialmente para você", e vez por outra Lord Henry o olhava, perguntando-se sobre seu silêncio e suas maneiras distraídas. De tempos em tempos, o mordomo enchia sua taça com champanhe. Bebia avidamente, e sua sede só parecia aumentar.

— Dorian — disse Lord Henry enfim, quando o *chaud-froid* era servido —, qual é seu problema esta noite? Você está bem aéreo.

— Acho que ele está apaixonado — exclamou Lady Narborough —, e está com medo de me contar por temer que eu sinta ciúme. Ele tem toda razão. Eu certamente sentiria.

— Minha querida Lady Narborough — murmurou Dorian, sorrindo —, não me apaixono já faz uma semana inteira; na verdade, desde que Madame de Ferrol deixou a cidade.

— Como é que vocês homens podem se apaixonar por aquela mulher? — exclamou a velha senhora. — Sinceramente não consigo entender.

— É simplesmente porque ela lembra a senhora quando era uma menininha, Lady Narborough — afirmou Lord Henry. — Ela é o único elo entre nós e seus vestidos curtos.

— Ela não lembra de jeito algum dos meus vestidos curtos, Lord Henry. Mas eu me lembro muito bem dela em Viena trinta anos atrás, e de como ela era *décolletée* naquela época.

— Ela ainda é *décolletée* — ele respondeu, pegando uma azeitona com seus longos dedos —; e quando usa um vestido muito elegante, ela se parece com uma *édition de luxe* de um romance francês ruim. Ela é realmente maravilhosa, e cheia de surpresas. Sua capacidade para o afeto familiar é extraordinária. Quando seu terceiro marido morreu, seus cabelos ficaram muito dourados com o luto.

— Como você ousa, Harry! — exclamou Dorian.

— É uma explicação muito romântica — riu a anfitriã. — Mas o terceiro marido dela, Lord Henry! Não está querendo dizer que Ferrol é o quarto?

— Certamente, Lady Narborough.

— Não acredito em uma palavra disso.

— Bem, pergunte ao senhor Gray. Ele é um de seus amigos mais íntimos.

— É verdade, senhor Gray?

— Ela me garante que sim, Lady Narborough — disse Dorian. — Perguntei-lhe se, assim como Marguerite de Navarre, ela mandara embalsamar os corações deles e os pendurara no cinto. Disse-me que não, porque nenhum deles sequer havia tido um coração.

— Quatro maridos! Palavra, isso é *trop de zèle*.

— *Trop d'audace*, eu diria a ela — afirmou Dorian.

— Oh! Ela é audaciosa o suficiente para qualquer coisa, meu querido. E como é Ferrol? Não o conheço.

— Os maridos de mulheres muito bonitas pertencem à classe dos criminosos — disse Lord Henry, sorvendo seu vinho.

Lady Narborough bateu nele com o leque. — Lord Henry, não fico nada surpresa quando o mundo afirma que o senhor é extremamente maldoso.

— Mas que mundo afirma isso? — perguntou Lord Henry, erguendo as sobrancelhas. — Só pode ser o mundo do além. Este mundo e eu nos damos maravilhosamente bem.

— Todo mundo que conheço diz que o senhor é muito maldoso — exclamou a velha senhora, balançando a cabeça.

Lord Henry pareceu sério por alguns momentos. — Isso é perfeitamente monstruoso — disse, enfim —, a maneira com que as pessoas hoje em dia saem dizendo pelas costas coisas que são absoluta e inteiramente verdadeiras.

— Ele não é incorrigível? — exclamou Dorian, inclinando-se para a frente em sua cadeira.

— Espero que seja — respondeu a anfitriã, rindo. — Mas realmente, se vocês todos veneram Madame de Ferrol dessa forma ridícula, precisarei me casar de novo para entrar na moda.

— A senhora nunca vai se casar de novo, Lady Narborough — interrompeu Lord Henry. — A senhora era feliz demais. Quando uma mulher se casa novamente, é porque ela detestava o primeiro marido. Quando um homem se casa de novo, é porque ele adorava a primeira esposa. Mulheres tentam a própria sorte; homens arriscam-na.

— Narborough não era perfeito — exclamou a velha senhora.

— Se ele fosse, a senhora não o teria amado, minha querida — foi a resposta. — As mulheres nos amam por nossos defeitos. Se os temos em número suficiente, elas vão nos perdoar por tudo, até por nossos intelectos. Receio que a senhora nunca mais me convidará para jantar depois de eu dizer isso, Lady Narborough, mas é a pura verdade.

— É claro que é verdade, Lord Henry. Se nós, mulheres, não amássemos vocês pelos seus defeitos, onde vocês todos estariam? Nenhum de vocês jamais seria casado. Seriam um bando de solteirões infelizes. Não que isso os mudaria muito, em todo caso. Hoje em dia, todos os homens casados vivem como solteiros, e todos os solteiros como homens casados.

— *Fin de siècle* — murmurou Lord Henry.

— *Fin du globe* — respondeu a anfitriã.

— Gostaria que fosse *fin du globe* — disse Dorian Gray com um suspiro. — A vida é uma grande decepção.

— Ah, meu caro — exclamou Lady Narborough, vestindo as luvas —, não me diga que o senhor esgotou a vida. Quando um homem disso isso, sabemos que a vida o deixou exausto. Lord Henry é muito maldoso, e às vezes eu também queria sê-lo; mas o senhor é feito para ser bom; o senhor parece tão bom. Preciso encontrar uma boa esposa para o senhor. Lord Henry, não acha que o senhor Gray deveria se casar?

— Sempre digo isso a ele, Lady Narborough — falou Lord Henry com uma mesura.

— Bem, precisamos procurar por um par à altura dele. Vou analisar o Debrett com toda a atenção hoje à noite e elaborar uma lista de todas as jovens elegíveis.

— Com as idades delas, Lady Narborough? — perguntou Dorian.

— É claro, com as idades, sutilmente editadas. Mas nada deve ser feito com pressa. Quero que se trate do que o *The Morning Post* chama de uma aliança conveniente, e quero que vocês dois sejam felizes.

— Que absurdos as pessoas falam sobre casamentos felizes! — exclamou Lord Henry. — Um homem pode ser feliz com qualquer mulher, desde que não a ame.

— Ah!, como o senhor é cínico! — lançou a velha senhora, afastando a cadeira para trás e acenando para Lady Ruxton. — O senhor deve vir jantar comigo de novo, e logo. É realmente um tônico admirável, muito melhor do que aquele que Sir Andrew prescreve para mim. O senhor deve me dizer que pessoas deseja encontrar, no entanto. Quero que seja uma reunião deliciosa.

— Gosto de homens que tenham um futuro e de mulheres que tenham um passado — ele respondeu. — Ou a senhora acha que isso faria com que a reunião virasse um encontro de pessoas desocupadas e fofoqueiras?

— Receio que sim — ela disse, rindo, enquanto se levantava. — Mil perdões, minha querida Lady Ruxton — acrescentou —, não vi que a senhora não tinha terminado seu cigarro.

— Não se preocupe, Lady Narborough. Eu fumo demais. Vou me conter, no futuro.

— Não faça isso, Lady Ruxton — disse Lord Henry. — A moderação é uma coisa fatal. O suficiente é tão ruim quanto uma refeição. Mais do que o suficiente é tão bom quanto um banquete.

Lady Ruxton olhou-o com curiosidade. — O senhor precisa vir me explicar isso em alguma tarde, Lord Henry. Soa como uma teoria fascinante — murmurou, enquanto saía da sala.

— Agora, cuidado para não se demorarem muito com sua política e seus escândalos — exclamou Lady Narborough da porta. — Se o fizerem, certamente teremos querelas lá em cima.

Os homens riram, e o senhor Chapman se levantou solenemente do final da mesa e veio até a cabeceira. Dorian Gray saiu de seu lugar e foi se sentar ao lado de Lord Henry. O senhor Chapman começou a falar com uma voz forte sobre a situação na Câmara dos Comuns. Ele gargalhou ruidosamente dos adversários. A palavra *"doctrinaire"* — repleta de terror para a mente dos britânicos — reapareceu de tempos em tempos em meio às explosões do homem. Um prefixo aliterativo servia como ornamento de oratória. Ele alçou a Union Jack aos pináculos do pensamento. A estupidez inerente à raça — que ele chamava jovialmente de "saudável bom senso inglês" — mostrava-se como o baluarte apropriado da sociedade.

Um sorriso recurvou os lábios de Lord Henry, e ele se virou e olhou para Dorian.

— Você está melhor, meu caro amigo? — perguntou. — Parecia bastante aéreo no jantar.

— Estou muito bem, Harry. Estou cansado. Apenas isso.

— Você estava encantador noite passada. A pequena duquesa é muito dedicada a você. Disse-me que vai até Selby.

— Ela prometeu vir no dia 20.

— Monmouth também estará lá?

— Oh, sim, Harry.

— Ele me entedia terrivelmente, quase tanto quanto a entedia. Ela é muito inteligente, inteligente demais para uma mulher. Falta a ela o charme indefinível da fragilidade. São os pés de barro que tornam o ouro da imagem precioso. Os pés dela são muito bonitos, mas não são de barro. Pés de porcelana branca, se preferir. Passaram pelo fogo, e o que o fogo não destrói, enrijece. Ela teve suas experiências.

— Há quanto tempo é casada? — perguntou Dorian.

— Uma eternidade, conforme ela me disse. De acordo com a aristocracia, acho que há dez anos, mas dez anos com Monmouth devem ser como a eternidade, com ainda mais tempo. Quem mais irá?

— Oh, os Willoughbys, Lord Rugby e sua esposa, nossa anfitriã, Geoffrey Clouston, a trupe de sempre. Convidei Lord Grotrian.

— Gosto dele — afirmou Lord Henry. — Muita gente não gosta, mas acho-o encantador. Ele compensa o fato de ocasionalmente se vestir de forma extravagante sendo bem-educado em exagero. É um tipo muito moderno.

— Não sei se ele poderá ir, Harry. Pode ter que ir a Monte Carlo com o pai.

— Ah!, que aborrecimento são as pessoas! Tente fazer com que ele vá. A propósito, Dorian, você foi embora muito cedo ontem à noite. Saiu antes das onze. O que fez depois? Foi direto para casa?

Dorian olhou-o de relance precipitadamente e franziu o cenho.

— Não, Harry — disse, enfim —, só voltei para casa perto das três.

— Você foi ao clube?

— Sim — ele respondeu. E mordeu o lábio. — Não, eu não quis dizer isso. Não fui ao clube. Andei por aí. Eu me esqueci do que fiz... Como você está inquiridor, Harry! Sempre quer saber o que andamos fazendo. Eu sempre quero me esquecer do que andei fazendo. Voltei às duas e meia, se quer saber a hora exata. Eu havia deixado a minha chave em casa, e meu empregado teve que abrir a porta para mim. Se você quiser qualquer evidência que corrobore o assunto, pode pedir a ele.

Lord Henry encolheu os ombros. — Meu caro amigo, como se eu me importasse! Vamos subir para a sala de estar. Não quero sherry, obrigado, senhor Chapman. Algo aconteceu a você, Dorian. Diga-me o que é. Você está diferente esta noite.

— Não ligue para mim, Harry. Estou irritável, impaciente. Devo passar para vê-lo amanhã, ou no dia seguinte. Transmita minhas desculpas para Lady Narborough. Não vou subir. Vou para casa. Preciso ir para casa.

— Tudo bem, Dorian. Arrisco dizer que o verei amanhã na hora do chá. A duquesa irá.

— Tentarei estar lá, Harry — disse, deixando a sala. Enquanto voltava para sua própria casa, ele percebeu que a sensação de terror que achava ter sufocado havia retornado. As perguntas casuais de Lord

Henry haviam feito com que perdesse o controle por um momento, e ele desejava manter seu controle intacto. As coisas perigosas precisavam ser destruídas. Ele estremeceu. Odiava a ideia de sequer tocá-las.

E, no entanto, tinha que ser feito. Ele se deu conta disso, e, depois de trancar a porta de sua biblioteca, abriu o pequeno armário no qual havia lançado o casaco e a maleta de Basil Hallward. Um grande fogo ardia. Empilhou mais um tronco sobre ele. O cheiro das roupas chamuscadas e do couro queimando era horrível. Levou três quartos de hora para destruir tudo. No final, ele se sentiu fraco e enjoado, e, acendendo algumas pastilhas argelinas em um braseiro de cobre perfurado, banhou as mãos e a testa com vinagre frio aromatizado com almíscar.

De repente, sobressaltou-se. Os olhos se tornaram estranhamente brilhantes e ele mordeu nervosamente o lábio inferior. Entre duas das janelas estava um grande gabinete florentino, feito de ébano e entalhado com marfim e lápis-lazúli. Ele o observou como se fosse algo que pudesse fascinar e amedrontar, como se contivesse algo pelo que ansiava e que no entanto quase o repugnava. Sua respiração se acelerou. Um desejo enlouquecido o tomou. Acendeu um cigarro e o jogou fora. Suas pálpebras baixaram a ponto de os longos cílios quase tocarem as maçãs do rosto. Mas ele continuava fitando o gabinete. Finalmente, levantou-se do sofá em que estivera sentado, foi até ele e, após destrancá-lo, tocou algum mecanismo escondido. Uma gaveta triangular se abriu lentamente. Seus dedos se moveram instintivamente na direção dela, mergulharam e se fecharam ao redor de algo. Era uma pequena caixa chinesa de laca preta e pó dourado, elaboradamente confeccionada, as laterais de padrões ondulados, e os cordões de seda decorados com cristais e franjas de metal trançado. Dentro dela havia uma pasta verde, com um brilho de cera, e um cheiro curiosamente pesado e persistente.

Hesitou por alguns instantes, com um sorriso estranhamente imóvel no rosto. Então, estremecendo, apesar de a atmosfera da sala estar terrivelmente quente, ele se levantou e olhou para o relógio.

Eram vinte para a meia-noite. Ele colocou a caixa de volta, fechando as portas do gabinete após fazê-lo, e foi para o quarto.

Quando os badalos de bronze da meia-noite soaram no ar sombrio, Dorian Gray, vestido ordinariamente e com um cachecol em torno do pescoço, esgueirou-se em silêncio para fora de sua casa. Na Bond Street encontrou uma charrete com um bom cavalo. Acenou para ela e, em voz baixa, deu um endereço para o condutor.

— Aqui está um soberano para você — disse Dorian. — Terá outro se andar depressa.

— Está bem, senhor — respondeu o homem —, estará lá em uma hora. — E assim que o passageiro embarcou, deu meia-volta com o cavalo e dirigiu-se rapidamente para a direção do rio.

Capítulo 16

Uma chuva fria começou a cair, e as luzes borradas dos postes pareciam medonhas em meio à névoa gotejante. Os *pubs* acabavam de fechar, e homens e mulheres indistintos reuniam-se em grupos fragmentados em volta de suas portas. De alguns bares vinha o som de risadas horríveis. Em outros, bêbados se enfrentavam e gritavam.

Reclinado na charrete, com o chapéu caído sobre a testa, Dorian Gray observava com olhos indiferentes a vergonha sórdida da grande cidade, e vez por outra repetia a si mesmo as palavras que Lord Henry havia dito no dia em que se conheceram, "curar a alma por meio dos sentidos, e os sentidos por meio da alma". Sim, esse era o segredo. Ele tinha tentado fazê-lo muitas vezes, e tentaria novamente agora. Havia antros de ópio nos quais ele poderia comprar o esquecimento, antros de horrores em que a memória de velhos pecados poderia ser destruída pela loucura dos novos.

A lua pendia baixa no céu como um crânio amarelo. De tempos em tempos, uma imensa nuvem disforme esticava um longo braço e a escondia. As lâmpadas a gás rareavam, e as ruas se tornaram mais estreitas e sombrias. Em certo momento, o homem se perdeu e teve que voltar por meia milha. Um vapor desprendeu-se do cavalo enquanto ele chapinhava nas poças. As janelas laterais da charrete estavam encobertas por uma névoa cinza flanelada.

"Curar a alma por meio dos sentidos, e os sentidos por meio da alma!" Como as palavras soavam em seus ouvidos! Sua alma, é certo, estava mortalmente adoecida. Seria verdade que os sentidos poderiam curá-la? Sangue inocente fora derramado. O que poderia reparar isso? Ah!, não havia reparação para tanto, mas, ainda que o perdão fosse impossível, o esquecimento ainda era possível, e ele estava determinado a esquecer, a eliminar a coisa, a esmagá-la da mesma forma como esmagamos a víbora que nos morde. Na verdade, que direito tinha Basil de falar o que havia dito? Quem o havia feito um juiz dos outros? Ele dissera coisas que eram terríveis, hediondas, que não deviam ser toleradas.

Adiante se arrastava a charrete, indo mais devagar, parecia-lhe, a cada passo. Ele levantou a portinhola e pediu ao homem para que dirigisse mais rápido. A medonha ânsia por ópio começou a roê-lo. A garganta queimava e as mãos delicadas se contorciam nervosamente. Golpeou loucamente o cavalo com a bengala. O condutor rio e o chicoteou. Ele riu em resposta, e o homem ficou quieto.

O caminho parecia interminável, e as ruas eram como as teias negras de alguma imensa aranha. A monotonia se tornou insuportável, e, enquanto a névoa se adensava, ele sentiu medo.

Então passaram por solitárias olarias. A bruma estava mais tênue ali, e ele podia ver os estranhos fornos com formato de garrafa com suas línguas de fogo, como leques alaranjados. Um cão latiu enquanto passavam, e a distância, na escuridão, uma gaivota que vagava gritou. O cavalo cambaleou em um buraco, desviou para o lado e disparou em um galope.

Após algum tempo, eles deixaram para trás a via de terra e chacoalharam de novo sobre ruas toscamente pavimentadas. A maioria das janelas estava escurecida, mas vez por outra sombras fantásticas lançavam silhuetas contra venezianas iluminadas. Ele as observava curioso. Elas se moviam como marionetes monstruosas e gesticulavam como coisas vivas. Ele as odiou. Uma fúria cega surgiu-lhe no coração. Quando viraram em uma esquina, uma mulher gritou alguma coisa para eles de uma porta aberta, e dois homens correram atrás da charrete por cerca de cem metros. O condutor os golpeou com o chicote.

Diz-se que uma paixão faz com que pensemos em círculos. Certamente, com uma repetição odiosa, os lábios mordidos de Dorian Gray formavam e desfaziam aquelas palavras sutis que se referiam à alma e aos sentidos, até que ele encontrou nelas a expressão plena, por assim dizer, de seu estado de espírito, e justificou, pela aprovação intelectual, paixões que sem tal justificativa teriam, ainda assim, dominado-lhe o temperamento. De uma célula a outra em seu cérebro rastejava um único pensamento; e o desejo selvagem de viver, o mais terrível de todos os apetites do homem, intensificava a excitação de cada nervo e cada fibra. A feiura, que antes havia sido odiosa porque tornava as coisas reais, agora havia se tornado cara para ele por essa mesma razão. A feiura era a única realidade. A rixa grosseira, os covis repugnantes, a violência cruenta da vida desregrada, a própria vileza do ladrão e do excluído, eram mais vívidos, em sua intensa impressão da realidade, do que todas as formas graciosas da arte, do que as sombras sonhadoras das canções. Eram o que ele precisava para esquecer. Em três dias, estaria livre.

De repente o homem parou com um solavanco no alto de uma viela escurecida. Sobre os telhados e as chaminés denteadas das casas erguiam-se mastros pretos de embarcações. Grinaldas de névoa branca agarravam-se como velas fantasmagóricas às docas.

— Algum lugar por aqui, certo, senhor? — perguntou com a voz rouca pela portinhola.

Dorian sobressaltou-se e espiou ao redor. — Isso servirá — respondeu e, após desembarcar apressadamente e dar ao condutor o pagamento extra que havia prometido, ele caminhou apressado na direção do cais. Aqui e ali uma lamparina cintilava na popa de algum imenso navio mercante. A luz estremecia e se estilhaçava nas poças. Um clarão avermelhado surgiu de um vapor de partida que se abastecia de carvão. O pavimento viscoso parecia uma capa de chuva úmida.

Ele caminhou rápido para a esquerda, vez por outra relanceando para trás para ver se era seguido. Em cerca de sete ou oito minutos, alcançou uma pequena casa maltrapilha que estava espremida entre duas fábricas lúgubres. Em uma das janelas superiores havia uma lamparina. Ele parou e deu uma batida específica na porta.

Depois de algum tempo, ouviu passos no corredor e a corrente sendo destrancada. A porta se abriu silenciosamente, e ele entrou sem dizer uma palavra à figura atarracada e disforme que se recolheu às sombras enquanto ele passava. No final do hall pendia uma cortina verde esfarrapada que oscilou e tremulou com as rajadas de vento vindas com ele da rua. Afastou-a e entrou em uma sala comprida e baixa que parecia ter sido um dia um salão de dança de terceira categoria. Lamparinas a gás que cintilavam estridentes, embotadas e distorcidas pelos espelhos cravejados de moscas que as encaravam, estavam enfileiradas pelas paredes. Atrás delas, havia refletores engordurados de latão com ranhuras fazendo discos trêmulos de luz. O piso estava coberto por serragem ocre, aqui e ali pisoteado com lama, e manchado com anéis escuros de bebida derramada. Alguns malaios estavam acocorados perto de uma pequena fornalha a carvão, jogando com fichas polidas como ossos e mostrando os dentes brancos enquanto tagarelavam. Em um canto, com a cabeça enterrada nos braços, um marinheiro se esparramava sobre uma mesa, e perto do balcão espalhafatosamente pintado que percorria todo um lado do ambiente havia duas mulheres de ar vulgar caçoando de um velho que esfregava as mangas de seu casaco com uma expressão de desespero.

— Ele acha que tem formigas vermelhas andando nele — riu uma delas, enquanto Dorian passou por ali. O homem a olhou aterrorizado e começou a choramingar.

Na extremidade da sala havia uma pequena escadaria que levava a um quarto escurecido. Assim que Dorian subiu correndo os três degraus raquíticos, o odor pesado do ópio o atingiu. Ele inspirou profundamente, e suas narinas estremeceram de prazer. Quando entrou, um jovem com cabelos amarelos e lisos, que se inclinava na direção de uma vela para acender um longo cachimbo delgado, olhou-o e acenou de maneira hesitante.

— Você aqui, Adrian? — murmurou Dorian.

— Onde mais eu deveria estar? — ele respondeu, com apatia. — Agora nenhum dos camaradas fala mais comigo.

— Achei que você tivesse deixado a Inglaterra.

— Darlington não vai fazer nada. Meu irmão pagou a conta, no final. George também não fala comigo... Não me importo — acrescentou, com um suspiro. — Enquanto temos isto aqui, não precisamos de amigos. Acho que já tive amigos demais.

Dorian estremeceu e olhou ao redor, para as coisas grotescas apoiadas em posições tão fantásticas nos colchões esfarrapados. Os membros retorcidos, as bocas escancaradas, os esgares de olhos baços o fascinavam. Ele conhecia os estranhos paraísos em que estavam sofrendo, e conhecia os infernos entediantes que lhes ensinavam o segredo de algum novo prazer. Estavam melhor do que ele, prisioneiro de seus pensamentos. A memória, como uma doença horrível, estava devorando sua alma. De tempos em tempos, parecia que via os olhos de Basil Hallward encarando-o. E no entanto, sentiu que não podia ficar. A presença de Adrian Singleton o perturbava. Queria estar onde ninguém soubesse quem era. Queria escapar de si mesmo.

— Vou para o outro lugar — disse, após algum tempo.

— No cais?

— Sim.

— Aquela doida com certeza estará lá. Agora não a aceitam mais por aqui.

Dorian deu de ombros. — Estou cansado de mulheres que nos amam. As mulheres que nos odeiam são muito mais interessantes. Além disso, lá a mercadoria é melhor.

— É a mesma coisa.

— Acho melhor. Venha beber alguma coisa. Eu preciso.

— Não quero nada — murmurou o jovem.

— Não tem problema.

Adrian Singleton ergueu-se com dificuldade e seguiu Dorian até o bar. Um mestiço, vestido com um turbante esfarrapado e um longo e puído casaco de inverno, sorriu de forma horrível para saudá-los enquanto empurrava uma garrafa de brandy e dois copos na direção deles. As mulheres se aproximaram e começaram a tagarelar. Dorian virou-lhes as costas e, numa voz baixa, disse algo para Adrian Singleton.

Um sorriso torto, como uma fenda malaia, contorceu-se no rosto de uma das mulheres. — Estamos muito orgulhosos nesta noite — zombou.

— Pelo amor de Deus, não fale comigo — exclamou Dorian batendo o pé no chão. — O que você quer? Dinheiro? Aqui está. Nunca mais fale comigo novamente.

Duas faíscas vermelhas cintilaram por um instante nos olhos túrgidos da mulher, depois se apagaram e os deixaram baços e vítreos. Ela lançou a cabeça para trás e juntou as moedas no balcão com dedos ávidos. A companheira a observava com inveja.

— É inútil — suspirou Adrian Singleton. — Não faço questão de voltar. O que importa? Estou muito feliz aqui.

— Você vai me escrever se quiser qualquer coisa, não vai? — perguntou Dorian depois um momento.

— Talvez.

— Então boa noite.

— Boa noite — respondeu o jovem subindo os degraus, limpando a boca ressecada com um lenço.

Dorian foi até a porta com uma expressão de dor no rosto. Ao afastar a cortina, uma gargalhada medonha explodiu dos lábios pintados da mulher que havia pegado seu dinheiro. — Lá se vai a barganha do demônio! — ela soluçou numa voz áspera.

— Maldita seja! — ele respondeu —, não me trate dessa forma.

Ela estalou os dedos. — Príncipe Encantado é como você gosta de ser chamado, né? — gritou atrás dele.

O marinheiro sonolento saltou e ficou de pé enquanto ela falava, e olhou ensandecido ao redor. O barulho da porta do hall se fechando calou em seus ouvidos. Ele correu para lá como se fugisse.

Dorian Gray caminhou apressado pelo cais, em meio à garoa. O encontro com Adrian Singleton o comovera de forma estranha, e ele se perguntou se a ruína daquela jovem vida deveria de fato ser atribuída a ele, como Basil Hallward havia lhe dito naquele insulto tão infame. Ele mordeu o lábio e, por alguns segundos, seus olhos se tornaram tristes. No entanto, apesar de tudo, o que importava? Nossos dias são breves demais para tomarmos nos ombros o fardo dos erros de outra pessoa. Cada homem vivia sua própria vida e pagava seu próprio preço por vivê-la. Apenas era de se lamentar que tivéssemos que pagar tantas vezes por uma única falha. Tínhamos que pagar repetidas vezes, é verdade. Em suas negociações com o homem, o destino nunca encerrava as contas.

Há momentos, dizem-nos os psicólogos, em que a paixão pelo pecado, ou pelo que o mundo chama de pecado, domina de tal forma a nossa natureza que cada fibra do corpo, assim como cada célula do cérebro, parecem ser instintos com impulsos assustadores. Nesses momentos, homens e mulheres perdem a liberdade da própria vontade. Movem-se na direção de suas terríveis finalidades como autômatos. São privados de escolher, e sua consciência ou é assassinada ou, se de alguma forma sobrevive, o faz apenas para conferir fascínio à rebelião e encanto à desobediência. Porque todos os pecados, como os teólogos não se cansam de nos lembrar, são pecados da desobediência. Quando aquele espírito elevado, aquela malévola estrela da manhã, caiu dos céus, caiu como um rebelde.

Endurecido, concentrado no mal e com a mente turva e a alma ansiando por rebelião, Dorian Gray apressou-se adiante, acelerando os passos à medida que caminhava, mas, ao saltar de lado na direção de uma arcada escura, que muitas vezes lhe servira de atalho para o lugar infame aonde se dirigia, sentiu-se subitamente agarrado por trás, e, antes de ter tempo de se defender, foi jogado contra a parede, com uma mão brutal apertando-lhe a garganta.

Lutou desesperadamente pela vida, e com um esforço terrível torceu os dedos que o apertavam. Um segundo depois, ouviu o clique de um revólver, e viu o brilho de um tambor polido apontando diretamente para sua cabeça, e a forma sombria de um homem baixo e robusto encarando-o.

— O que você quer? — ofegou.

— Fique quieto — disse o homem. — Se você se mexer, eu atiro.

— Você está louco. O que lhe fiz?

— Você destruiu a vida de Sibyl Vane — foi a resposta —, e Sibyl Vane era minha irmã. Ela se matou. Eu tenho certeza. A morte dela está a seus pés. Jurei que o mataria por isso. Durante anos procurei por você. Eu não tinha pistas, não tinha rastros. As duas pessoas que poderiam descrevê-lo estão mortas. Eu não sabia nada sobre você além do apelido pelo qual ela o chamava. Ouvi-o nesta noite, por acaso. Faça as pazes com Deus, porque hoje você vai morrer.

Dorian Gray ficou nauseado de medo. — Jamais a conheci — balbuciou. — Nunca ouvi falar dela. Você está louco.

— É melhor você confessar seu pecado, porque a certeza que tenho de que sou James Vane é a mesma de que você vai morrer. — Houve um momento terrível. Dorian não sabia o que dizer ou fazer.

— De joelhos! — rosnou o homem. — Eu lhe dou um minuto para

você fazer suas pazes com Deus, nada mais. Embarco para a Índia nesta noite, e preciso fazer meu trabalho antes. Um minuto. Isso é tudo.

Os braços de Dorian penderam. Paralisado pelo terror, ele não sabia o que fazer. De repente, uma esperança desvairada atravessou-lhe o cérebro.

— Pare — exclamou. — Há quanto tempo sua irmã morreu? Rápido, me diga!

— Dezoito anos — disse o homem. — Por que me pergunta? O que importam os anos?

— Dezoito anos — riu Dorian Gray, com um tom de triunfo na voz. — Dezoito anos! Coloque-me debaixo da luz e olhe para o meu rosto!

James Vane hesitou por um momento, sem entender o que ele queria dizer. Então, pegou Dorian Gray e o arrastou da arcada.

Ainda que vaga e vacilante devido ao vento que soprava, a luz bastou para mostrar a ele o medonho engano, ao que parecia, no qual ele incorrera, porque o rosto do homem que ele tentara matar tinha todo o viço da meninice, toda a imaculada pureza da juventude. Parecia ser um rapaz de vinte verões, um pouco mais velho, se é que era, do que sua irmã havia sido quando se separaram tantos anos atrás. Era óbvio que não se tratava do homem que havia destruído a vida dela.

Ele afrouxou o aperto e se afastou. — Meu Deus! Meu Deus! — gritou —, e eu ia matá-lo!

Dorian Gray respirou profundamente. — Você estava prestes a cometer um crime terrível, meu caro — disse, olhando para ele com dureza. — Que isso sirva de aviso para que não busque vingança com as próprias mãos.

— Perdoe-me, senhor — murmurou James Vane. — Eu me enganei. Uma palavra ouvida ao acaso naquele maldito antro colocou-me na pista errada.

— É melhor você ir para casa e se livrar dessa pistola, ou poderá ter problemas — disse Dorian, virando-se e se afastando lentamente pela rua.

James Vane permaneceu no calçamento, horrorizado. Estava tremendo da cabeça aos pés. Após algum tempo, uma sombra negra que estava à espreita ao longo da parede gotejante saiu à luz e se aproximou dele com passos furtivos. Ele sentiu uma mão pousar em seu braço e se virou com um sobressalto. Era uma das mulheres que bebiam no bar.

— Por que não o matou? — ela ciciou, aproximando o rosto atormentado do dele. — Eu sabia que você o seguiria quando saiu correndo do Daly's. Seu idiota! Devia tê-lo matado. Ele tem muito dinheiro, e é a maldade em pessoa.

— Ele não é o homem que estou procurando — respondeu —, e não quero o dinheiro de nenhum homem. Eu quero a vida de um homem. O homem cuja vida quero deve ter quase quarenta anos, agora. Este aí não passa de um garoto. Graças a Deus não estou com o sangue dele nas minhas mãos.

A mulher soltou uma risada amarga. — Não passa de um garoto! — zombou. — Ora, homem, faz cerca de dezoito anos que o Príncipe Encantado me transformou no que sou.

— Você mente! — gritou James Vane.

Ela ergueu a mão para o céu. — Deus é testemunha de que digo a verdade — exclamou.

— Deus é testemunha?

— Que um raio me parta se não for assim. Ele é o pior daqueles que vêm para cá. Dizem que se vendeu para o demônio em troca de um belo rosto. Faz cerca de dezoito anos que o conheci. Não mudou quase nada desde então. Mas eu mudei — ela acrescentou, com um olhar malicioso doentio.

— Você jura?

— Juro — veio o eco rouco daquela boca rígida. — Mas não me entregue a ele — lamuriou —; eu o temo. Dê-me algum dinheiro para ter onde dormir nesta noite.

Ele se separou dela com um juramento e correu até a esquina, mas Dorian Gray havia desaparecido. Quando olhou para trás, a mulher também havia sumido.

Capítulo 17

Uma semana depois, Dorian estava sentado à sombra da pérgola em Selby Royal, conversando com a bela duquesa de Monmouth que, ao lado do marido, um homem de sessenta anos de aparência fatigada, estava entre seus convidados. Era a hora do chá, e a luz suave da enorme luminária coberta por rendas que estava na mesa iluminava a porcelana delicada e a prata trabalhada da recepção presidida pela duquesa. Suas mãos brancas moviam-se com elegância entre as xícaras, e seus lábios muito vermelhos sorriam de algo que Dorian havia lhe sussurrado. Lord Henry estava reclinado em uma cadeira de vime recoberta de seda, olhando para eles. Em um divã cor de pêssego sentava-se Lady Narborough, fingindo prestar atenção à descrição feita pelo duque sobre o último besouro brasileiro que ele adicionara à sua coleção. Três jovens em trajes sofisticados serviam bolinhos a algumas das mulheres. A recepção consistia de doze pessoas, e a chegada de outras mais era esperada no dia seguinte.

— Sobre o que vocês estão falando? — perguntou Lord Henry, perambulando até a mesa e colocando nela sua xícara. — Espero que Dorian tenha lhe contado sobre meu plano de rebatizar tudo, Gladys. É uma ideia encantadora.

— Mas eu não quero ser rebatizada, Harry — respondeu a duquesa, dirigindo a ele aqueles olhos maravilhosos. — Estou muito satisfeita com meu próprio nome, e tenho certeza de que o senhor Gray deve estar satisfeito com o dele.

— Minha querida Gladys, eu não mudaria seus nomes por nada no mundo. São ambos perfeitos. Estava pensando principalmente nas flores. Ontem colhi uma orquídea, para a minha lapela. Era uma coisa sarapintada e maravilhosa, tão efetiva quanto os sete pecados capitais. Em um reflexo impensado, perguntei a um dos jardineiros como ela se chamava. Ele me disse que era um belo exemplar de *Robinsoniana*, ou algo terrível desse tipo. É uma triste verdade, mas nós perdemos a capacidade de dar nomes adoráveis às coisas. Nomes são tudo. Nunca me desentendo com as ações. Meu único conflito é com as palavras. Por esta razão odeio o realismo vulgar na literatura. O homem que chama uma espada de espada deveria ser obrigado a usar uma. É a única coisa para a qual ele serve.

— Então como deveríamos chamá-lo, Harry? — ela perguntou.

— O nome dele é Príncipe Paradoxo — respondeu Dorian.

— Reconheço-o num piscar de olhos — exclamou a duquesa.

— Não quero ouvir falar disso — riu Lord Henry, sentando-se em uma cadeira. — De um rótulo não se pode escapar! Recuso o título.

— A realeza não pode abdicar — foi a advertência vinda dos belos lábios dela.

— Você deseja que eu defenda meu trono, então?

— Sim.

— Eu ofereço as verdades de amanhã.

— Prefiro os erros de hoje — ela respondeu.

— Você me desarma, Gladys — ele exclamou, captando a obstinação do temperamento dela.

— De seu escudo, Harry, não de sua lança.

— Eu nunca me indisponho contra a beleza — ele disse, com um ondular da mão.

— Este é seu erro, Harry, acredite em mim. Você valoriza demais a beleza.

— Como pode afirmar isso? Admito que considero melhor ser belo do que ser bom. Mas, por outro lado, ninguém está mais disposto do que eu a reconhecer que é melhor ser bom do que ser feio.

— A feiura é um dos sete pecados capitais, então? — exclamou a duquesa. — O que aconteceu com o seu exemplo da orquídea?

— A feiura é uma das sete virtudes capitais, Gladys. Você, como uma boa Tory[8], não deve menosprezá-la. A cerveja, a bíblia e as sete virtudes capitais fizeram da Inglaterra o que ela é.

— Então você não gosta do seu país? — ela perguntou.

— Eu vivo nele.

— Para que possa censurá-lo melhor.

— Você quer saber o veredito da Europa sobre isso? — ele inquiriu.

— O que dizem de nós?

— Que Tartufo emigrou para a Inglaterra e abriu uma loja.

— Essa frase é sua, Harry?

— Eu a dou para você.

— Não poderia usá-la. É verdadeira demais.

— Não precisa ter medo. Nossos conterrâneos nunca reconhecem uma descrição.

— Eles são práticos.

— São mais astutos do que práticos. Quando fazem a contabilidade, equilibram a estupidez pela riqueza, e o vício pela hipocrisia.

— Ainda assim, realizamos grandes coisas.

....
8 Conservadora.

— Grandes coisas nos foram impostas, Gladys.

— Nós carregamos o peso delas.

— Apenas até a Bolsa de Valores.

Ela balançou a cabeça. — Acredito na raça — exclamou.

— Ela representa a sobrevivência de quem persiste.

— Ela se desenvolve.

— A decadência me fascina mais.

— E quanto à arte? — ela perguntou.

— É uma doença.

— O amor?

— Uma ilusão.

— A religião?

— A substituta da moda para a crença.

— Você é um cético.

— Nunca! Ceticismo é o começo da fé.

— O que você é?

— Definir é limitar.

— Me dê uma pista.

— Fios se partem. Você se perderia no labirinto.

— Você me desorienta. Vamos falar de outra pessoa.

— Nosso anfitrião é um assunto encantador. Anos atrás ele foi batizado como Príncipe Encantado.

— Ah! Não me lembre disso — exclamou Dorian Gray.

— Nosso anfitrião está péssimo nesta noite — respondeu a duquesa, corando. — Acho que ele pensa que Monmouth se casou comigo por puros princípios científicos, como se eu fosse o melhor espécime de uma borboleta moderna que ele pôde encontrar.

— Bem, espero que ele não a espete com alfinetes, duquesa — riu Dorian.

— Oh!, a minha empregada já faz isso, senhor Gray, quando está irritada comigo.

— E por que ela se irrita com a senhora, duquesa?

— Pelas coisas mais triviais, senhor Gray, eu lhe garanto. Geralmente, porque chego às dez para as nove e digo a ela que preciso estar pronta às oito e meia.

— Que insensato da parte dela! A senhora deve adverti-la.

— Não ouso, senhor Gray. Ora, ela cria chapéus para mim. Lembra-se daquele que usei na festa ao ar livre de Lady Hilstone? Não se lembra, mas é gentil de sua parte fingir que sim. Bem, ela o fez do nada. Todos os bons chapéus são feitos do nada.

— Como todas as boas reputações, Gladys — interrompeu Lord Henry. — Toda impressão que causamos nos dá um inimigo. Para sermos populares, precisamos ser uma mediocridade.

— Não com as mulheres — disse a duquesa, balançando a cabeça —; e as mulheres dominam o mundo. Garanto-lhe que não suportamos mediocridades. Nós, mulheres, como se diz, amamos com os nossos ouvidos, assim como vocês homens amam com os olhos, se é que amam.

— Parece-me que jamais fazemos nada além disso — murmurou Dorian.

— Ah!, sendo assim vocês nunca amaram realmente, senhor Gray — respondeu a duquesa com uma tristeza fingida.

— Minha querida Gladys! — exclamou Lord Henry. — Como pode dizer isso? O romance vive da repetição, e a repetição transforma um apetite em uma arte. Além disso, cada vez que amamos é a única vez que jamais amamos. A diferença do objeto não altera a singularidade da paixão. Ela simplesmente a intensifica. Durante a vida, podemos ter na melhor das hipóteses apenas uma única grande experiência, e o segredo da vida é reproduzir essa experiência com a maior frequência possível.

— Mesmo quando tenhamos sido feridos por ela, Harry? — perguntou a duquesa após uma pausa.

— Especialmente quando tenhamos sido feridos por ela — respondeu Lord Henry.

A duquesa se voltou e olhou para Dorian Gray com uma expressão curiosa. — O que diz disso, senhor Gray? — perguntou.

Dorian hesitou por um momento. Então, lançou a cabeça para trás, rindo. — Sempre concordo com Harry, duquesa.

— Mesmo quando ele está errado?

— Harry nunca está errado, duquesa.

— E será que a filosofia dele lhe deixa feliz?

— Nunca busquei a felicidade. Quem quer felicidade? Eu busco o prazer.

— E o encontrou, senhor Gray?

— Muitas vezes. Vezes até demais.

A duquesa suspirou. — Estou procurando por paz — disse —, e, se eu não for me vestir, não terei paz alguma nesta noite.

— Deixe-me pegar algumas orquídeas para a senhora, duquesa — exclamou Dorian, erguendo-se e atravessando a pérgola.

— Você está flertando desgraçadamente com ele — disse Lord Henry para a prima. — É melhor tomar cuidado. Ele é muito fascinante.

— Se ele não fosse, não haveria batalha.

— De grego contra grego, então?

— Estou do lado dos troianos. Eles lutaram por uma mulher.

— Foram derrotados.

— Existem coisas piores do que a captura — ela respondeu.

— Você está galopando com rédeas soltas.

— Ritmo dá origem à vida — foi a *riposte*.

— Vou anotar isso em meu diário nesta noite.

— O quê?

— Que uma criança queimada adora o fogo.

— Não fui sequer chamuscada. Minhas asas estão intocadas.

— Você as usa para tudo, exceto voar.

— A coragem passou dos homens para as mulheres. É uma experiência inédita para nós.

— Você tem uma rival.

— Quem?

Ele riu. — Lady Narborough — sussurrou. — Ela simplesmente o adora.

— Você me enche de apreensão. O apelo da antiguidade é fatal para nós, que somos românticas.

— Românticas! Vocês têm todos os métodos da ciência.

— Os homens nos ensinaram.

— Mas não as explicaram.

— Descrevam-nos como sexo — foi o desafio dela.

— Esfinges sem segredos.

Ela o olhou, sorrindo. — Como o senhor Gray está demorando! — disse. — Vamos lá ajudá-lo. Ainda não contei a ele a cor do meu vestido.

— Ah!, você é que precisa combinar seu vestido com as flores dele, Gladys.

— Isso seria uma rendição prematura.

— A arte romântica começa pelo clímax.

— Tenho que manter uma oportunidade de retirada.

— À moda do Império Parta?

— Eles encontraram segurança no deserto. Eu não seria capaz disso.

— Às mulheres nem sempre é permitido escolher — ele respondeu, mas sequer terminara a frase quando, de uma extremidade da pérgola, veio um gemido alto e sufocado, seguido pelo baque seco de uma queda pesada. Todos se levantaram com um sobressalto. A duquesa permaneceu imobilizada de horror. E com medo estampado nos olhos, Lord Henry correu ao longo das palmeiras agitadas até encontrar Dorian Gray estirado de rosto para baixo sobre o piso ladrilhado, desfalecido como se estivesse morto.

Ele foi carregado de imediato até uma sala de estar azul e foi deitado em um dos sofás. Após pouco tempo, voltou a si mesmo e olhou ao redor com uma expressão atordoada.

— O que aconteceu? — perguntou. — Oh! Eu me lembro. Estou seguro aqui, Harry? — começou a tremer.

— Meu querido Dorian — respondeu Lord Henry —, você apenas desmaiou. Isso foi tudo. Você deve ter se cansado demais. É melhor que você não desça para jantar. Eu irei em seu lugar.

— Não, eu vou — ele disse, esforçando-se para ficar de pé. — Prefiro descer. Não devo ficar sozinho.

Ele foi até o quarto e se vestiu. Ao se sentar à mesa, havia em seus modos uma alegria imprudente, mas vez por outra um calafrio de terror o atravessava quando ele se lembrava de que, pressionado contra a janela da pérgola como um lenço branco, ele havia visto o rosto de James Vane observando-o.

Capítulo 18

No dia seguinte ele não saiu de casa, e na verdade passou a maior parte do tempo em seu próprio quarto, nauseado pelo terror alucinado de morrer, e no entanto indiferente à vida em si mesma. A consciência de estar sendo caçado, emboscado, perseguido, começara a dominá-lo. A tapeçaria ondular levemente com o vento já bastava para ele estremecer. As folhas mortas sopradas contra os painéis de chumbo das janelas pareciam-lhe suas próprias resoluções devastadas e arrependimentos desvairados. Quando fechava os olhos, via novamente o rosto do marinheiro espreitando-o do vidro esfumaçado pela névoa, e a mão do horror pousava mais uma vez em seu coração.

Mas talvez fora apenas sua fantasia que tivesse clamado por vingança na noite, e colocado as formas medonhas da punição diante dele. A vida real era o caos, mas havia algo de terrivelmente lógico na imaginação. Era a imaginação que fazia o remorso seguir obstinadamente os passos do pecado. Era a imaginação que fazia com que cada crime carregasse sua reprodução deformada. No mundo ordinário dos fatos, os perversos não eram punidos, nem os bons eram recompensados. O sucesso era entregue aos fortes, e o fracasso, arremessado aos fracos. Isso era tudo. Ademais, caso algum estranho estivesse rondando a casa, teria sido visto pelos empregados ou vigias. Caso quaisquer pegadas fossem encontradas nos canteiros de flores, os jardineiros as teriam relatado. Sim, fora apenas a fantasia. O irmão de Sibyl Vane não havia voltado para matá-lo. Ele embarcara em seu navio para fundear em algum mar invernal. Dele, em todo caso, estava a salvo. Ora, o homem não sabia quem ele era, não poderia saber quem ele era. A máscara da juventude o havia salvado.

E no entanto, se havia sido uma mera ilusão, quão terrível era pensar que a consciência poderia fazer surgir fantasmas tão assustadores, e dar a eles forma visível, e fazer com que se movessem à nossa frente! Que tipo de vida seria a dele se, dia e noite, as sombras de seu crime o espreitassem de recantos silenciosos, se caçoassem dele de lugares secretos, se sussurrassem em seus ouvidos enquanto ele se sentava para banquetear, se o despertassem com dedos gelados enquanto ele dormia! Enquanto o pensamento rastejava-lhe pelo cérebro, ele se empalidecia de pavor, e o ar lhe parecia ficar subitamente mais frio. Oh! Em que momento de loucura desesperada ele havia matado seu amigo! Que pavorosa a simples memória da cena! Ele viu tudo novamente. Cada detalhe hediondo voltou-lhe com horror intensificado. Da caverna negra do tempo ergueu-se, terrível e envolta em escarlate, a imagem de seu pecado. Quando Lord Henry chegou às seis horas, encontrou-o chorando como alguém cujo coração vai se partir.

Ele não se arriscou a sair antes do terceiro dia. Havia algo no ar límpido e com perfume de pinheiros daquela manhã de inverno que pareceu devolver-lhe a alegria e o ardor de sua vida. Mas não eram apenas as condições físicas do ambiente que haviam causado a mudança. Sua própria natureza se revoltara contra o excesso de angústia que procurara mutilar e arruinar a perfeição de sua calma. Com temperamentos sutis e finamente trabalhados, é sempre assim. Suas fortes paixões devem ou ferir ou retroceder. Ou elas matam o homem, ou elas mesmas morrem. Tristezas superficiais e amores superficiais continuam a viver. Os amores e as tristezas que são grandiosos destroem-se por sua própria plenitude. Além disso, ele se convencera de que havia sido a vítima de uma imaginação perturbada pelo terror, e agora revia seus medos com certa piedade, e não pouco desprezo.

Depois do café da manhã, ele caminhou com a duquesa por uma hora no jardim, e então atravessou o parque para se juntar ao grupo de caça. A geada trincava na grama como sal. O céu era uma taça emborcada de metal azul. Uma fina camada de gelo formava-se nas bordas do lago coberto de juncos.

Na extremidade do bosque de pinheiros, viu Sir Geoffrey Clouston, o irmão da duquesa, retirando dois cartuchos usados de sua espingarda. Ele saltou da charrete e, após dizer ao cavalariço que levasse a égua para casa, caminhou na direção de seu convidado através das samambaias murchas e a áspera vegetação rasteira.

— Foi bom o passatempo, Geoffrey? — perguntou.

— Não muito, Dorian. Acho que a maioria dos pássaros partiu para o campo aberto. Arrisco dizer que será melhor após o almoço, quando chegarmos a um novo território.

Dorian caminhava ao lado dele. O ar penetrante e perfumado, as luzes vermelhas e marrons que cintilavam no bosque, os gritos roucos dos batedores soando de tempos em tempos e os estampidos agudos das armas que se seguiam a eles, fascinavam-no e o preenchiam com uma deliciosa sensação de liberdade. Ele estava dominado pelo descuido da felicidade, pela elevada indiferença da alegria.

De repente, de um tufo robusto de grama velha a cerca de vinte metros na frente deles, com as orelhas de pontas pretas e eretas e longas patas traseiras que a impulsionavam para a frente, saltou uma lebre. Sir Geoffrey apoiou a espingarda no ombro, mas havia algo nos movimentos graciosos do animal que estranhamente encantaram Dorian Gray, e ele gritou de súbito:

— Não atire, Geoffrey. Deixe-a viver.

— Que bobagem, Dorian! — riu seu companheiro, e, quando a lebre se aproximou do arbusto, ele disparou. Dois gritos foram ouvidos, o de uma lebre ferida, que é horrível, e outro de um homem agonizando, ainda pior.

— Meu Deus! Acertei um batedor! — exclamou Sir Geoffrey. — O imbecil foi aparecer na frente das armas! Parem de atirar! — ele gritou com toda a potência de sua voz. — Um homem está ferido.

O líder dos batedores chegou correndo com um bastão na mão.

— Onde, senhor? Onde ele está? — gritou. Ao mesmo tempo, os disparos cessaram ao longo da fileira.

— Aqui — respondeu Sir Geoffrey, irritado, correndo na direção do arbusto. — Por que diabos você não mantém seus homens para trás? Arruinou a minha caçada por hoje.

Dorian os observou enquanto mergulharam na moita de amieiros, sacudindo os ramos macios ao afastá-los para o lado. Após alguns momentos eles reapareceram, arrastando atrás de si um corpo até a claridade. Ele virou o rosto, horrorizado. Parecia-lhe que a infelicidade o seguia aonde quer que fosse. Ouviu Sir Geoffrey perguntar se o homem estava realmente morto, e ouviu a resposta afirmativa do batedor. O bosque pareceu se tornar subitamente vivo, cheio de rostos. Soaram miríades de passadas e o baixo rumor de vozes. Um grande faisão de peito acobreado passou se debatendo nos galhos acima.

Após alguns instantes — que para ele foram, devido ao seu estado perturbado, como intermináveis horas de dor —, sentiu uma mão pousar em seu ombro. Sobressaltou-se e olhou ao redor.

— Dorian — disse Lord Henry —, achei melhor dizer a eles que a caçada terminou por hoje. Não seria de bom tom continuar.

— Eu queria que ela se encerrasse para sempre, Harry — ele respondeu amargamente. — A coisa toda é horrível e cruel. O homem...? — Não conseguiu terminar a pergunta.

— Temo que sim — respondeu Lord Henry. — Ele recebeu toda a carga do disparo no peito. Deve ter morrido na hora. Venha, vamos voltar para casa.

Andaram lado a lado na direção da alameda por quase cinquenta metros sem dizer nada. Então, Dorian olhou para Lord Henry e disse, com um profundo suspiro:

— É um presságio ruim, Harry, um presságio muito ruim.

— O quê? — perguntou Lord Henry. — Ah!, esse acidente, suponho. Meu caro amigo, não pôde ser evitado. Foi culpa do próprio homem. Por que ele se postou na frente das armas? Ademais, isso não significa nada para nós. É bem constrangedor para Geoffrey, é claro. Não cai bem alvejar batedores. Faz com que as pessoas pensem que se trata de um atirador descontrolado. E Geoffrey não o é; ele atira muito bem. Mas não tem sentido falarmos sobre o assunto.

Dorian balançou a cabeça. — É um presságio ruim, Harry. Sinto como se algo horrível fosse acontecer com alguns de nós. Comigo, talvez — acrescentou, passando a mão sobre os olhos com um gesto de dor.

O homem mais velho riu. — A única coisa horrível no mundo é o *ennui*[9], Dorian. Este é o único pecado para o qual não existe perdão. Mas não é provável que venhamos a sofrer dele, a não ser que esse camarada fique tagarelando sobre o incidente no jantar. Devo dizê-los que o assunto precisa se transformar em um tabu. Quanto a presságios, eles não existem. O destino não nos envia mensageiros. Ele é sábio demais ou cruel demais para tanto. Além disso, o que diabos poderia acontecer com você, Dorian? Você tem tudo o que um homem pode querer no mundo. Não existe alguém que não queira trocar de lugar com você.

— Não existe ninguém com quem eu não trocaria de lugar, Harry. Não ria assim. Estou dizendo a verdade. O infeliz camponês que acabou de morrer está melhor do que eu. Eu não tenho horror à morte.

....
9 Tédio.

É a chegada da morte que me aterroriza. Suas asas monstruosas parecem circular no ar de chumbo à minha volta. Pelos céus!, você não vê um homem se mexendo atrás das árvores ali, observando-me, esperando por mim?

Lord Henry olhou na direção na qual a mão enluvada e trêmula apontava. — Sim — ele disse, sorrindo —, vejo o jardineiro esperando por você. Imagino que ele queira lhe perguntar quais flores você deseja ter na mesa nesta noite. Quão absurdamente nervoso você está, meu caro amigo! Você precisa ir ver meu médico, quando voltarmos para a cidade.

Dorian soltou um suspiro aliviado quando viu o jardineiro se aproximando. O homem tocou o chapéu, lançou um olhar hesitante para Lord Henry, e então retirou do bolso uma carta, que entregou ao patrão.

— Sua graça me ordenou que esperasse por uma resposta — murmurou.

Dorian colocou a carta no bolso. — Diga à sua graça que vou entrar — disse, friamente. O homem se virou e caminhou rapidamente na direção da casa.

— Como as mulheres adoram fazer coisas perigosas! — riu Lord Henry. — É uma das qualidades que mais admiro nelas. Uma mulher vai flertar com qualquer pessoa no mundo, desde que as pessoas estejam olhando.

— Como você adora dizer coisas perigosas, Harry! Neste caso específico, está bastante equivocado. Gosto muito da duquesa, mas não a amo.

— E a duquesa o ama muito, mas gosta tanto de você, então estão perfeitamente combinados.

— Você está falando de um escândalo, Harry, e jamais há uma base para o escândalo.

— A base de todo escândalo é uma certeza imoral — disse Lord Henry, acendendo um cigarro.

— Você sacrificaria qualquer pessoa, Harry, em nome de um epigrama.

— O mundo caminha ao altar por conta própria — foi a resposta.

— Eu desejaria ser capaz de amar — exclamou Dorian Gray com um profundo tom de *pathos* na voz. — Mas parece que perdi a paixão e esqueci o desejo. Estou concentrado demais em mim mesmo. A minha própria personalidade se tornou um fardo para mim. Quero escapar, fugir, esquecer. Foi tolo de minha parte ter vindo para cá, afinal. Acho que enviarei um telegrama para Harvey e pedirei a ele que apronte o iate. Em um iate, estamos seguros.

— Seguros de quê, Dorian? Você está com algum problema. Por que não me diz qual é? Você sabe que eu o ajudaria.

— Não posso lhe dizer, Harry — ele respondeu com tristeza. — E arrisco afirmar que é apenas minha fantasia. Esse trágico acidente me entristeceu. Tenho um pressentimento horrível de que algo do tipo pode acontecer comigo.

— Que bobagem!

— Espero que seja, mas não consigo evitar sentir isso. Ah!, aqui está a duquesa, parecendo com Artêmis em um vestido sob medida. Como pode ver, duquesa, nós voltamos.

— Eu já soube de tudo, senhor Gray — ela respondeu. — O pobre Geoffrey está terrivelmente perturbado. E parece que o senhor pediu a ele para não atirar na lebre. Que estranho!

— Sim, foi muito estranho. Não sei o que me fez dizer isso. Um capricho, suponho. Ela parecia a mais adorável das pequenas criaturas. Mas lamento que lhe tenham contado sobre o homem. É um assunto medonho.

— É um assunto incômodo — interrompeu Lord Henry. — Não tem nenhum valor psicológico. Agora, se Geoffrey tivesse agido de propósito, quão interessante seria! Eu gostaria de conhecer alguém que tivesse cometido um assassinato de verdade.

— Que horrível de sua parte, Harry! — gritou a duquesa. — Não é, senhor Gray? Harry, o senhor Gray está se sentindo mal de novo. Ele vai desmaiar.

Dorian ergueu-se com esforço e sorriu. — Não é nada, duquesa — murmurou —; meus nervos estão terrivelmente fora de ordem. É só isso. Receio que tenha andado demais hoje pela manhã. Não ouvi o que Harry disse. Foi muito mau? Diga-me em outro momento. Acho que preciso ir me deitar. Vocês me dão licença, não?

Eles tinham chegado ao grande lance de escadas que levava da pérgola ao terraço. Assim que a porta de vidro se fechou atrás de Dorian, Lord Henry virou-se e encarou a duquesa com seus olhos entorpecidos. — Você está muito apaixonada por ele? — perguntou.

Ela não respondeu por algum tempo, mas permaneceu fitando a paisagem. — Eu gostaria de saber — disse, enfim.

— Saber seria fatal. É a incerteza que nos encanta. Uma névoa torna as coisas maravilhosas.

— Podemos perder nosso caminho.

— Todos os caminhos levam ao mesmo ponto, minha cara Gladys.

— E qual é?

— Desilusão.

— Foi meu *début* na vida — ela suspirou.

— Ela chegou coroada a você.

— Estou cansada de folhas de morango.

— Elas lhe vão bem.

— Somente em público.

— Você sentiria falta delas — disse Lord Henry.

— Não vou me desfazer de uma pétala.

— Monmouth tem ouvidos.

— A velhice escuta mal.

— Ele nunca foi ciumento?

— Eu desejaria que tivesse sido.

Ele olhou ao redor como se procurasse por algo.

— O que está procurando? — ela indagou.

— A ponta do seu florete — ele respondeu. — Você a deixou cair.

Ela riu. — Ainda tenho a máscara.

— Ela faz com que seus olhos fiquem mais encantadores — foi a resposta dele.

Ela riu de novo. Seus dentes eram como sementes brancas em uma fruta escarlate.

No andar de cima, em seu quarto, Dorian Gray estava deitado em um sofá, o terror tocando todas as fibras de seu corpo. A vida se tornara subitamente um fardo hediondo demais para ele carregar. A morte terrível do batedor azarado, atingido na moita como um animal silvestre, parecera prefigurar a morte para ele. Quase desmaiara ao ouvir o que Lord Henry havia dito casualmente, à guisa de um gracejo cínico.

Às cinco horas, ele tocou a campainha para o empregado e lhe ordenou a arrumar suas coisas para o expresso noturno para a cidade, e a trazer a carruagem à porta às oito e meia. Estava decidido a não passar mais uma noite em Selby Royal. Era um lugar de maus presságios. A morte caminhava por lá à luz do sol. A relva da floresta fora manchada com sangue.

Então escreveu um bilhete para Lord Henry, dizendo-lhe que iria à cidade para consultar seu médico e pedindo a ele que entretivesse os convidados durante sua ausência. Quando estava colocando o bilhete no envelope, uma batida soou na porta, e seu pajem o informou de que o líder dos batedores queria vê-lo. Franziu o cenho e mordeu o lábio.

— Mande-o entrar — resmungou, após alguns instantes de hesitação.

Assim que o homem adentrou, Dorian retirou o talão de cheques de uma gaveta e o abriu diante dele.

— Imagino que tenha vindo por causa do infeliz acidente desta manhã, Thornton — disse, pegando uma caneta.

— Sim, senhor — respondeu o encarregado da caça.

— O pobre rapaz era casado? Tinha muitas pessoas que dependiam dele? — perguntou Dorian, parecendo entediado. — Se sim, não gostaria de deixá-las passando necessidade, e enviarei a elas qualquer soma que você achar necessária.

— Nós não sabemos quem ele é, senhor. Foi por isso que tomei a liberdade de vir.

— Não sabem quem ele é? — disse Dorian, apaticamente. — O que quer dizer? Não era um de seus homens?

— Não, senhor. Nunca o vi antes. Parece ser um marinheiro, senhor.

A caneta tombou da mão de Dorian Gray, e ele sentiu como se seu coração tivesse subitamente parado de bater. — Um marinheiro? — gritou. — Você disse um marinheiro?

— Sim, senhor. Ele parecia ser uma espécie de marinheiro; tatuado em ambos os braços, e esse tipo de coisa.

— Encontraram alguma coisa com ele? — disse Dorian, inclinando-se para a frente e encarando o homem com olhos assustados. — Alguma coisa que poderia revelar seu nome?

— Um pouco de dinheiro, senhor, não muito, e uma arma de seis tiros. Não havia nenhum nome. Um homem que parecia decente, mas rude. Uma espécie de marinheiro, nós achamos.

Dorian ergueu-se com um sobressalto. Uma esperança terrível flutuou ao seu redor. Ele a agarrou de modo ensandecido.

— Onde está o corpo? — exclamou. — Rápido! Preciso vê-lo imediatamente.

— Está em um estábulo vazio na fazenda, senhor. O povo não gosta de manter esse tipo de coisa em casa. Eles dizem que um cadáver traz má sorte.

— A fazenda! Vá imediatamente e me encontre lá. Diga a um dos cavariços para trazer meu cavalo. Não. Esqueça. Irei eu mesmo para os estábulos. Vai me poupar tempo.

Em menos de quinze minutos, Dorian Gray estava galopando pela longa alameda o mais rápido que podia. As árvores pareciam passar por ele como em uma procissão espectral, e sombras selvagens se projetavam no caminho. Em um momento, a égua guinou para o lado diante de um portão branco e quase o arremessou. Ele a chicoteou no pescoço com seu cabo. Ela cruzava o ar sombrio como uma flecha. Os seixos voavam de seus cascos.

Enfim chegou à fazenda. Dois homens perambulavam no pátio. Ele saltou da sela e atirou as rédeas para um deles. No estábulo mais distante brilhava uma luz. Algo parecia dizer-lhe que o corpo estava lá, e ele correu até a porta e colocou a mão no trinco.

Então, parou por um momento, sentindo que estava prestes a fazer uma descoberta que poderia reerguer ou arruinar sua vida. Depois, empurrou a porta e entrou.

Em uma pilha de sacos vazios na extremidade do estábulo jazia o corpo morto de um homem vestido com uma camisa grosseira e um par de calças azuis. Um lenço manchado fora colocado sobre o rosto. Uma vela simples, presa a uma garrafa, crepitava ao lado dele.

Dorian Gray estremeceu. Sentiu que sua mão não poderia ser aquela que retirasse o lenço, e chamou um dos empregados da fazenda.

— Tire aquela coisa do rosto. Quero vê-lo — disse, agarrando-se ao batente para se apoiar.

Quando o empregado retirou o lenço, ele avançou. Um grito de alegria irrompeu de seus lábios. O homem que havia sido atingido na moita era James Vane.

Ele permaneceu lá por alguns minutos, olhando para o corpo. Quando cavalgou de volta para casa, seus olhos estavam cheios de lágrimas, pois sabia que estava a salvo.

Capítulo 19

— Não adianta você me dizer que vai ser bom — exclamou Lord Henry, mergulhando os dedos brancos em uma vasilha de cobre avermelhado cheia de água de rosas. — Você é perfeito. Peço-lhe que não mude.

Dorian Gray balançou a cabeça. — Não, Harry, eu já fiz muitas coisas horríveis na minha vida. Não vou mais fazê-las. Comecei minhas boas ações ontem.

— Onde você esteve ontem?

— No campo, Harry. Hospedei-me sozinho em uma pequena estalagem.

— Meu querido garoto — disse Lord Henry, sorrindo —, todo mundo pode ser bom no campo. Não existem tentações lá. Esse é o motivo pelo qual as pessoas que vivem fora da cidade são absolutamente incivilizadas. A civilização não é algo fácil de se obter. Só existem dois caminhos pelos quais os homens podem alcançá-la. Um é sendo cultos, o outro é sendo corruptos. A gente do campo não tem oportunidade de ser nem um, nem outro, então fica estagnada.

— Cultura e corrupção — ecoou Dorian. — Aprendi algo sobre ambas. A mim agora parece terrível que elas sejam encontradas juntas. Porque tenho um novo ideal, Harry. Acho que mudei.

— Você ainda não me disse qual foi a sua boa ação. Ou será que afirmou que fez mais de uma? — perguntou seu companheiro enquanto derramava no prato uma pequena pirâmide carmesim de morangos e, com uma colher perfurada em forma de concha, fazia nevar açúcar branco sobre eles.

— Eu lhe conto, Harry. Não é uma história que eu poderia contar a outra pessoa. Eu poupei alguém. Soa vaidoso, mas você entende o que quero dizer. Ela era muito bonita, e maravilhosamente parecida com Sibyl Vane. Acho que foi isso que me atraiu em primeiro lugar. Você se lembra de Sibyl, não? Como parece distante! Bem, Hetty não pertencia à nossa própria categoria, é claro. Era apenas uma garota de um vilarejo. Mas eu realmente a amava. Tenho muita certeza de que a amava. Durante todo este maravilhoso mês de maio que estamos tendo, eu a visitava duas ou três vezes por semana. Ontem ela me encontrou em um pequeno pomar. As flores de maçã caíam em seus cabelos, e ela ria. Nós iríamos fugir juntos nesta manhã, pela aurora. De repente, decidi deixá-la tão florescente como a encontrei.

— Acredito que a novidade da emoção deva ter lhe dado um calafrio de prazer verdadeiro, Dorian — interrompeu Lord Henry. — Mas posso terminar seu idílio por você. Você deu a ela bons conselhos e partiu-lhe o coração. Este foi o começo da sua mudança.

— Harry, você é horrível! Não deve dizer essas coisas péssimas. O coração de Hetty não está partido. É claro, ela chorou, e tudo o mais. Mas a desgraça não se abateu sobre ela. Como Perdita, ela pode viver em seu jardim de hortelãs e calêndulas.

— E chorar por um Florizel traidor — disse Lord Henry, rindo, enquanto se inclinava para trás em sua cadeira. — Meu caro Dorian, você tem os mais estranhos estados de espírito, como de um menino. Você acha que essa garota conseguirá ser realmente feliz com qualquer um da categoria dela? Suponho que um dia ela vá se casar com um carroceiro vulgar ou com um lavrador histriônico. Bem, o fato de o ter conhecido, e o amado, vai ensiná-la a desprezar o marido, e ela será uma infeliz. De um ponto de vista moral, não posso dizer que considero grande coisa essa sua renúncia. Mesmo como um começo, é fraco. Além disso, como sabe que Hetty não está neste momento flutuando em alguma lagoa de moinho iluminada pelas estrelas, com adoráveis ninfeias ao seu redor, como Ofélia?

— Não posso mais aguentar isso, Harry! Você caçoa de tudo, e então sugere as mais graves tragédias. Agora me arrependo de ter contado a você. Não ligo para o que me disser. Sei que fiz certo ao agir assim. Pobre Hetty! Ao passar pela fazenda nesta manhã, vi o rosto pálido dela na janela, como um vapor de jasmim. Não vamos mais falar sobre isso, e não tente me persuadir de que a minha primeira boa ação em anos, a primeira parte do sacrifício que jamais empreendi, é na verdade uma espécie de pecado. Quero ser melhor. Serei melhor. Conte-me algo sobre você. O que tem acontecido na cidade? Não vou ao clube há dias.

— As pessoas ainda estão debatendo o desaparecimento do pobre Basil.

— Eu achava que a esta altura elas já teriam se cansado disso — disse Dorian, servindo-se de um pouco de vinho e franzindo levemente o cenho.

— Meu caro rapaz, elas só estão falando disso por seis semanas, e o público britânico realmente não possui a competência para o esforço mental de abordar mais de um assunto a cada três meses. Entretanto, ultimamente tem tido sorte. Há o caso do meu próprio divórcio e o suicídio de Alan Campbell. E agora, há o misterioso desaparecimento de um artista. A Scotland Yard ainda insiste que o homem de sobretudo cinza que embarcou para Paris no trem da meia-noite de 9 de novembro era o pobre Basil, e a polícia francesa declara que Basil jamais chegou à cidade. Imagino que em uma quinzena vão nos contar que ele foi visto em São Francisco. É algo estranho, mas diz-se que todas as pessoas desaparecidas são vistas em São Francisco. Deve ser uma cidade encantadora, que possui todas as atrações do outro mundo.

— O que você acha que aconteceu com Basil? — indagou Dorian, erguendo seu borgonha contra a luz e perguntando-se como era capaz de debater o assunto tão calmamente.

— Não tenho a menor ideia. Se Basil decidiu se esconder, não é problema meu. Se estiver morto, não quero falar sobre ele. A morte é a única coisa que me aterroriza. Eu a odeio.

— Por quê? — perguntou o homem mais jovem, enfadado.

— Porque — respondeu Lord Henry, passando sob as narinas a treliça dourada de uma caixa aberta de *vinaigrette* — podemos sobreviver a tudo hoje em dia, com a exceção disso. A morte e a vulgaridade são os únicos fatos do século XIX que ninguém consegue explicar. Vamos tomar nosso café na sala de música, Dorian. Você precisa tocar Chopin para mim. O homem com quem minha mulher fugiu tocava Chopin extraordinariamente. Pobre Victoria! Eu gostava muito dela. A casa está bem solitária sem ela. É claro, a vida de casado é apenas um hábito, um mau hábito. Mas afinal nos arrependemos até da perda de nossos piores hábitos. Talvez seja do que mais nos arrependamos. Eles são uma parte tão essencial de nossa personalidade.

Dorian não disse nada, mas se levantou da mesa e, passando à sala ao lado, sentou-se ao piano, deixou que seus dedos vagassem pelo marfim branco e preto das teclas. Depois que o café havia sido trazido, ele parou e, olhando para Lord Henry, disse: — Harry, alguma vez ocorreu a você que Basil tenha sido assassinado?

Lord Henry bocejou. — Basil era muito popular e sempre usava um relógio Waterbury. Por que teria sido assassinado? Não era inteligente o bastante para fazer inimigos. Naturalmente, tinha um talento magnífico para a pintura. Mas um homem pode pintar como

Velásquez e ainda assim ser o mais tolo possível. Basil era mesmo um tanto tolo. Só me interessou uma vez, e foi quando me disse, anos atrás, que tinha uma adoração selvagem por você, e que você era o motivo dominante na arte dele.

— Eu gostava muito de Basil — disse Dorian com um tom triste na voz. — Mas as pessoas não afirmam que ele foi assassinado?

— Oh, alguns jornais afirmam. Não me parece de modo algum que isso seja provável. Sei que há lugares horríveis em Paris, mas Basil não era o tipo de homem que os frequentaria. Ele não tinha curiosidade. Este era seu principal defeito.

— O que você diria, Harry, se eu contasse que matei Basil? — afirmou o homem mais novo. Ele o observou atentamente depois de falar.

— Eu diria, meu querido amigo, que estaria tentando parecer um personagem que não combina com você. Todo crime é vulgar, assim como toda vulgaridade é crime. Você não tem o que é necessário para cometer um assassinato, Dorian. Lamento se firo seu orgulho ao dizê-lo, mas lhe garanto que é verdade. O crime pertence exclusivamente às camadas inferiores. Não as culpo nem um pouco. Imagino que o crime seja para elas o que a arte é para nós, apenas um método de obter sensações extraordinárias.

— Um método de obter sensações? Você acha, então, que um homem que cometeu um homicídio uma vez poderia cometer o crime de novo? Não me diga isso.

— Oh!, qualquer coisa se torna um prazer se a fizermos muitas vezes — exclamou Lord Henry, rindo. — Este é um dos segredos mais importantes da vida. Imagino, porém, que assassinato seja sempre um equívoco. Não devemos jamais fazer qualquer coisa sobre a qual não possamos falar depois do jantar. Mas deixemos o pobre Basil para lá. Gostaria de acreditar que ele teve um fim tão romântico quanto o que você sugere, mas não consigo. Arrisco dizer que ele caiu no Sena de um ônibus, e que o condutor abafou o escândalo. Sim: imagino que tenha sido esse o final dele. Vejo-o agora estirado de costas no fundo daquelas águas turvas e verdes, com as pesadas barcaças flutuando acima e longas algas agarradas aos cabelos. Sabe, não acho que ele seria capaz de fazer outros grandes trabalhos. Nos últimos dez anos, a pintura dele decaíra muito.

Dorian soltou um suspiro, e Lord Henry atravessou o quarto e começou a afagar a cabeça de um curioso papagaio de Java, um pássaro grande e de plumagem cinza com um penacho e uma cauda cor-de-rosa, que estava se equilibrando em um poleiro de bambu. Quando seus dedos pontudos o tocaram, o animal fechou as escamações brancas das pálpebras enrugadas sobre olhos pretos e vítreos, e começou a balançar para frente e para trás.

— Sim — continuou, virando-se e retirando o lenço do bolso —, a pintura dele decaíra muito. Pareceu-me que havia perdido alguma coisa. Perdido um ideal. Quando você e ele deixaram de ser grandes amigos, ele deixou de ser um grande artista. O que foi que separou vocês? Imagino que ele o entediasse. Neste caso, ele nunca o perdoou. É um hábito que os tediosos têm. A propósito, o que foi feito daquele maravilhoso retrato que ele pintou de você? Acho que nunca o vi depois que ficou pronto. Oh! Lembro-me de anos atrás você me dizer que o enviara a Selby, e que fora extraviado ou roubado no caminho. Você nunca o recuperou? Que lamentável! Era realmente uma obra-prima. Recordo-me de que queria comprá-lo. Agora gostaria de tê-lo feito. Ele pertencia ao melhor período de Basil. Desde então, o trabalho dele constituiu-se daquela estranha mistura entre má pintura e boas intenções que sempre permite a um homem ser chamado de um artista britânico representativo. Você colocou um anúncio pelo quadro? Deveria.

— Eu me esqueci — disse Dorian. — Imagino que sim. Mas nunca gostei do quadro. Lamento ter posado para ele. A memória daquela coisa é odiosa para mim. Por que você fala dela? Costumava me lembrar daqueles estranhos versos de uma peça... Hamlet, acho... Como eram?

Como a pintura de uma tristeza
Um rosto sem um coração.

— Sim: assim era o quadro.

Lord Henry riu. — Se um homem trata a vida de forma artística, seu cérebro é seu coração — respondeu, afundando em uma poltrona.

Dorian Gray balançou a cabeça e tocou alguns acordes suaves no piano. — Como a pintura de uma tristeza — repetiu —, um rosto sem um coração.

O homem mais velho reclinou para trás e o observou com olhos entreabertos.

— A propósito, Dorian — disse após algum tempo —, "o que um homem ganha se conquista o mundo todo e perde... como é mesmo a citação?... a sua própria alma?"

A música sofreu um abalo, e Dorian Gray sobressaltou-se e encarou o amigo.

— Por que me pergunta isso, Harry?

— Meu caro amigo — disse Lord Henry, erguendo as sobrancelhas surpreso —, perguntei-lhe porque pensei que você pudesse me dar uma resposta. Isso é tudo. Eu caminhava pelo parque no último domingo, e perto do Marble Arch havia uma pequena multidão de pessoas de aparência maltrapilha ouvindo algum pregador de rua vulgar. Quando passei por ali, ouvi o homem vociferar essa pergunta para seu público. A coisa me pareceu um tanto dramática. Londres é muito rica em efeitos estranhos desse tipo. Um domingo úmido, um cristão rude vestindo um impermeável, um círculo de rostos pálidos e doentios sob a proteção alquebrada de guarda-chuvas gotejantes, e uma frase maravilhosa lançada no ar por lábios estridentes e histéricos — era realmente bom à sua maneira, muito sugestivo. Pensei em dizer ao profeta que a arte possui uma alma, mas o homem não. Receio, entretanto, que ele não me entenderia.

— Não, Harry. A alma é uma realidade terrível. Ela pode ser comprada, e vendida, e barganhada. Pode ser envenenada, ou se tornar perfeita. Existe uma alma em cada um de nós. Eu sei disso.

— Você tem certeza disso, Dorian?

— Tenho.

— Ah!, então deve ser uma ilusão. As coisas de que temos total certeza nunca são verdadeiras. Esta é a fatalidade da fé, e a lição do romance. Como você está sério! Não fique assim. O que você ou eu temos a ver com as superstições da nossa época? Não: nós desistimos de nossa crença na alma. Toque algo para mim. Toque um *nocturne*, Dorian e, enquanto você toca, conte-me, em voz baixa, como conseguiu preservar sua juventude. Você deve ter algum segredo. Sou apenas dez anos mais velho que você, e estou enrugado, e gasto, e amarelo. Você é realmente maravilhoso, Dorian. Nunca pareceu mais encantador do que está nesta noite. Você me lembra do dia em que o vi pela primeira vez. Era bem abusado, muito tímido e absolutamente extraordinário. Você mudou, é claro, mas não na aparência. Queria que você me contasse seu segredo. Para reaver minha juventude, eu daria qualquer coisa no mundo, com a exceção de me exercitar, acordar cedo ou ser respeitável. Juventude! Não existe nada igual a ela. É absurdo falar sobre a ignorância da juventude. Hoje, as únicas pessoas cujas opiniões ouço com algum respeito são as pessoas muito mais jovens do que eu. Elas parecem estar à minha frente. A vida lhes revelou sua última maravilha. Quanto aos mais velhos, sempre os contradigo. Faço-o por princípio. Se você pede a opinião deles sobre algo que aconteceu ontem, eles solenemente vão lhe dar as opiniões correntes em 1820, quando as pessoas usavam meias altas, acreditavam em tudo e não sabiam de absolutamente nada. Como é encantadora esta peça que você está tocando! Pergunto-me se Chopin a escreveu em Maiorca, com o mar lamuriando ao redor da mansão e borrifos de sal arrojando-se contra as janelas. É maravilhosamente romântica. Que bênção ainda existir uma arte que não seja imitativa! Não pare. Quero música nesta noite. Parece-me que você é o jovem Apolo e que eu sou Mársias escutando-o. Tenho minhas próprias tristezas, Dorian, tristezas das quais mesmo você nada sabe. A tragédia da idade avançada não é sermos velhos, mas termos sido jovens. Às vezes fico espantado com a minha própria sinceridade. Ah, Dorian, como você é feliz! Que vida extraordinária você teve! Bebeu profundamente de tudo. Esmagou as uvas contra o palato. Nada lhe foi escondido. E, para você, tudo tem sido não mais do que o som da música. Não o arruinou. Você ainda é o mesmo.

— Não sou o mesmo, Harry.

— Sim, você é o mesmo. Pergunto-me como será o resto da sua vida. Não a estrague com renúncias. No presente, você é um tipo perfeito. Não se torne incompleto. Você não tem falha alguma, agora. Não precisa balançar a cabeça: você sabe que é assim. Além disso, Dorian, não se decepcione. A vida não é comandada pela vontade ou pela intenção. A vida é uma questão de nervos, e de fibras, e de células formadas lentamente nas quais o pensamento se esconde e a paixão sonha. Você pode fantasiar que está seguro e se achar forte. Mas um tom casual de colorido em uma sala ou em um céu matinal, um perfume particular que você amou um dia e que lhe traz memórias sutis, o verso de um poema esquecido com o qual você se depara novamente, a cadência de uma peça musical que você havia deixado de tocar... eu lhe digo, Dorian, é de coisas assim que a nossa vida depende. Browning escreveu sobre isso em algum lugar; mas nossos sentidos as imaginam para nós. Há momentos em que o aroma do *lilas blanc* me atravessa de súbito, e sou obrigado a viver outra vez o mais estranho mês da minha vida. Gostaria de trocar de lugar com você, Dorian. O mundo vociferou contra nós dois, mas sempre o venerou. Sempre vai venerá-lo. Você é o tipo pelo qual a nossa época está buscando, e que receia ter encontrado. Fico tão feliz por você nunca ter feito nada, nunca ter esculpido uma estátua, ou pintado um quadro, ou produzido qualquer coisa exterior a si mesmo! A vida tem sido sua arte. Você se fez música. Seus dias são seus sonetos.

Dorian levantou-se do piano e passou a mão pelos cabelos.

— Sim, a vida tem sido extraordinária — murmurou —, mas não vou levar a mesma vida, Harry. E você não deve me dizer essas coisas extravagantes. Você não sabe tudo sobre mim. Creio que, se soubesse, até você se afastaria. Você ri. Não ria.

— Por que parou de tocar, Dorian? Volte e me dê o *nocturne* mais uma vez. Olhe para a grande lua cor de mel suspensa no céu escuro. Ela espera que você a enfeitice, e, se você tocar, ela vai se aproximar mais da terra. Não quer? Neste caso, vamos ao clube. Tem sido uma noite adorável, e precisamos terminá-la adoravelmente. Há alguém no White's que deseja imensamente conhecer você — o jovem Lord Poole, filho mais velho de Bournemouth. Ele já copiou suas gravatas, e me implorou para que o apresentasse a você. É bastante encantador e me lembra você.

— Espero que não — disse Dorian com uma expressão triste nos olhos. — Mas hoje à noite estou cansado, Harry. Não vou ao clube. São quase onze, e quero me deitar cedo.

— Fique. Você nunca tocou tão bem quanto nesta noite. Havia algo em seu toque que estava maravilhoso. Tinha mais expressão do que jamais ouvi em outra ocasião.

— É porque serei bom — ele respondeu, sorrindo. — Já estou um pouco mudado.

— Você não consegue mudar para mim, Dorian — respondeu Lord Henry. — Você e eu seremos sempre amigos.

— E no entanto você me envenenou com um livro, certa vez. Não posso perdoar isso. Harry, prometa que você nunca mais vai emprestar aquele livro a ninguém. Ele faz mal.

— Meu querido garoto, você realmente está começando a ser moralista. Logo estará se portando como os convertidos, e os revivalistas, advertindo as pessoas contra todos os pecados de que se cansou. Você é encantador demais para isso. Além de tudo, é inútil. Você e eu somos o que somos, e seremos o que seremos. Quanto a ter sido envenenado por um livro, não existe algo do tipo. A arte não exerce influência sobre a ação. Ela aniquila o desejo de agir. É soberbamente estéril. Os livros que o mundo chama de imorais são livros que mostram ao mundo a sua própria vergonha. Isso é tudo. Mas não vamos discutir literatura. Apareça amanhã. Vou cavalgar às onze. Podemos ir juntos, e depois eu o levarei para almoçar com Lady Branksome. É uma mulher encantadora, e quer consultar você a respeito de algumas tapeçarias que pensa em comprar. Por favor, venha. Ou vamos almoçar com a nossa pequena duquesa? Ela afirma nunca vê-lo, atualmente. Talvez você tenha se cansado de Gladys? Achei que aconteceria. A língua esperta dela é enervante. Bem, em todo caso, esteja aqui às onze.

— Preciso realmente vir, Harry?

— Certamente. O parque está adorável agora. Não me lembro de ter havido lilases assim desde o ano em que o conheci.

— Muito bem. Estarei aqui às onze — disse Dorian. — Boa noite, Harry. — Ao chegar à porta, ele hesitou por um momento, como se tivesse algo a mais para dizer. Então, suspirou e saiu.

Capítulo 20

Era uma noite adorável, tão quente que ele jogou o casaco sobre o braço e nem mesmo envolveu o pescoço com o cachecol de seda. Enquanto caminhava para casa, fumando um cigarro, dois rapazes em traje sociais passaram por ele. Ouviu um deles sussurrar para o outro: "este é Dorian Gray". Lembrou-se de como costumava sentir prazer ao ser reconhecido, ou olhado, ou falado. Agora estava cansado de ouvir o próprio nome. Metade do encanto do vilarejo para onde ele fora tantas vezes nos últimos tempos era que ninguém o conhecia. Dissera com frequência para a garota que havia seduzido que ele era pobre, e ela acreditara. Dissera uma vez que era mau, e ela riu e respondeu que pessoas más eram sempre muito velhas e muito feias. Como ela riu! — como um tordo cantando. E como estava bonita em seus vestidos de algodão e seus grandes chapéus! Ela não sabia de nada, mas tinha tudo que ele havia perdido.

Quando chegou em casa, encontrou o empregado à sua espera. Mandou-o para a cama e se lançou no sofá da biblioteca, e começou a ruminar algumas das coisas que Lord Henry lhe dissera.

Seria realmente verdade que ninguém era capaz de mudar? Ele sentiu um anseio intenso pela pureza imaculada da meninice — a meninice branca e rosada, como Lord Henry a chamara certa vez. Ele sabia que tinha se maculado, que tinha preenchido a mente com corrupção e conferido horror à fantasia; que tinha sido uma influência perversa para os outros, e que tinha experimentado uma terrível alegria ao sê-lo; e que, entre as vidas que cruzaram a dele, as mais justas e a mais plenas de promessas ele levara à vergonha. Mas seria tudo isso irreparável? Será que não haveria esperanças para ele?

Ah! Em que momento monstruoso de orgulho e paixão ele havia rezado para que o retrato carregasse o peso de seus dias, e para que ele mantivesse o puro esplendor da juventude eterna! Todo o seu fracasso se devera a isso. Teria sido melhor para ele que cada pecado de sua vida tivesse trazido consigo a punição certa e veloz. Havia purificação no castigo. Não "perdoai as nossas ofensas", mas "golpeai-nos por nossas iniquidades" deveria ser a prece do homem para um Deus tão justo.

O espelho curiosamente entalhado que Lord Henry lhe dera havia tantos anos estava na mesa, ao redor do qual os cupidos de membros pálidos riam como antigamente. Ele o pegou, da mesma forma que havia feito naquela noite de horror quando percebeu pela primeira vez a mudança no retrato fatal, e, com olhos ensandecidos, enevoados pelas lágrimas, encarou sua superfície polida. Certa vez, alguém que o amara terrivelmente havia escrito uma carta desvairada a ele, encerrando-a com essas palavras de idolatria: "O mundo mudou porque você é feito de marfim e de ouro. As curvas dos seus lábios reescrevem a história". As frases retornaram à sua memória, e ele as repetiu várias vezes a si mesmo. Então sentiu repugnância de sua própria beleza e, após arremessar o espelho no chão, estraçalhou-o em estilhaços prateados com o calcanhar. Fora a beleza que o arruinara, a beleza e a juventude pela qual ele havia rezado. Não fosse por essas duas coisas, sua vida teria sido livre de máculas. A beleza não fora nada além de uma máscara, e a juventude, nada além de escárnio. O que era a juventude, na melhor das hipóteses? Um tempo verde, imaturo, um tempo de temperamentos superficiais e de pensamentos doentios. Por que desgastara seu traje? A juventude o destruíra.

Era melhor não pensar no passado. Nada poderia alterá-lo. Era nele, e em seu próprio futuro, que ele tinha que pensar. James Vane estava oculto em uma sepultura anônima no terreno da igreja em Selby. Alan Campbell havia atirado em si mesmo certa noite no laboratório, mas não revelara o segredo que fora forçado a conhecer. A agitação, tal como ocorria, causada pelo desaparecimento de Basil Hallward logo se dissiparia. Já estava minguando. Ele estava perfeitamente a salvo nisso. E não era, na verdade, a morte de Basil Hallward que pesava mais em sua mente. Era a morte em vida de sua própria alma que o perturbava. Basil havia pintado o retrato que destruíra sua vida. Não podia perdoá-lo por isso. O retrato havia feito tudo. Basil dissera a ele coisas que eram insuportáveis, e que no entanto ele recebera com paciência. O assassinato havia sido apenas a loucura de um momento. Já em relação a Alan Campbell, o suicídio havia sido seu ato próprio. Escolhera fazê-lo. Não era nada para ele.

Uma nova vida! Isso era tudo o que ele desejava. O que ele esperava. Certamente já havia começado. De toda forma, ele havia poupado uma coisinha inocente. Nunca mais atentaria contra a inocência. Ele seria bom.

Quando pensou em Hetty Merton, começou a se perguntar se o retrato na sala trancada havia mudado. Continuaria tão horrível quanto havia sido? Talvez, se sua vida se tornasse pura, o quadro pudesse expelir cada sinal de paixão malévola do rosto. Talvez os sinais de maldade já houvessem desaparecido. Iria olhar.

Pegou a lamparina da mesa e rastejou para cima. Enquanto destravava a porta, um sorriso de alegria volitou por seu rosto estranhamente jovem, e permaneceu por um momento em seus lábios. Sim, ele seria bom, e a coisa medonha que havia escondido não seria mais um motivo de terror. Ele sentia como se a carga já tivesse se retirado dele.

Entrou em silêncio, trancando a porta atrás de si, como era seu costume, e retirou a manta roxa do retrato. Um grito de dor e indignação irrompeu dele. Não viu mudança nenhuma, a não ser uma expressão de astúcia nos olhos e na boca a curva enrugada dos hipócritas. A coisa continuava repugnante — mais repugnante, se fosse possível, do que antes — e o respingo escarlate que manchava a mão parecia mais brilhante, e mais semelhante a sangue recentemente derramado. Então, ele estremeceu. Teria sido a mera vaidade que o levara a fazer aquele único ato de bondade? Ou fora o desejo por uma nova sensação, como insinuara Lord Henry, com sua risada de escárnio? Ou aquela paixão por interpretar um papel que às vezes nos leva a fazer coisas mais nobres do que quando somos nós mesmos? Ou, talvez, tudo isso? E por que a mancha vermelha estava maior do que antes? Parecia ter se espalhado como uma horrível doença pelos dedos encarquilhados. Havia sangue nos pés pintados, como se a coisa tivesse gotejado — sangue até na mão que não tinha segurado a faca. Confessar? Isso significava que ele devia confessar? Desistir e ser morto? Ele riu. Percebeu que a ideia era monstruosa. Além disso, mesmo que confessasse, quem lhe daria crédito? Não havia traços do homem assassinado em lugar algum. Tudo que lhe pertencia fora destruído. Ele próprio havia queimado o que estava lá embaixo. O mundo simplesmente diria que estava louco. Seria trancafiado se persistisse na história... No entanto, era seu dever confessar, sofrer a difamação pública, e fazer a reparação pública. Havia um Deus que exortava os homens a confessarem seus pecados ao mundo e aos céus. Nada do que ele pudesse fazer o purificaria até que confessasse seu próprio pecado. Seu pecado? Encolheu os ombros. A morte de Basil Hallward lhe parecia pequena demais. Estava pensando em Hetty Merton. Porque era um espelho injusto, este espelho da sua alma para o qual olhava. Vaidade? Curiosidade? Hipocrisia? Não teria havido nada além disso na sua renúncia? Tinha havido algo mais. Pelo menos era o que ele pensava. Mas quem poderia dizer...?

Não. Não tinha havido nada mais. Ele a poupara por vaidade. Na hipocrisia, ele usara a máscara da bondade. Em nome da curiosidade, ele tentara a negação de si mesmo. Reconhecia-o, agora.

Mas esse assassinato — iria persegui-lo por toda a vida? Seria ele sempre assolado pelo passado? Deveria realmente confessar? Nunca. Havia somente uma pequena evidência contra ele. O próprio quadro — ele era uma evidência. Iria destruí-lo. Por que o mantivera por tanto tempo? Houve uma época em que sentira prazer ao observá-lo mudando e envelhecendo. Ultimamente, não sentira mais tal prazer. O retrato o mantivera acordado à noite. Quando estava fora, era preenchido pelo terror de que outros olhos pudessem vê-lo. Havia trazido melancolia para suas paixões. Sua simples memória havia destruído muitos momentos de alegria. Havia sido para ele como uma consciência. Sim, uma consciência. Ele o destruiria.

Olhou ao redor e viu a faca com que havia apunhalado Basil Hallward. Ele a limpara muitas vezes, até que não houvesse mais nenhuma mancha nela. Estava brilhante, e resplandecia. Da mesma forma que matara o pintor, iria matar sua obra, e tudo o que ela significava. Mataria o passado e, quando o passado estivesse morto, ele ficaria livre. Mataria a vida de alma monstruosa, e, sem suas medonhas advertências, ele ficaria em paz. Agarrou a coisa e com ela apunhalou o quadro.

Um grito foi ouvido, e um estrondo. O grito foi tão terrível em sua agonia que os empregados assustados despertaram e se arrastaram para fora de seus quartos. Dois cavalheiros que passavam pela praça ao lado pararam e olharam para a grande casa. Seguiram caminhando até encontrarem um policial, e o levaram até lá. O homem tocou a campainha várias vezes, mas não houve resposta. Exceto pela luz em uma das janelas do andar de cima, a casa estava toda escura. Após algum tempo, ele se afastou e se deteve em um pórtico próximo, e observou.

— De quem é aquela casa, seu guarda? — perguntou o mais velho dos dois cavalheiros.

— Do senhor Dorian Gray, senhor — respondeu o policial.

Ambos se entreolharam, enquanto se afastavam, e sorriram com escárnio. Um deles era o tio de Sir Henry Ashton.

Dentro da casa, na área dos empregados, os criados meio vestidos conversavam aos sussurros uns com os outros. A velha senhora Leaf chorava e retorcia as mãos. Francis estava pálido como a morte.

Depois de cerca de quinze minutos, ele convocou o cocheiro e um dos criados e esgueirou-se pelas escadas. Eles bateram na porta, mas não houve resposta. Chamaram. Tudo estava em silêncio. Enfim, após tentar em vão forçar a porta, subiram até o telhado e desceram pela varanda. As janelas cederam facilmente — seus trincos eram velhos.

Quando entraram, encontraram, pendurado na parede, um esplêndido retrato do patrão da forma como o haviam visto pela última vez, em toda a maravilha de suas extraordinárias juventude e beleza. No chão estava um homem morto, em seu traje de gala, com uma faca no coração. Estava consumido, enrugado, e com o rosto repugnante. Apenas depois de examinarem os anéis foi que reconheceram quem ele era.

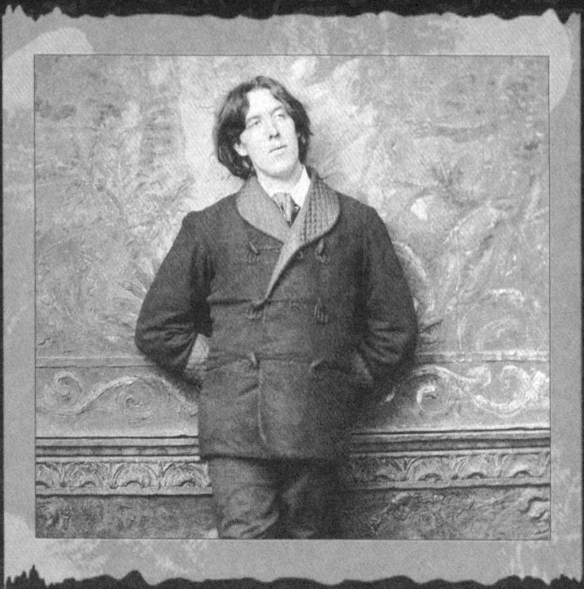

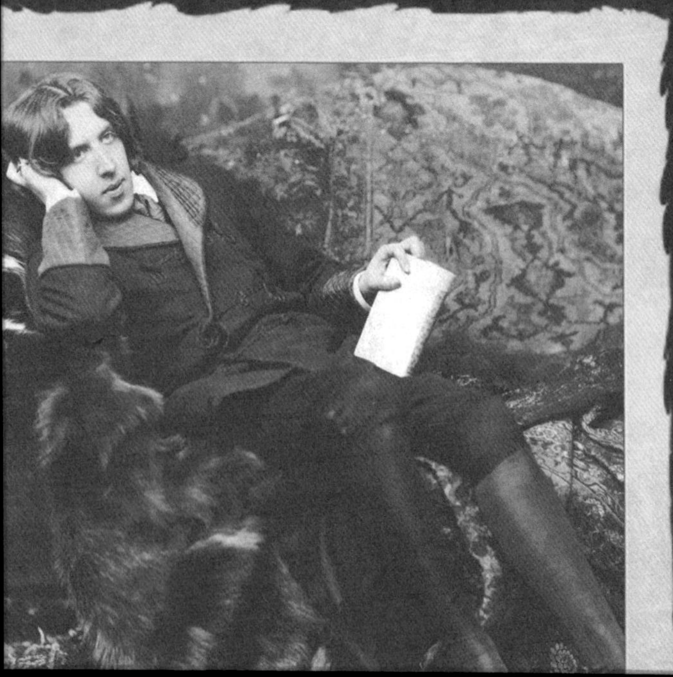

OSCAR WILDE

Oscar Wilde (1854-1900), escritor e dramaturgo irlandês, é conhecido por sua obra satírica e seu estilo elegante. Autor de "O Retrato de Dorian Gray" e peças como "A Importância de Ser Prudente", desafiou as convenções sociais vitorianas com seu humor cáustico. Sua vida pessoal, marcada por escândalos, incluiu prisão por "conduta indecente". Wilde faleceu na França, deixando um legado literário que influenciou gerações subsequentes.

OSCAR
WILDE

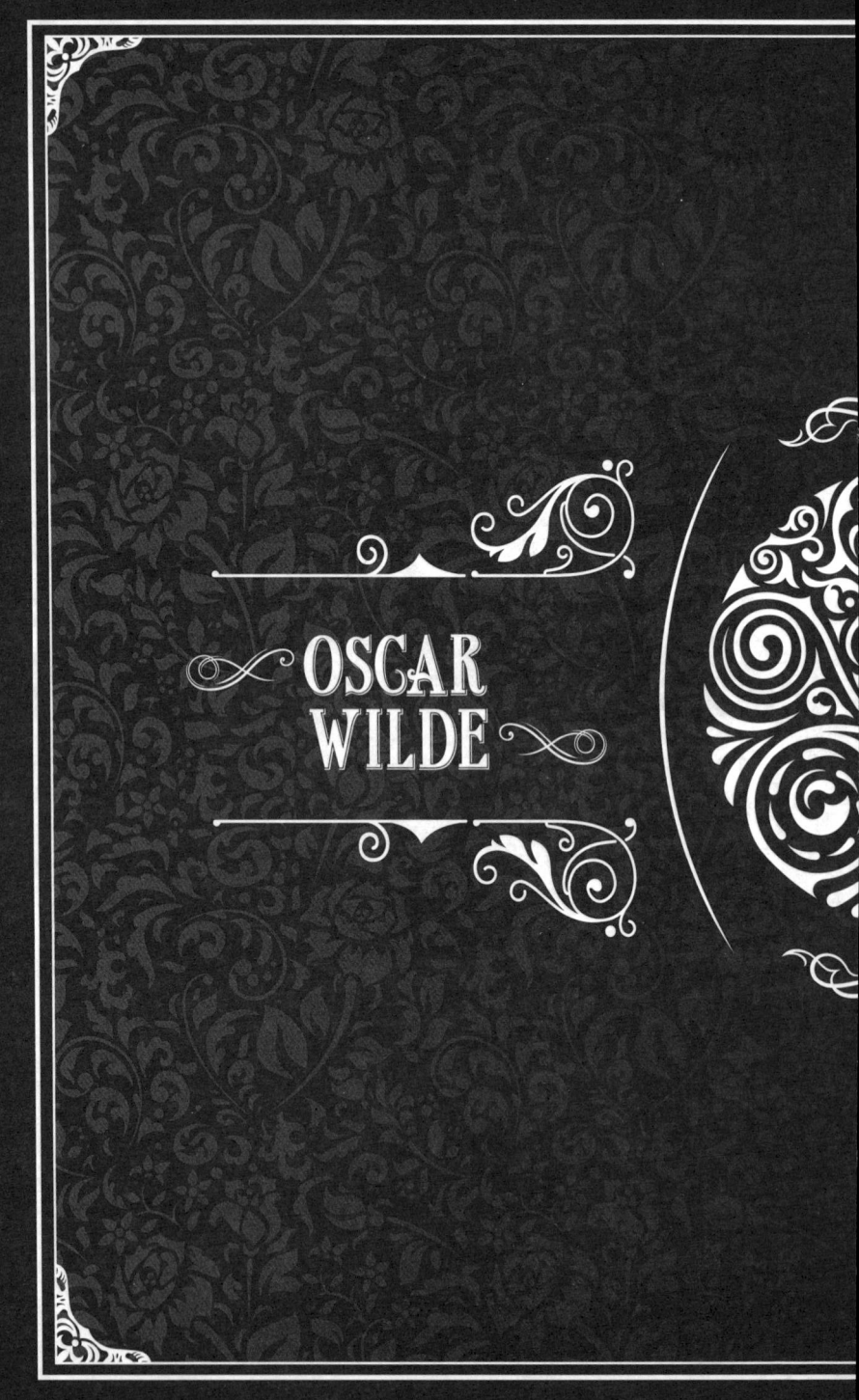

O Retrato de Dorian Gray

Pintura

Ian Laurindo

Oscar Wilde.

grupo novo século | NS CLASSICS

@nsclassics

Edição: 1ª